KB063326

나는 바나나다

강현 ★ 김다민 ★ 송은우 ★ 이망 ★ 이수진 ★ 정선오 ★ 지은담

아작

차
례

막걸리가 알려줄거야 ——————— 7
김다민

괴물의 탄생 ——————— 51
이수진

나는 바나나다 ——————— 81
강현

낙원으로 돌아가다 ——————— 155
송은우

지니어스 프로젝트 ———— 197
지은담

가시박 넝쿨 사이로 ———— 233
이멍

녹색인간 ———————— 311
정선오

막걸리가 알려줄거야

김다민

"영어로 뭐게요, 대머리가?"

송충이같이 짙은 눈썹, 빵빵한 볼, 싹둑 자른 단발머리. 김동춘이 맞은편에 앉은 아빠의 두상을 바라보다 무심코 내뱉은 말이었다. '아빠는 왜 눈썹털은 많은데 머리털은 없어?'나 '아빠는 언제부터 머리가 없었어?'도 아니고 하필이면.

어물쩍 넘어가려는 아빠 대신 엄마가 대답했다.

"딸아. 드디어 영어유치원에 갈 때가 되었구나."

김동춘 5세 때의 일이다.

✳

영어두뇌유치원 피닉스반 아이들은 집에서 외워온 영어동화를 빠르게 되뇌었다. 곧 숙제검사가 있을 예정이었다. 방언 같은 중얼거림 속에서 동춘은 조용히 손을 들었다. 피닉스반 규칙에 따라 세 번 생각하고 나서도 정말 궁금한 질문을 하기 위해서였다. 선생님, 근데요.

"선생님, 근데 이거 왜 해야 해요?"

사이먼이 눈썹을 으쓱 올렸다. 말려 올라간 이마에 갈매기 모양으로 주름이 잡혔다. 동춘이 갈매기 세 마리에 잠시 한눈파는 동안, 사이먼은 적당한 답을 떠올려 운을 뗐다.

"더웅춘, 그런 건 집에 가서 엄마한테 물어봐야지."

듣고 보니 그랬다. 학원 등록을 한 사람은 사이먼이 아니라 엄마이지 않은가. 동춘은 수긍의 의미로 팔을 제자리에 내려놓았다.

∗

"엄마?"

혜진은 설거지를 멈추고 오른다리에 엉겨 있는 딸을 내려다봤다. 동춘이 눈을 끔벅이며 대답을 기다리고 있었다. 음, 그건 말이지이. 길게 뜸을 들인 후 한쪽 무릎을 꿇고 앉아 아이와 눈높이를 맞췄다.

"동춘아, 그건 영어에 대한 질문이잖니. 내일 사이먼 선생님한테 여쭤보면 잘 알려주실 거야."

그날 이후, 동춘은 질문하기 대신 문제 풀기에 몰두했다. 문제를 푸는 동안은 시간이 홀홀 갔다. 동춘이 초등학교 4학년이될 무렵, 학원은 일곱 개로 늘어났다.

✳

　과학영재초등학교 4학년 A반 학생들은 여객선 객실을 들판 삼아 마구 뛰어다녔다. 동춘은 검은 봉다리 손잡이를 양쪽 귀에 걸고 모퉁이에 몸을 기댔다. 뱃멀미로 온몸이 꿀렁였다. 친구 나경이 괜찮냐며 다가왔지만, 내버려두라며 손을 휘휘 저었다. 아침에 마신 아침햇살이 멀미를 일으키는 듯했다. 동춘이 아침햇살을 원샷 했을 때, 나경은 입 냄새가 난다며 마시지 않았었다. 왈칵. 다섯 번째 목으로 올라온 신물을 간신히 밀어 삼켰을 때, 다행히 도착을 알리는 로고송이 선내에 울려 퍼졌다.

　하선한 초등학생 수십 명과 교사들이 뭉텅이로 모였다. 귀에 검은 봉다리를 걸고 있는 아이와 교관 한 명이 무리에서 빠져나왔다. 두 사람의 목적지는 관광지가 아닌 숙소였다.

　수련원은 텅 비어 있었다. 숙취에 찌든 토요일 아침 직장인의 표정으로, 동춘은 텅 빈 10인실 숙소 구석에 웅크리고 누웠다. 그제야 쏟아지는 잠. 오전 활동을 끝내고 숙소에 들어온 아이들이 와자지껄 떠드는 동안에도 동춘은 일어나지 못했다. 다시 눈을 떴을 땐 사방이 컴컴했고 여전히 혼자였다.

　모두 캠프파이어를 하러 나간 밤이었다.

　입을 벌리고 잤는지 입술과 목구멍이 뻑뻑했다. 물을 찾기 위해 옆에 둔 가방을 뒤적였지만 아침햇살이 담겼던 빈 병뿐이었다. 동춘은 하는 수 없이 몸을 일으켰다. 의외로 몸은 가뿐했다. 멀미와 열이 땀과 함께 날아간 듯했다.

방문을 열자 긴 복도가 펼쳐졌다. 큼직한 창문으로 들어온 불빛이 바닥을 뒤덮었다. 복도 전체가 캠프파이어의 불빛으로 사납게 번쩍였다. 동춘은 조심스럽게 바닥에 비친 불빛을 밟고 서서 창밖을 감상했다. 바람을 타고 온 레크리에이션 강사의 마이크 소리가 불분명하게 웅웅거렸다. 저편에선 뭉텅이로 모인 아이들이 바쁘게 움직이고 있을 터였다. 그에 비하면 수련원 복도의 시간은 벙벙하기만 했다. 동춘의 광대가 봉긋하게 차올랐다. 광대를 따라 입꼬리와 인중도 함께 말려 올라갔다. 만족스러운 표정이었다. 강 건너 불구경. 말하자면 그 순간은 '꾀병으로 양호실에 누워 있기' 정도의 건전한 일탈 시간이었다. 안전하고 사소했다. 언제든 아무 일 없다는 듯 제자리로 돌아가면 그만이었다.

수도꼭지를 열자 시원한 물이 쏟아졌다. 동춘은 수돗물을 손에 모아 연거푸 들이켰다. 내친김에 가글도 하고 세수도 했다. 복도 중간에 위치한 공용화장실이었다. 한결 말끔해진 몸과 마음으로 화장실을 나섰다.

그때였다.

복도 끝 벽면에 붙어 있는 옥내소화전의 문틈으로 초록색 페트병 하나가 툭 떨어져 바닥을 뒹굴었다. 페트병은 볼링공처럼 일정한 속도로 구르다가 동춘의 신발 앞 코를 툭 치고 멈췄다. 촌스러운 서체의 '生송성주'. 다름 아닌 막걸리였다.

동춘은 발 앞에 놓인 막걸리에서 한 발짝 물러났다. 막걸리 뚜껑을 비집고 나온 거품이 주둥이를 타고 뚝뚝 떨어졌다. 아이들 중 누군가가 소지품 검사를 피하기 위해 소화전에 숨겨놓은 모양이었다. 동춘은 조심스럽게 막걸리를 넘어 소화전 앞으로 다가갔다. 기대와 달리 소화전은 텅 비어 있었다.

동춘은 다시 막걸리 앞으로 돌아가 스스로와 질의응답 시간을 가졌다. '수학여행에서 음주를 걸리면 선도위원회가 열린다고 했던가? 그렇다. 캠프파이어 도중에 막걸리를 마시면 큰일이 되지만, 혼자 있을 때 마시는 건 괜찮지 않을까? 그런가? 한입만 마시고 다시 제자리에 놓으면?' 하지만 진득하게 따져볼 수 없었다. 창문 너머로 아이들이 웅성거리는 소리가 들려왔다. 어느새 불꽃이 사라진 저편에서 선생님과 아이들이 돌아오고 있었다. 주차장에서 건물까지는 어림짐작으로 10분 정도가 걸렸다.

얼떨결이었다. 동춘은 얼떨결에 막걸리를 주워들고 소화전이 아닌 방을 향해 달렸다.

막걸리를 들키면 사소한 일탈이 아닌 대형사고가 되고 만다. 등을 켤 새도 없이, 동춘은 허둥지둥 가방을 뒤져 아침햇살 병을 꺼냈다. 뚜껑을 열자 거품과 함께 막걸리가 뿜어져 나왔다. 동춘은 질색하며 막걸리를 아침햇살에 따라 담았다. 꼴꼴. 상아색 액체가 순식간에 꼭대기까지 차올랐다. 가방에 들어 있던 옷가지로 흘린 술과 미끌거리는 손을 적당히 닦았다.

동춘은 아직 반 정도 남은 막걸리병을 들고 복도로 뛰쳐나갔다. 계단을 오르는 수십 명의 발소리가 코앞으로 다가왔다. 동춘은 남은 힘을 쥐어짜 소화전으로 내달렸다. 신속하게 막걸리를 제자리에 놓고 문을 닫았다. 그리고 곧장 화장실로 들어가 수도꼭지를 틀었다. 간발의 차이로 계단을 올라온 아이들이 복도에 쏟아졌다.

"어? 김동춘이다."

복도 쪽이 아니라 화장실 칸막이 쪽이었다. 동춘은 헐떡이는 숨을 흡 들이마셨다. 칸막이에서 나온 나경이 손을 흔들었다. 동춘은 어정쩡한 각도로 손을 들어 올렸다가 어색하게 바지춤에 물기를 닦았다. 나경은 세면대로 다가와 손을 씻었다.

"이나경, 너 계속 화장실에 있었어?"

"나? 방금 왔지. 똥 마려워서 젤 먼저 뛰어왔어."

"근데 왜 물 내리는 소리를 못 들었지?"

"물 내렸는데? 너는 가끔 이상한 걸 물어보더라?" 나경이 킥킥 웃었다.

동춘은 그제야 바짝 들고 있던 어깻죽지에서 힘을 뺐다. 나경이와 복도로 나가 아이들 무리에 섞였다. 왁자지껄한 소리에 남은 긴장이 녹아내렸다. 동춘은 다시 젖은 솜뭉치처럼 축 처졌다. 나경이 주섬주섬 문제집을 꺼내는 동안 동춘은 만사가 귀찮다는 듯 이부자리에 누웠다. 다음 날도, 그다음 날도, 막걸리를 먹을 만한 시간은 없었다. 막걸리는 동춘과 함께 귀가했다.

사흘간의 여정은 새로운 관계를 만들기에 충분했다. 방에서 짐을 풀던 동춘은 아침햇살을 들고 책상 앞에 섰다. 미니 선인장과 관상용 조약돌 사이가 아침햇살의 자리였다. 선인장에게는 '동선'이라는 이름이 있었다. 동춘은 아침햇살에게도 적당한 이름을 지어주기로 했다. '동춘'과 '막걸리'에서 한 글자씩 따서 만든 '동막'이라는 이름이었다.

"동막, 김동막, 동막이."

어감이 괜찮다고 생각하며, 동춘은 콧노래를 만들었다.

✳

집에 돌아온 지 이틀째 되는 날이었다. 동춘은 여느 때와 같이 집에 도착하자마자 학원 숙제를 펼쳤다. 문제에 밑줄을 긋는데, 어디선가 '토독, 톡' 하는 싱거운 소리가 들려왔다. 평소에 들어보지 못한 종류의 소리였다. 무시하고 다시 문제에 밑줄을 그었지만, 미심쩍은 백색소음이 계속해서 신경을 건드렸다. 동춘은 소리에 집중하며 주위를 훑었다. 소리의 근원지는 책상 위에 놓인 아침햇살. 얼핏 보기에 유리병 속은 맑고 평온했다. 알싸한 알코올의 냄새가 조금씩 가까워졌다. 코가 닿을 만한 거리까지 다가가자, 흡사 자연 다큐멘터리의 한 장면이 눈앞에 펼쳐졌다.

맑은 액체와 분리돼서 가라앉은 짙은 상아색의 바닥층. 갯벌처럼 진득해 보이는 찌꺼기 사이로 작은 기포가 비집고 나왔다. 마치 하늘로 쏘아 올린 신호탄처럼, 기포는 거침없이 솟아오르다 수면에 부딪혀 톡, 터졌다. 톡. 그 찰나의 순간이 반복되어 아주 희미하고 느릿하게 어떤 '리듬'을 완성했다. 동춘은 오롯이 그 소리에 집중하기 위해 한동안 날숨도 내쉬지 않았다. 분명 아주 익숙한 리듬이었다.

언젠가 창의과학시간에 '모스부호 상자 만들기' 수업을 했던 적이 있었다. 의욕 없이 먼 산만 바라보는 아이들을 앞에 두고 방과 후 강사는 고심하는 눈치였다. 어쩌면 방과 후 수업의 운명이었다. 수행평가에 반영되지도 않을뿐더러 학부모에게 수업 태도가 보고되는 일도 없었다.

"자, 제일 먼저 모스부호 상자 완성하는 사람한테 페레로 로쉐 한 개!"

시큰둥한 반응 사이로, 동춘은 쩍 하품했다. '문제 풀고 페레로 로쉐 먹기'보다 '안 하고 안 먹고 말지'가 현명한 선택이었다. 방과 후 강사는 아이들 못지않게 멍한 눈빛으로 교실을 살피다가, 뭔가 생각난 듯 입을 열었다.

"자, 그럼 이렇게 하자. 이제부터 가장 먼저….."

모스부호 상자를 조립해서 '안녕하세요'를 완성한 사람에게 '조기 귀가'를 선물로 주겠다고 했다. 아이들의 고개가 일제히 강사에게로 향했다. 20여 개의 검은 눈동자에 전에 없던 생기가 돌았다. 짧은 정적이 지나가고, 아이들은 너나 할 것 없이 조립을 시작했다. 그날 수업은 10분 만에 끝이 났다.

그때 열정적으로 교실을 가득 채웠던 리듬, 그러니까 모스부호의 리듬! 동춘은 펜과 종이를 꺼냈다. 소리에 맞춰 점과 선을 그리며 거침없이 흰 종이를 메워 나갔다. A4 용지 두 장을 양면으로 빼곡히 채운 후에야, 동춘은 뻣뻣하게 굳은 목과 등허리를 바로 펼 수 있었다. 뒷목을 주무르며 눈앞에 놓인 종이와 동막을 번갈아 노려봤다. 동춘이 알아낸 사실은 두 가지였다. 분명한 한 가지는 모스부호로 몇 가지 문장이 반복되고 있다는 것. 답답한 한 가지는 전혀 해석이 안 된다는 것.

모스부호는 한국어가 아니었다. 그렇다고 영어도, 일본어도,

중국어도, 러시아어도, 스페인어도 아니었다. 도표를 보고 한 자 한 자 철자로 만들어봐야, 번역기에 입력하면 '언어를 감지할 수 없습니다' 아니면, '키시 삭 sh 쉬'처럼 김빠지는 결과뿐이었다.

똑똑똑. 엄마의 노크였다. 혜진은 언제나 일정한 강도와 간격으로 방문을 두드렸다. 동춘은 고개만 뒤로 돌려 혜진을 바라봤다.

"딸아. 11시 40분이야. 이제 마무리해야지."

동춘은 뻑뻑한 눈을 꾹 감았다가 떴다. 숙제는 아직 시작도 못 했다.

"곧 있으면 12시니까 20분 동안 바짝 하고 푹 자?"

12시부터 8시간. 다소 야박해 보일 수도 있지만, 혜진이 미국수면재단의 적정수면시간을 참고하여 정한 11세 동춘의 취침 시간이었다. 동춘은 엄마를 향해 몸을 돌려 앉아, 두 눈을 맞추고 성의 있게 고개를 두 번 끄덕였다. 수십 번의 시행착오에서 얻어낸, 잔소리를 줄이는 가장 효과적인 대답이었다. 대답에 대한 대답으로, 혜진은 작게 고개를 끄덕인 후 방문을 닫았다. 온갖 학원을 해치우고 집에 돌아와 2시간이 지나면 잘 시간이었다. 동춘은 맥 빠진 콧김으로 일과를 마쳤다. 다음 날, 그리고 그다음 날도 별다른 소득이 없기는 마찬가지였다. 베트남어도, 태국어도, 독일어도, 프랑스어도 헛수고였다. 오늘도 허탕인가? 하는 생각이 들 쯤이면 어김없이 똑똑똑 하고, 혜진이 취침 시간을 알렸다.

좋은 일 없이도 아침은 계속 왔다. 동춘은 눈곱도 떼지 않고 책상으로 다가갔다. 동막의 상태를 확인하기 위해서였다. 또렷했던 모스부호는 시간이 갈수록 약해졌다. 맨들한 유리병을 손톱으로 톡 치고 길게 그어 아침 인사를 건넸다. 동막 안녕? 오늘은 꼭 알아낼게. 손때 묻은 A4 파일 속엔 이미 검은 점과 선으로 도배된 종이가 한가득이었다. 속지 한 장에 종이 서너 장씩을 끼워 넣고도 자리가 모자랐다. 동춘은 어젯밤 실패한 종이 두 장을 파일에 욱여넣었다.

✳

"야, 너도 오늘 페르시아어 학원 가?"

"뭐?"

수학 숙제를 해야 하는 쉬는 시간이었다. 불쑥 동춘의 교실로 찾아온 나경이 뚱딴지같은 소리를 했다. 나경과 동춘은 유치원부터 학원까지 무엇이든 함께했지만 그렇다고 단짝친구는 아니었다. 나경도 동춘을 '같은 팀 선수'쯤으로 여기는 듯했다. 우정에 힘을 쏟기엔 장애물이 너무 많았다. 가장 최근 종목은 성장판 검사였는데, 나경의 전망은 화창했고 동춘의 전망은 흐릿했다.

"오늘 페르시아어 학원 가냐니깐?" 키도 크고 시력도 좋은 나경이 다시 물었다. 동춘은 나경과 눈높이를 맞추기 위해 슬쩍 뒤로 물러났다. 두 걸음 정도 뒤가 적당했다.

"오늘? 오늘 수학영어태권도 끝나면 10시 아니야?"

"나는 태권도 그만두고 가는데? 월수금 7시?"

"태권도를 그만둔다고?" 동춘은 귀를 의심했다.

"사실 뭐, 태권도학과 갈 거 아니잖아. 엄마가 우리 대학 갈 때쯤엔 페르시아어 특별수시전형이 생길 거라는데?" 나경이 어깨를 으쓱하며 말했다.

"진짜? 우리 엄마는 아무 말도 안 했는데? 에이 설마."

불쑥 떠오른 '설마가 사람 잡는다'는 말을, 동춘은 애써 무시했다. 때마침 수업 종이 울렸다.

"아무튼 학원 갈 때 만나." 나경이 손을 흔들고 옆 반 교실로 돌아갔다.

동춘은 긴가민가하며 자리에 앉았다. 그러고 보니 고학년이 되고도 태권도를 계속 다니는 애들은 없었다. 옆에 앉은 진선이도, 뒤에 앉은 대찬이도 언젠가부터 태권도장에 나오지 않았다. 사실 동춘은 진선이와 대찬이보다 태권도에 소질이 없는 편이었다. 학다리서기도, 겨루기도 어딘가 폼이 어정쩡했다. 그런데도 태권도를 좋아했던 이유는 태권도장에서 준비운동으로 하는 짧은 명상시간 때문이었다. 동춘은 명상시간에 누구보다 진지하게 임했다. 무릎을 꿇고 앉아 그 위에 가지런히 주먹을 올렸다. 허리를 곧게 펴고 눈을 감으면 조금씩 차분해지는 심장 박동을 느낄 수 있었다. 그리고 넋 놓기. 동춘에게 멍 때리기는 소중한 시간이었다.

'나는 태권도 그만두고 가는데?'

동춘은 나경의 말을 곱씹었다. 동춘의 하루 일과는 공교육과 사교육으로 정밀하게 짜인 테트리스 게임이었다. 한 줄을 완성해서 없애면 영락없이 다른 벽돌이 내려와 제자리를 찾았다. 월

수금은 수학과 영어와 태권도, 화목은 한국사와 논술과 미술, 토일은 창의과학수업. 학원은 당사자의 의사와는 상관없이 늘어났다. 나경이네 엄마랑 동춘이네 엄마가 같이 장을 보고 오면, 나경이와 동춘이의 학원이 하나씩 늘어나는 식이었다.

성큼 종례 시간이 왔다. 동춘은 가방을 챙겨 학교를 빠져나왔다. 교문 앞엔 형형색색의 학원버스들이 줄지어 서 있었다. 나경은 이미 버스에 타 있었고, 동춘이 마지막 탑승객이었다. 버스가 출발했다.

호수 주위를 100바퀴씩 돌고 있는 철수와 영희에 관한 수학문제를 풀고 나서도, 오바마 취임 연설문으로 받아쓰기를 하고 나서도, 동춘은 뒤숭숭한 마음을 털어내지 못했다. 도복을 입고 명상을 해야만 가라앉을 마음이었다. 동춘은 벽시계의 초침을 멍하니 바라봤다.

영어학원 로비를 나서려던 참이었다. 도로 건너편에 익숙한 차 한 대가 보였다. 운전석 창문이 내려가며 반질한 두상이 드러났다.

"딸내미!"

아빠가 퇴근길에 학원 앞에서 딸을 기다리고 있다면, 그것은 새로운 학원을 간다는 뜻이었다. 작은 어깨가 맥없이 축 늘어졌다. 동춘은 저항의 의미를 담아 최대한 느린 걸음으로 아빠 구포에게 다가갔다.

"아빠, 태권도 안 가?"

"어어? 엄마가 말했구나? 오늘부터 다른 학원 갈 거야."

"페르시아어?"

"어. 재밌겠지? 어어? 나경이! 일로와! 일로와! 일로. 아저씨랑 차 타고 같이 가!"

구포가 방정맞게 나경을 불러 세웠다. 학원 입구를 서성이던 나경이 구포에게 꾸벅 인사하고 다가왔다. 내 말이 맞지? 라고, 나경이 표정으로 말했다.

차창 너머로 신축 오피스텔이 보였다. 주변의 주상복합 건물들을 자질구레하게 만들 정도로 거대했다. 건물 로비로 들어서자, 쩡한 백색 조명이 눈으로 쏟아졌다. 동춘은 난데없는 위화감에 몸을 움츠렸다. 구포가 앞장서서 엘리베이터에 올라탔다. 도착한 곳은 3층이었다. 익숙한 프랜차이즈 점포들이 둥지를 틀고 있었다. 미용실, 왁싱숍, 제과점, 그리고 웬 페르시아어 학원.

초록색 바탕에 한글 굴림체로 쓰인 '페르시아어 학원' 간판이, 주변 분위기와 맞지 않게 투박하고 정직해 보였다. 간판 아래 불투명한 유리 자동문이 열렸다. 정장을 입은 안내데스크 직원이 구포를 보고 목례했다. 구포는 곧장 직원과 함께 입학 상담실로 걸어갔다. 동춘과 나경은 다른 직원에게 떠밀려 얼결에 강의실로 들어갔다.

강의실엔 다양한 연령대가 뒤섞여 있었다. 서른 명 남짓한 인원 중에 비슷한 또래의 아이들도 서너 명 보였다. 동춘은 나경이 먼저 자리에 앉기를 기다렸다. 나경의 뒷자리는 몸을 숨기기에 딱이었다.

첫 수업을 기다리는 부산하고 붕 뜬 분위기 속에서 동춘은 눈을 감았다. 허리를 꼿꼿이 펴고 주먹 쥔 두 손을 무릎 위에 가지런히 올려놨다. 주먹 안에서 뭉근한 맥박이 느껴지려던 때, '탁' 가벼운 마찰음이 동춘을 깨웠다. 강사가 문을 열고 강의실 앞편으로 들어왔다. 분산되어 있던 수강생들의 시선이 조용히 강사에게로 몰렸다. 몸에 딱 떨어지는 정장과 하나로 묶은 긴 머리가 말끔한 인상을 줬다. 강사는 군더더기 없는 얼굴로 수강생을 죽 훑고는 만족스러운 표정으로 보드마커를 집어 들었다.

"여러분, 이게 뭘까요?"

화이트보드에 웬 물음표 하나를 쓰고 나서 강사가 물었다. '?' 가 아닌 '؟'. 엄밀하게는 뒤집어진 물음표였다. 물음표요? 누군가가 자신 없는 목소리로 대답했다.

"그렇죠. 아랍어와 페르시아어는 문자를 오른쪽에서 왼쪽으로 읽죠. 그래서 물음표도 거꾸로 쓴답니다. 오늘 첫 강의…."

이어지는 강사의 말은 중요하지 않았다. 거꾸로 쓴답니다. 동춘이 귀에 담은 말은 '거꾸로'뿐이었다. 거꾸로? 그러고 보니 모스 부호를 활자로 변환할 때 언제나 왼쪽에서 오른쪽으로 쓰지 않았던가! 동춘의 교육과정에 존재하는 언어는 한국어와 영어뿐이었다. 그래서 모든 글자가 '왼쪽에서 오른쪽으로' 쓰여지는 줄로만 알았던 것이다. 아랍어나 히브리어, 페르시아어는 거꾸로였다. 이렇게 황당한 실수를 하다니. 왼쪽에서 오른쪽으로 쓴 아랍어는 해석이 될 수가 없었다. 'ㅛㅔㅅㅏㅎㅇㅕㄴㄴㅏㅇ' 를 보고 '안녕하세요'를 떠올릴 번역기도 당연히 없었다. 동춘은 빠르게 뛰는 심장박동을 느끼며 무릎에 얹은 주먹을 꽉 쥐었다.

✳

"페르시아어는 좀 어땠어?"

혜진의 조심스러운 질문에 동춘은 방으로 향하던 걸음을 멈췄다. 귀가 시간은 여느 때와 같은 10시였다.

"재밌었다는데?" 뒤따라 들어온 구포가 대답했다. 동춘은 사뭇 진지하게 고개를 끄덕였다. 혜진은 '진짜?'라고 되물으려다 말고, 응원의 한마디를 덧붙였다.

"역시 우리 딸."

동춘은 한 번 더 고개를 끄덕이고, 곧장 방으로 들어갔다. 노쇠한 듯 고요한 동막이 동춘을 기다리고 있었다. 동춘은 서둘러 가방에서 파일을 꺼내고, 노트북 화면에 '페르시아어 모스부호 도표'를 띄웠다. 이제 필요한 건, 경건한 마음이었다. 검지로 키보드를 더듬거리며 모스부호를 페르시아어로 옮겼다. 복사한 철자를 왼쪽에서 오른쪽으로 하나씩 붙여넣자 모양이 조금씩 바뀌며 페르시아어 문장이 만들어졌다. 동춘은 마른 침을 삼키고 결과를 확인하기 위해 툭 엔터키를 건드렸다.

경고창이 아닌 결과창!

그랬다. 동막이 뱉은 말은 온전한 문장 형식을 갖춘 페르시아어였다. 그것도 단순한 한 문장. 아주 끈기 있게 한 문장을 수백 번 반복한.

'좀 더 큰 통으로 옮겨가고 싶어.'

좀 더 큰 통으로 옮겨가고 싶다고? 동춘은 아침햇살을 한 손으로 들어 올렸다. 점점 기포가 줄어든 이유는 비좁은 공간 때문이었을까? 동춘은 부푼 마음을 진정시키기 위해 심호흡을 크게한 번 내뱉고, 이 특별한 기분에 걸맞은 단어를 골랐다. 성취? 승리? 희열? 아니, 그보다는 간단한, 오래된 수수께끼를 푼 온전한 기쁨. 상기된 두 뺨으로 열기가 느껴졌다. 이 대단한 발견을 엄마 아빠에게 알려야 할까? 하지만 동춘은 그만 두기로 했다. 두 사람이 '왜?'라며 꼬리를 물기 시작하면 골치 아파졌다. 아, 그래서 엄마가 질문을 싫어했나? 동춘은 어른의 사정을 조금 알 것 같은 기분이 들었다.

✳

새로운 보금자리 찾기는 일도 아니었다. 더 무리한 요구였더라도 동춘은 몸과 마음을 다해 행동할 준비가 되어 있었다. 다음 날 미술학원이 끝난 뒤, 동춘은 몰래 학교로 돌아가 낮에 봐뒀던 정수기용 빈 생수통을 집으로 가져왔다. 자신의 허리까지 오는 거대한 생수통을 고른 이유는 미안함 때문이었다. 동춘은 그동안 동막이 작은 병 안에서 고통스러웠을 것이라고 멋대로 믿었다.
"미술 수행평가 숙제가 있어서."
의아한 표정으로 생수통을 바라보는 혜진에게, 동춘은 별일 아니라는 듯 어깨를 으쓱 올리고 방으로 들어갔다. 철컥. 문이 닫히는 소리에 맞춰 몰래 방문을 잠갔다. 동춘은 생수통 뚜껑을 벗겨내 안을 살펴봤다. 내부는 깨끗하게 비어 있었다. 작은 유리병에 담겨 있던 막걸리가 생수통 바닥에 철퍽 떨어졌다. 널찍하고 우묵한 바닥에 탁한 액체가 살짝 괴었다. 통이 너무 컸나?

'그래도 좋은 게 좋은 거지.'

동춘은 흐뭇한 표정으로 생수통을 바라봤다. 귀를 기울여 봤지만, 아무 소리도 들리지 않았다. 쌀람? 안녕? 동춘은 오늘 배운 말을 복습할 겸 손톱으로 유리병을 건드렸다.

'고마워'는 페르시아어로 '맘누남'. 안녕과 함께 배운 말이었다. 동춘은 동막의 감사 인사를 알아들을 준비가 되어 있었다. 문제는 동막의 일방통행이었다. 다음 날 동막은 '고마워' 대신 '누룩을 준비해줘', 그다음엔 '익힌 쌀을 식혀서 준비해줘' 그리고 그다음엔 '전부 물과 섞어서 통에 넣어줘'라고 말했다. 동춘이 학교에서 준비해온 '당신은 페르시아에서 왔습니까?'라는 질문도, '당신의 이름은 무엇입니까?'도 무시당하긴 마찬가지였다. 다행히 동춘은 원하는 대답을 듣지 못하는 것에 익숙했고, 요구의 내용이 바뀐 것만으로도 충분히 기뻤다.

진심은 행동에서 나온다고 했다. 동춘은 은밀하고 신속하게 행동했다. 아침 등굣길에 시장에서 누룩을 샀고, 새벽을 기다렸다가 몰래 밥통을 방으로 가져왔다. 밥을 짓고 차게 식혔다. 마지막으로 생수통에 깨끗한 물, 식힌 밥, 누룩을 붓고 잘 섞었다.

모든 걸 완수한 밤, 동춘은 자기도 모르게 막걸리 한 통을 빚었다.

그리고 다음 날 밤. 동춘은 웬 소나기 소리에 잠에서 깼다. 방 안은 건조했고 창문 밖은 고요했다. 고요하지 않은 곳은 묵직해진 생수통 언저리였다. 어림잡아도 수백 개의 기포들이 거침없이 바닥에서 수면으로 날아올랐다. 막 뚜껑을 딴 사이다의 탄산처럼 경쾌한 소리였다. 동춘은 한동안 경이로운 소리에 취해 있다가 어떤 계시를 받은 사람처럼 벌떡 일어났다. 확신에 찬 손이, 스탠드를 켜고 펜과 종이를 꺼냈다. 이제는 귀를 기울이지 않고도 들을 수 있었다. 누군가에겐 야구장에서 메아리치는 불분명한 함성으로 들리겠지만 동춘에겐 아니었다. 귀로 반복되는 패턴을 찾아 펜으로 거침없이 적어 내렸다.

✳

며칠간 변비로 고생했던 혜진은 새벽 4시에 찾아온 변의를 그냥 지나칠 수 없었다. 청국장부터 티벳버섯종균까지 갖은 방법을 다 써봤지만, 예민한 성격 탓인지 변비는 좀처럼 고쳐지지 않았다. 혜진은 부글거리는 배를 잠시 쓰다듬고 거실로 나섰다. 거실 바닥엔 선명한 한 줄기 빛이 그어져 있었다. 작은 방 문틈에서 새어 나온 빛이었다. 혜진은 의아한 마음에 빛을 향해 다가가려다, 아랫배의 신호에 화장실로 몸을 돌렸다.

변기에 앉은 혜진은 장운동에 집중하며 생각했다. 방문 앞에서 들려온 소리는 분명 펜과 종이가 서걱거리는 소리였다. 내가 초등학생 때 새벽 4시까지 공부를 한 적이 있었던가? 숙제가 너무 많나? 키가 더 안 크면 어쩌지? 혼내야 하나? 그래도 칭찬을 해줘야겠지? 그렇다고 심각한 고민은 아니었다. 오히려 장운동을 돕는 가벼운 뇌활동에 가까웠다. 쾌변의 카타르시스에 사소한 근심 걱정 따위는 쉽게 증발했다. 혜진은 말끔한 얼굴로 화장실을 나섰다.

"엄마."

"엄마야!"

예고 없이 화장실 앞에 서 있는 동춘을 보고, 혜진은 화들짝 뒷걸음질을 쳤다.

"딸. 안 자고 뭐해?"

동춘의 앞 광대가 봉긋 차올랐다. 마치 깨달음을 얻은 동자승처럼 티 없이 말간 미소였다.

"엄마! 다 엄마 아빠 덕분이야. 고마워!"

혜진은 잠시 아득한 기분에 벽을 짚었다. 기립성 저혈압이었다. '덕분입니다'라는 말을 언제 들었더라? 터무니없는 감사 인사였다. 동춘의 말과 표정, 모든 게 낯설었다. 누군가가 딸 행세를 하고 있는 것 같았다. 아귀가 맞지 않는 느낌을 떨쳐버리려 애썼지만 헛수고였다. 그저 의아한 눈으로 아이를 바라볼 뿐이었다.

"딸, 무슨 소리야? 무슨 일 있었어?"

"아니? 그냥 학원 다니게 해줘서 고맙다는 말 하려고 나왔어."

꿍꿍이와는 거리가 멀어 보이는 순진한 표정이었다. 혜진은 뜬금없이 달아오르는 눈시울에 눈을 꾹 감았다 떴다. 남의 집 자식이 딸 행세를 할 리가 없었다. 합리적인 의심은 '딸이 드디어 내 마음을 이해했구나'로 옮겨 갔다. 혜진은 무릎을 굽히고 앉아 동춘과 눈을 맞췄다.

"동춘아, 드디어 알게 됐구나. 우리의 이인삼각 달리기를."

"이인삼각 달리기?" 동춘은 의아한 듯 물었다.

"응. 이인삼각 달리기. 우리는 지금 정말 중요한 시기에 살고 있어."

"우리?"

"그래. 우리." 혜진은 두 손으로 작은 어깨를 다잡고 말을 이어갔다. "엄마는 사실 동춘이를 낳고도 아주 오랫동안 산후우울증에 시달렸어."

"엄마가?" 동춘의 고개가 갸우뚱 기울었다. 처음 들어보는 이야기였다.

"응. 근데 슬픈 이야기 하려는 게 아니야. 이제 시작이니까 들어봐. 엄마가 산후우울증으로 힘들 때 상담센터를 다녔거든. 엄마는 이렇게 말했지. 선생님, 저는 태어나서 수능 빼고 일등을 놓쳐본 적이 없어요. 대학교도 전액장학금 받았고 대기업도 바로 붙었고요. 근데 지금 보세요. 저는 뭐 때문에 이렇게 열심히 살아온 걸까요? 집에만 있으니까 저는 이제 도태되었다는 생각만 들어요. 그러자 원장님께서 이렇게 말씀하셨어."

혜진은 목을 가다듬고 성대모사를 하듯 이름 모를 원장의 말투를 흉내냈다.

"혜진 씨, 도태라뇨! 혜진 씨는 지금 정말 세상에서 가장 중요한 일을 하고 있잖아요. 혜진 씨의 소중한 아이를 키우는 일이요!"

혜진은 마치 그때의 감동이 되살아난 듯한 표정으로, 동춘을 빤히 보며 말을 이어갔다.

28

"그 이야기를 듣는데 엄마는 순간 심장이 멎는 줄 알았어. 아… 내가 도태된 게 아니라… 이제 시작이구나… 정말 중요한 일이 내 앞에 놓여 있구나. 동춘아, 이제 이해가 가니? '우리'라는 게?"

동춘은 엄마의 동공에 비친 자신의 얼굴을 바라봤다. 흰자와 검은자의 경계선이 선명했다. 옆으로 조금만 움직이면 동공에서 벗어날 수 있을 것도 같았다. 동춘은 고개를 천천히 기울였다. 얼굴이 검은자 밖으로 나가려는 순간, 혜진은 동춘의 고개를 바로 잡아 제자리에 세웠다.

동춘은 애써 혜진의 질문을 곱씹어봤지만, 정답은 '잘 모르겠어'였다. 정답이 '잘 모르겠어'일 때면, 가장 효과적인 대답을 출력하면 됐다. 동춘은 혜진의 눈을 바라보고 성의 있게 고개를 두 번 끄덕였다. 혜진의 입가에 말간 미소가 번졌다. 혜진은 동춘의 머리에서 손을 거두고, 촉촉해진 눈가를 닦았다. 그리고 천천히 벽을 짚고 일어섰다.

"늦었다. 키 크려면 자야지."

동춘은 작게 고개를 끄덕이고 방으로 들어갔다. 작은 방의 불이 꺼지고 사방이 어둠에 잠겼다. 혜진은 화장실 불빛이 닿는 작은 면적에서 한동안 서 있다가, 곧 정신을 차리고 안방으로 들어갔다. 과격했던 장운동 때문인지 긴 독백 때문인지 잠이 주체할 수 없이 쏟아졌다.

＊

오랜만에 세 가족이 식탁에 앉아 아침을 먹었다. 동춘은 김치

찌개와 비빈 흰 쌀밥을 야무지게 퍼서 한입 가득 밀어 넣었다. 혜진은 딸의 얼굴을 살피며 수저를 내려놓았다.

"딸, 근데 어젯밤엔 4시까지 안자고 뭐했어?"

"어제? 나 어제 4시까지 공부했다? 나 잘했지?"

어젯밤과 같이 순수한 얼굴로 동춘이 대답했다. 구포는 어리 둥절한 표정으로 딸과 아내를 번갈아 바라봤다. 뭐야? 입 모양으로 혜진에게 대화를 시도했지만, 혜진은 눈길도 주지 않았다. 조금 머쓱해진 집안의 가장이 적절한 한마디를 찾았다.

"페르시아어 학원이 많이 재미있었나 보네. 역시 이것저것 해야 적성을 안다니깐."

"맞아! 처음엔 태권도 못 가서 싫었는데, 막상 들으니깐 재밌더라고."

동춘이 해맑게 맞장구쳤다. 갸우뚱하게 기울었던 혜진의 고개가 천천히 바로 돌아왔다. 심각했던 얼굴에 툭 헛웃음이 튀어나왔다.

"그렇지? 우리 딸 벌써 다 컸어. 아유, 내가 잘 키웠어."

"하하하. 맞지. 우리가 잘 키웠지!"

하하하. 경쾌한 세 가족의 웃음보따리가 주방을 가득 채웠다.

✳

광이 나던 동춘의 얼굴은 교실 자리에 앉자마자 파리하게 변했다. 담임교사에게 쉬어도 좋다는 허락을 받은 후, 동춘은 곧장 양호실로 향했다. 커튼을 치고 침대에 누워 핸드폰을 꺼냈다. 화면 속 지도가 가리키는 목적지는 '生송성주 양조장'. 어젯밤, 동막의 새로운 메시지는 '목적지와 시간'이었다.

'합격. 生송성주 양조장, 금요일, 7시.'

그러니까 하루 뒤, 7시. 동막의 정체가 무엇인지는 목적지에 도착하면 알게 되리라는 예감이 들었다. 어젯밤까지만 해도, 동춘은 벅찬 마음만 가득했지 이후 상황에는 생각이 미치지 못했다. 일상으로 되돌아오자 벅찬 감동은 수그러들고 걱정이 부풀었다. 금요일에는 학교를 마친 뒤 수학, 영어, 페르시아어 학원을 가야 했다. 무단결석은 '아픈 척하고 양호실에 누워 있기'와는 비교가 안 되는 탈선 행위였다. 아무 일 없었다는 듯 일상으로 돌아갈 수 없는 명백한 경로 이탈. 동춘은 그 이후 자신에게 벌어질 일들에 대해 생각해본 적이 없었다.

동춘은 주머니에서 아침햇살을 꺼냈다. 혹시나 학교에 간 사이 새로운 메시지를 보낼까 싶어, 생수통 속의 동막을 아침햇살 병에 조금 담아 온 것이었다. 작은 병이 흔들려서인지 아무런 소리도 나지 않았다.

'어떻게 해야 아무도 모르게 다녀올 수 있지?'

동춘은 꾀가 샘솟기를 바라며, 양손으로 관자놀이를 지그시 눌렀다.

＊

3교시가 끝나고 시작된 쉬는 시간이었다. 동춘은 책상 모서리에 아침햇살을 올려두고 뚫어져라 쳐다봤다. 도무지 뾰족한 수가 없었다. 사실대로 말하는 수밖에는.

"헐. 김동춘 뭐야? 요즘 왜 이렇게 공부 열심히 해?"

쉬는 시간에 동춘을 찾아오는 사람은 나경뿐이었다. 나경은 동춘이 펴놓은 페르시아어 공책을 보며 혀를 찼다. 나경. 평생 같은 학원에 다닌, 심지어 페르시아어 학원도 함께 다니는 하나뿐인 동료. 동춘은 마른 침을 꿀꺽 삼켰다. 나경은 예행연습 상대로 적합해 보였다.

"야. 사실 이거 막걸리다?"

짧은 순간. 나경의 시선은 사고의 흐름으로 정직하게 움직였다. 페르시아어 공책에서 동춘의 얼굴로, 동춘의 얼굴에서 아침햇살 병으로, 그리고 아침햇살 병에서 다시 동춘의 얼굴로. 동춘은 나경의 미묘한 표정변화를 잡아내기 위해 나경의 눈과 입을 예의 주시했다. 그러니까 저 표정의 뜻은.

"선생님! 얘 좀 보세요! 학교에 막걸리 가져왔대요!"

동춘은 입을 쩍 벌리고 나경을 올려다봤다. 나경의 표정엔 티끌만큼의 악의도 없었다. 동춘이 던진 장난을 제대로 받아치겠다는 장난끼. 설마 하며 바라본 복도 창문엔 과학 교사가 복도를 지나가고 있었다. 과학 교사는 몸을 틀어 교실로 성큼성큼 걸어왔다.

"뭐어? 막걸리?"

좁은 교실 책상 사이를 비집고 들어온 과학 교사는 곧장 동춘의 자리로 다가왔다. 주변을 서성이던 아이들도 어느샌가 동춘을 바라보고 있었다. 동춘이 아침햇살을 눈앞에 두고 얼어 있는 동안, 나경이 병을 집어 들어, 이것 좀 보시라며 흔들었다. 투명한 액체와 상아색 술지게미가 섞여 탁한 색을 만들었다. 잔뜩 구겨져 있던 과학교사의 미간이 맥없이 풀렸다. 허 참, 하는 너털웃음과 함께.

"선생님 놀리면 안 되지, 나경아. 이야, 아직도 아침햇살이 나오네? 너네도 좋아하니?"

"선생님 드실래요? 얘 어차피 이거 마시면 멀미해요."

정신이 든 동춘은 나경에게서 아침햇살을 빼앗으려 팔을 뻗었지만 이미 늦었다. 아침햇살을 받아든 과학 교사는 향수에 젖은 표정으로 작은 병을 바라보더니, 느닷없이 멜로디에 박자를 타듯 고개를 까딱였다.

"선생님 어릴 때는 말이야… 뭐더라? 햇살, 햇살, 햇살, 아침햇살. 이거 맞나? 캬. 너네도 아니, 이 노래?"

주변 아이들이 야유하자, 과학 교사는 만족스러운 듯 방긋 웃었다. 마침 수업 종이 울렸다.

"수업 준비해야지! 고맙다, 애들아!"

과학 교사는 아침햇살을 손에 든 채 CF송을 흥얼거리며 왔던 길을 되돌아갔다. 동춘은 넋이 나간 얼굴로 나경의 얼굴과 과학 교사의 뒤통수를 번갈아 보다가, 과학 교사를 향해 뛰어갔다.

✳

남편과 딸이 집을 비운 평일 오전은, 오롯이 혜진만의 시간이었다. 그중에서도 고요한 오전 중의 설거지와 샤워는 혜진에게 중요한 일과였다. 그릇이 달그락거리는 소리와 샤워기 물소리에 집중하면 살아 있는 기분이 들었다. 혜진은 콧노래를 흥얼거리며 설거지를 끝내고 물을 잠갔다. 그런데 이상했다. 물소리가 사라지자 어디선가 낯선 소리가 희미하게 들려왔다. 가스가 새는 소리도, 인터폰에서 나는 소리도 아니었다. 혜진은 주위를 둘러보며 소리의 출처를 파악했다. 발걸음은 소리를 따라, 동춘의 방으로 향했다.

톡. 토톡. 톡톡톡. 방문을 열자 강한 탄산 소리가 들려왔다. 열린 문과 방 벽 사이에 만들어진 삼각형의 틈새였다. 혜진은 방 안으로 들어가 조심스레 방문을 닫았다. 드러난 공간엔 낯익은 생수통 하나가 자리를 차지하고 있었다. 탄산 소리는 생수통을 가득 채우고 있는 무언가에서 흘러 나왔다. 사방에서 기포 방울이 솟아오르고 있었다. 기묘한 광경을 자세히 살펴보기 위해 허리를 굽히자, 익숙한 냄새가 코를 찌르고 들어왔다.

어딘가 꼬릿하고 알싸한, 진한 알코올의 향이었다.

혜진은 떨리는 손으로 생수통 주둥이를 잡아 들었다. 다 큰 성인도 제대로 들기 힘든 무게였다.

'누가, 언제, 어디에서, 무엇을, 어떻게, 왜?'

혜진은 머릿속에 떠오르는 질문을 도무지 문장으로 만들 수가 없었다. 짐작조차 되지 않는 물음은 잠시 던져두고, 혜진은 생수통을 방 밖으로 꺼내기 위해 다잡았다. 바로 들어올리기는 힘들었지만 바닥에 끌어서 나가기는 충분했다.

*

"선생님!"

동춘은 떨리는 소리를 내지 않기 위해 배에 힘을 줬다. 계단을 내려가던 과학교사가 뒤돌아 동춘을 봤다.

"어, 동춘아. 수업 들어야지?"

동춘은 마른 침을 삼키고 어깨를 축 늘어뜨렸다.

"선생님… 그거 엄마가 아침 대신 먹으라구 싸주신 건데… 이나경이 맘대로…."

동춘은 최대한 불쌍한 표정으로, 울음을 참듯 입술을 꾹 물었다. 예상치 못한 전개에 당황한 과학 교사는 주변을 살폈다. 아이들은 모두 교실에 들어가 보는 눈은 없었다. 다행이라고 생각하며, 과학 교사는 목소리를 낮춰 조심스럽게 물었다.

"혹시 나경이가 괴롭히는 거니?"

"네?"

"저런… 미안하구나… 선생님은 장난인 줄 알고… 동춘아. 혼자서 끙끙 고민하는 게 있다면 꼭 선생님한테 말해야 한다? 동춘이는 가만 보면 늘 말도 없고 겉도는 것 같아서 걱정이야."

과학 교사는 동춘의 손에 아침햇살을 쥐여주고 어깨를 토닥였다. 동춘은 고개를 꾸벅 숙이고 서둘러 계단을 올라갔다. 이미 수업 중이었다. 동춘이 없이도 교실은 평소와 같았다. 유리병 안에서 혼탁해진 동막은 죽은 듯이 고요했다. 긴장했던 목소리도, 후들거렸던 다리도 다 볼품없게 느껴졌다.

※

그날 저녁, 동춘이 미술학원을 끝내고 나오던 참이었다. 학원 길가에 익숙한 차 한 대가 동춘을 기다리고 있었다. 조수석 창문이 스르륵 내려가자, 두 개의 얼굴이 보였다. 운전석과 조수석에 나란히 앉은 구포와 혜진은 삼엄한 표정이었다. 동춘은 목적지를 알 수 없는 차를 바라봤다. 뒤따라 나온 나경이 심심한 위로의 말을 건네고 멀어졌다.

세 사람이 도착한 곳은 새로운 학원이 아닌 심리상담센터였다. 오전에 혜진은 집에서 샤워를 하며 생각을 정리해보려 했지만, 복잡한 마음을 티끌만큼도 덜어낼 수 없었다. 비 오듯 쏟아지는 샤워기 물을 맞고만 있으니, 오히려 정수리 사이로 '왜?'라는 질문이 솟아났다. 도대체 동춘이가 왜? 머릿속을 가득 채운 질문을 누구에게 던져야 해결될까. 동춘은 적절한 대상이 아니었다. 어른인 자신이 모르는 걸 아이가 알 턱이 없었다. 그래서 내린 결론은 이준구 상담센터 원장이었다. 이준구 원장은 자식 농사의 대가였다. 두 자녀를 모두 한국에서 키워 하버드로 유학을 보낸 장본인이라고 했다. 이 사람이라면 자식의 미래를 맡겨도 될 것 같다는 확신이 들었다. 혜진은 자신이 방황의 시기를 극복했던 것처럼, 동춘도 그러기를 바랐다.

동춘은 로비에 앉자마자 온갖 심리 검사지를 풀어야 했다. 홀로 남은 동춘이 영문을 모른 채 검사지 항목을 채우는 동안 구포와 혜진은 상담실로 들어갔다.

원장은 동그란 안경테 때문인지 나이를 짐작하기 어려운 인상이었다. 굳게 다문 입과 늘어진 볼살이 심술 맞아 보이는 한편, 균일하게 빛나는 백발은 신뢰감을 줬다. 혜진과 구포는 번갈아 가며 구구절절 사연을 늘어놓았다. 초등학생 아이가 방에 술을 숨겨놓았다가 발각된 상황을 어떻게 받아들여야 할까요? 우울증일까요? 원장님, 어떻게 해야 아이가 방황을 극복하고 원장님 자제분들처럼 바르게 클 수 있을까요?

간혹 동의하지 않는다는 뉘앙스로 희끗희끗한 눈썹을 치켜올렸지만, 원장은 고개를 끄덕이며 내담자의 이야기를 끝까지 들었다. 구포가 말을 끝내자 원장은 잠시 침묵한 후 입을 열었다.

"예. 말씀은 알겠고요. 일단은 검사지를 보긴 할 건데에…. 애가 문제는 아닌 것 같고오…. 여기가 우선 입시 컨설팅 회사는 아니고오…."

혜진은 잠깐의 정적에 침을 삼켰다. 원장은 목을 가다듬고 말을 이었다.

"부모가 문제네. 애가 아니고오. 대개 여기 오는 애들은, 애가 아니고 애 잡는 부모가 문제여."

"저희가 문제라고요?"

구포가 반문하자 원장은 고개를 끄덕이고 빠르게 본론으로 넘어갔다. 이런 케이스의 경우엔 아이가 아니라 먼저 부모상담이 필요하며, 부모상담이 어느 정도 무르익었을 때 아이상담을 시작해야 장기적인 계획을 탄탄하게 세울 수 있다는 것이 요지였다. 10회기 패키지로 봤을 때 아이 상담은 250만 원이지만,

부모상담을 포함한 가족상담으로 묶을 경우엔 20퍼센트 에누리 해주겠다는 말도 잊지 않았다.

"저희가 맞벌이가 아니라서, 금액적인 부분이 좀 부담이…."

구포가 주눅 들어 말했다. 원장은 간단히 가계 상황을 파악하고는 일단 미술학원을 그만두라고 조언했다. 구포는 어른의 말씀에 쉽게 수긍하는 편이었다. 순식간에 이뤄진 결정에 어안이 벙벙해진 혜진이 원장을 바라봤다.

"지금 이 상황에 부모상담이 효과가 있을까요?"

원장은 둥그런 안경테를 으쓱 올렸다. 자연스럽게 부모상담이 시작됐다.

상담센터 로비는 고요했다. 동춘은 어제와 같이, 어제의 어제와 같이, 그리고 더 먼 어제들과 같이 문제 풀기에 몰두하던 중이었다.

'내가 알고 싶은 것은 _____ 다.'

동춘은 문장완성검사의 4번 문장을 눈으로 곱씹다가, 펜을 내려놓았다. 도무지 밑줄 길이에 맞는 문장이 떠오르지 않았다. 천장의 형광등이 간헐적으로 깜박였다. 동춘은 깜박임을 지켜보기보다 집에 가기를 선택했다. 모두 동춘은 안중에도 없는 듯했다.

집까지는 걸어서 갈 만한 거리였다. 수학학원을 지나 영어학원이 있는 빌딩을 끼고 돌면 코딩학원이 나오고, 그 옆 논술학원 사이의 골목으로 들어가 줄넘기학원 건물 1층을 가로질러 나가자, 익숙한 아파트 단지가 나왔다. 길보다는 사람들이 문제였다. 동춘은 야자가 끝나고 거리로 쏟아져 나온 고등학생들과 회

식으로 거나하게 취한 회사원들을 요령껏 피해서 아파트 단지에 도착했다.

벽을 더듬어서 거실 불을 밝혔다. 뜻밖에도 익숙한 생수통이 동춘의 귀가를 반겼다. 마치 발이라도 달린 것처럼, 방에 있어야 할 생수통이 거실 정중앙에 자리를 차지하고 있었다. 동춘은 가만히 서서 주어진 정보를 파악했다. 플라스틱 표면엔 '증거물'이라는 글씨가 크게 적혀 있었다. 마치 낙인을 찍듯 빨간색 마커로 휘갈긴 모양새였다. 동춘은 신발을 신은 채 거실로 들어갔다. 동춘의 작은 손이 나뭇가지에 찔린 달팽이처럼 순식간에 오그라들었다. 손톱이 손바닥을 파고들었다. 꽉 쥔 주먹이 작게 떨렸다.

동춘은 무릎을 꿇고 앉아 두 팔로 동막을 감싸 안았다. 플라스틱 생수병에 닿은 피부가 차게 식으면서, 조금씩 마음이 차분해졌다. 동춘은 조심스럽게 손톱으로 생수통을 톡톡 두드렸다. 모든 것이 정지한 적막 속에서, 손톱이 만들어내는 건조한 소리만이 작게 울렸다.

그때였다. 해파리 정도 되어 보이는 거대한 기포가 거침없이 수면을 향해 솟아올랐다. 병의 바닥에서 시작된 수십 개의 작은 기포들이 서로를 삼켜서 거대한 기포들을 만들어냈다. 수면을 치고 터지는 소리는 그 어떤 때보다 크고 분명했다. 마치 힘주어 한 글자씩 말하듯, 느릿하고 분명한 소리가 동춘에게 전달되었다. 동춘은 모스부호를 차곡차곡 머릿속에 담아 번역했다.

'나를' '한 입' '마셔봐'.

막걸리가 신발 앞코를 툭 치고 멈췄던 순간의 기억이 훅 동춘을 덮쳤다. 상황은 이미 주어졌고, 동춘이 선택할 차례였다. 동춘은 단지 다음에 벌어질 일들이 무엇인지 알고 싶었다. 고무마개를 열자 싸한 알코올 향이 코를 찔렀다. 정수리에 솟아난 더운 땀이 얼굴을 타고 내려와 차게 식었다. 쇠숟가락에 담긴 액체는 투명했고 수저를 든 손은 무거웠다. 아주 조금만 더 들어 올리면 됐다. 이미 소동은 한참 전에 시작됐어. 투명한 액체가 그렇게 말하고 있는 듯했다. 중앙선에 서 있는 거야. 되돌아가도 이미 무단횡단은 해버린 거지. 증거물이라는 빨간 글자가 그렇게 말하고 있는 듯했다.

동춘은 눈을 질끈 감고 투명한 액체를 꿀꺽 삼켰다. 달큰하고 쌉쌀한 액체가 목줄기를 태우며 내려갔다. 예상치 못한 독한 맛에 정신이 번쩍 들었다. 동춘은 사레가 들려 한참을 캑캑거렸다. 쓴 침을 다 뱉어내도 찡그린 눈썹이 펴지지 않았다. 삼키다 만 가루약이 목구멍에 달라붙은 느낌이었다. 단지 그뿐이었다. 그 외엔 아무 일도 일어나지 않았다. 양이 모자랐나? 동춘은 다시 숟가락을 통 속에 집어넣었다. 그때였다.

「역시 너는 합격이야.」

난데없는 제삼자의 존재가 느껴졌다. 무심한 말투의 한국어였다. 소리의 근원지는 생수통도 숟가락도 아닌, 다름 아닌 머릿속이었다. 분명 동춘이 생각하지 않은 말들이 머릿속에 울렸다. 마치 기포가 톡 터지듯 가볍게, 등줄기에 소름이 돋듯 난데없이. 일방통행이 끝나고 양방통행이 시작된 순간이었다.

「어서 가자 양조장으로. 거기서 모든 걸 알려줄게.」

✳

　상담실 문이 열리고, 혜진과 구포가 힘없이 복도로 나왔다. 맥없이 깜빡이는 복도 형광등을 따라 걸으면 곧바로 로비였다.

　"우리 아직 늦지 않은 거지? 바로 잡을 수 있겠지?" 혜진이 자신 없는 목소리로 말했다. 구포는 무거운 고개를 끄덕이고 덧붙였다.

　"이겨내자."

　로비엔 데스크 직원과 동춘이 풀다가 만 검사지들뿐이었다. 뜻밖의 상황에 혜진의 얼굴이 허옇게 질렸다.

✳

　동춘은 쇠똥구리처럼 생수통을 낑낑 굴려서 간신히 엘리베이터 앞에 도착했다. 뒤뚱거리는 걸음으로 생수통을 굴리니 철벅이는 소리가 요란하게 울려 퍼졌다. 도저히 이 모양새로는 먼 길을 떠날 수가 없었다. 동춘은 주변을 둘러봤다. 옆집 문 앞에 놓인 유모차가 할 일 없이 복도를 지키고 있었다.

　어느새 새까만 밤이었다. 동춘은 유모차를 밀며 보도블록 위를 달렸다. 땀과 열기로 두 뺨이 후끈 달아올랐다. 배차 간격이 40분인 광역버스를 놓치지 않으려면 좀 더 빨리 뛰어야 했다. 동춘은 눈앞의 신호를 놓치지 않기 위해 안간힘을 써서 달렸다. 간발의 차로 횡단보도에 빨간 등이 켜졌다. 정류장에 도착한 동춘은 거칠게 숨을 몰아쉬었다. 야근 후 퇴근하는 사람들로 정류장이 북적였다. 동춘은 사람들을 비집고 버스가 잘 보이는 곳에 자리를 잡았다.

"아이구, 이 밤에. 동생이랑 어디 가는 중이니?" 옆에 서 있던 할머니가 대뜸 동춘에게 말을 건넸다. 동춘은 예기치 않은 질문에 당황한 나머지 고개를 두 번 저었다가, 정정하듯 다시 두 번 끄덕였다. 오른손으로는 재빨리 유모차 차양막을 최대로 내렸다.

"그렇게 꽉 뒤집어쓰면 애가 답답허지."

할머니의 손길은 거침이 없었다. 차양막이 위로 젖혀지며 푸른 생수통이 드러났다.

"생수통 아녀?"

매끈한 플라스틱 표면에 가로등 불빛이 반사되어 유난히 눈에 띄었다. 유모차를 탄 생수통이 신기하다는 듯 사람들이 시선을 보냈다. 동춘은 어깨가 움츠러들지 않도록 날갯죽지에 힘을 줬다. 마른침을 삼키고, 또 한 번 다리에 안간힘을 썼다.

광역버스가 향한 곳은 지하철역 엘리베이터였다. 지하철은 버스정류장에 비하면 훨씬 정적인 공간이었다. 간혹 동춘을 의아하게 바라보는 사람도 있었지만, 부러 말을 거는 이는 없었다. 지하철 모니터에는 실시간 뉴스영상이 흘러나왔다. '매끈팔물고기'가 공식적으로 지구상에서 멸종했다는 보도. 그 후엔 이란 요거트 공장에서 10대 청소년 수십 명이 실종되었다는 보도였다. 모두 동춘과 상관없는 이야기들이었다. 핸드폰으로 확인한 시간은 11시 21분이었다. '부재중 14건'이라는 글씨를 보며, 동춘은 전원을 껐다. 늘어지는 몸에 졸음이 쏟아졌다.

세 번의 환승 후, 동춘은 낡은 지상철의 종착역에 내렸다. 다른 승객은 없었다. 차가운 공기와 작은 곤충들의 울음소리가 전부였다. 출구는 하나뿐이었다. 역을 나가 30여 분을 더 걸었다. 장장 3시간 하고도 30분 만에 도착한 언덕 아래로 양조장 건물이 보였다.

양조장은 새까만 어둠 사이를 환하게 밝히고 있었다. 직원들은 모두 어디로 간 거지? 양조장 안은 숨소리 대신 기계 돌아가는 소리로 가득했다. 공명에 울려 퍼지는 웅장한 기계 소리가 동춘을 압도했다. 공장의 정중앙에는 사람 수십 명이 들어가도 충분해 보이는 거대한 스테인리스 발효통 열 개가 자리를 차지하고 있었다. 동춘은 바닥에서 시작해 발효통 꼭대기까지 뻗어 있는 철근과 리프트를 바라봤다. 그제야 동막이 3시간 반의 잠수를 깨고 말을 건넸다.

「우리가 일등이구나.」

아직은 모든 것이 수수께끼였다. 동춘은 신중하게 질문을 골랐다. 더 오는 사람이 있는 거야?

「당연하지! 저 위에 우리의 행성으로 통하는 웜홀이 있어. 아침 7시에 거기로 들어가면 돼.」

"웜홀이라고?"

동춘은 일단 쉬운 정보를 처리했다. 약속 시간은 저녁이 아닌 아침 7시였다. 동춘에게는 오히려 잘된 일이었다. 어쩌면 볼 일을 마치고 4교시 정도에 등교할 수도 있을 테고, 어쩌면 그 전에 집으로 돌아가 동막에 대한 오해를 풀 수 있을지도 몰랐다. 그런데 웜홀이라고? 동춘은 눈썹을 찡그렸다.

「맞아. 그게 너와 내가 만난 이유야!」

동춘은 이미 웜홀이 무엇인지 알고 있었다. 국어, 과학, 논술 시간에 틈만 나면 비집고 튀어나오는 문제들이었다. 동춘이 알고 싶은 것은, '우리의 행성'이 무엇인지도 아니었고 웜홀이 무엇인지도 아니었다. 그 이전에 꼭 짚고 넘어가야 할 문제가 있었다. '저기에 들어가면 뭐가 나와?'보다 '너는 외계인이야?'보다 더욱 더 중요한.

"내가 그걸 왜 해야 해?"

그러자 자신에 찬 목소리가 대답했다.

「시간은 많아. 모든 걸 알려줄게. 일단 위로 올라가자.」

벌어진 이 사이로 짧은 감탄사가 새어 나왔다. 동춘이 태어나서 지금까지 들은 대답은 수만 개가 넘었지만, 이토록 확신에 찬 대답은 들어본 적이 없었다. 동춘은 고개를 들어 동막이 말한 '저 위'를 바라봤다. 발효통 꼭대기에 동춘이 가진 모든 질문에 대한 대답이 있을 터였다. 동춘은 주저 없이 리프트에 올라타 동막이 알려주는 대로 기계를 작동시켰다. 쇠가 부딪히며 요란한 굉음이 울려 퍼졌다. 동춘은 천천히 멀어지는 바닥을 바라봤다. 이윽고 철컥이는 마찰음과 함께 리프트가 정차했다. 동춘은 고개를 들어 눈앞에 펼쳐진 광경을 감상했다. 모든 것이 동춘의 예상 너머에 있었다. 발효통 뚜껑이 있어야 할 곳에는, 뜻밖에도 거대한 구멍이 있었다. 누군가가 그 부분만 가위로 도려낸 것 같은 모습이었다. 구멍은 이 세상 어떤 검은색보다도 검었다.

동춘은 개울가 옆에 자리를 잡듯이, 새까만 구멍에 빠지지 않도록 주의하면서 유모차를 적당한 곳에 주차했다. 유모차 옆이 동춘의 자리였다. 동춘은 무릎을 세우고 앉아 생수통을 바라봤다. 동막의 목소리는 생수통이 아닌 머릿속에서 들렸지만, 동춘은 시선을 둘 곳이 필요했다.

"이제 알려줘."

잠깐의 침묵 후, 목소리가 들려왔다.

「호모 사피엔스는 10만 년 전에 지구에 나타났어. 그럼 35억 년 전, 지구에 가장 먼저 나타만 생명체는 뭐게?」

"미생물?"

그긴 이미 학원에서 배운 내용이었다.

「맞아! 미생물은 지구 최초의 생명체야. 미생물이 지구의 화학적 성질을 바꿨기 때문에 동식물이 진화하기에 알맞은 환경이 된 거지. 그래서 네가 지금 이 자리에 있는 거야. 알겠니?」

"당연히 알지. 시험에 나오잖아."

「그래? 그럼 최초의 미생물은 왜, 어떻게 생겨났을까?」

"그건…."

교과서에 없는 내용이었다. 동춘은 침묵으로 대답했다.

「정답은, 미생물이 지구 밖에서 왔다!야. 우리의 먼 조상은 35억 년 전 우리 행성을 떠나 우연히 이곳에 도착했어. 한 30억 년 동안 우리는 그 사실을 까맣게 몰랐지만. 알겠니? 우리는 기원이 같다는 거지!」

오랫동안 미간을 찌푸려서인지 눈 밑이 뻐근했다. 동춘은 엄지와 검지로 눈썹을 번쩍 올려 미간을 폈다.

"뭐라는지 모르겠어…."

「걱정하지 마. 이제 막 후두엽에 도착했거든!」

말이 끝나기가 무섭게, 동춘의 머릿속에 수천 가지의 장면이 연속해서 펼쳐졌다. 고요한 우주 속 덩그러니 놓여 있는, 마치 화염 같은 용암이 들끓고 있는 행성, 하데스대 지구의 모습. 시간은 빠르게 널뛰었다. 모든 것이 바위뿐이었던 지구에 바다가 생기더니 돌연 지금과 같은 동식물의 생태계가 도래했다. 진화를 거친 동식물들이 각자의 삶을 충실하게 살아갔다.

「사실 우리의 먼 조상은 그냥 우주를 떠돌다가 우연히 지구에 떨어졌을 뿐, 아무 목적이 없었어. 그러다 '구경하는 재미'를 알게 되고… 이 경이로운 지구 종(種)들을 채집해서 우리 행성에 보내야겠다는 생각이 든 거야.」

동춘의 눈앞에 수만 종의 투신 장면이 쏟아졌다. 칠흑 같은 웜홀로 빠지는 심해어 떼, 도도새 떼, 바다소 떼, 사마귀 떼, 박쥐 떼! 마치 투신자살을 연상시키는 장면이었다. 동춘은 나쁜 꿈을 떨쳐내듯 머리를 세차게 흔들었다. 선명했던 머릿속 영사가 흐릿해지고, 다시 양조장이 보이는 시야가 돌아왔다. 동막은 소리로 설명을 이어갔다.

「처음엔 무작위로 웜홀을 뚫어서 보내버렸지만 곧 시시해지더라고. 지구와 비슷한 환경인데도 적응에 실패했어. 그래서 지구 종이 우리 행성에 적응할 수 있도록, 여러 가지 실험을 시작한 거야. 그 결과물 중 하나가 바로 너야! 아이들은 전두엽이 성숙하지 않아서 '인간다움'을 버릴 수 있거든. 너는 그중에서도 적응력이 특출한 아이야. 네가 받은 모든 교육은 허투루 쓰이지 않을 거야. 지금의 너는 지구의 문명 그 자체라고 볼 수 있어.」

동춘은 잠시 아득한 기분에 유모차에 기댔다. 엄마에게서 물려받은 기립성 저혈압이었다.

"그래서 교육과정 같은 게 수시로 바뀐 거야?"

「맞아. 모든 나라에, 그리고 국가가 없는 곳에도, 우리의 계획을 돕는 자들이 있어.」

"우리 엄마 아빠도… 그 계획을 돕는 거야?"

「아니. 우리는 효율적이거든. 이를테면 대통령이나 교육부 장관 같은 사람들이면 충분하지. 그들은 이미 선별된 인간이 외계로 진출하는 데 동의했고 전력으로 우리를 도왔어.」

때마침, 기묘한 화면이 머릿속에 펼쳐졌다. 건치를 드러내며 막걸리를 손에 든 대통령과 교육부장관, 맥주잔을 들고 건배 포즈를 취하고 있는 미국 대통령과 도쿠리를 들고 있는 일본 총리까지! 하지만 동춘은 반문할 수밖에 없었다.

"뭐라고? 이미 동의했다고? 왜? 어떻게 설득한 거야?"

「다들 지구 바깥에 훨씬 나은 미래가 있을 것이라 판단한 거지. 합리적인 생각이야. 이대로라면 인간 종은 지구에서 멸종할 테니까. 자, 이제 네가 선택할 차례야.」

동춘은 이 선택이 모든 여정의 마지막 관문임을 직감했다. 무언가를 선택할 수 있다는 건 얼마나 멋진 일인지! 동춘은 마지막과 선택이라는 단어를 눈앞에 그려보았다. 그리고 아주 천천히 주어진 정보를 소화한 끝에, 결론을 내렸다.

동춘의 광대가 봉긋. 솟아올랐다. 의문으로 가득했던 11년 인생은 사실 새로운 도약을 만들기 위한 발판이었다. 그리고 이 모든 일은 어린이들에게 지구 밖의 미래를 선물하려는 어른들의 선한 마음 덕분인 것이었다. 이토록 딱 맞는 결말이라니! 동춘은 엉덩이를 털고 일어났다. 두 발로 꼿꼿하게 서서 어깨를 활짝 폈다.

"이만큼 딱 떨어지는 설명이 어디 있어! 그래! 정말 이상했어. 그러지 않고서야 모스부호와 페르시아어와 태권도와 영어와 한국사와 미술과 논술을 초등학생이 배울 리가 없잖아! 대학이니 취업이니 하는 건 다 허술한 핑계였어. 그렇지?"

기이익. 요란한 소리와 함께 공장 문이 서서히 안쪽으로 열렸다. 아이들이었다. 고사리손으로 힘을 합쳐 거대한 문을 밀고 있었다. 열린 문 사이로 들어온 햇빛이 공장 안의 조명을 서서히 집어삼켰다. 7시. 어느덧 약속 시간이었다. 일출로 붉게 물든 양조장 앞에 각기 다른 병을 들고 있는 초등학생 수십 명이 줄지어 서 있다. 요구르트부터 식초까지, 행렬은 끝이 보이지 않았다. 동춘을 발견한 아이들이 손을 흔들었다.

모든 근심을 털어버린 티 없이 말간 표정으로,

동춘은 누구보다도 먼저 웜홀을 향해 뛰어들었다.

김다민

1993년 인천에서 태어났다. 초등학생 때는 반에서 만화를 제일 많이 보는 애였는데, 이제는 영화를 만들고 글을 쓴다. 한국애니메이션고등학교에서 영상연출을, 연세대학교에서 심리학과 문화인류학을 전공했다. 만들고 쓰는 일에 가장 신이 난다. 동명의 장편 시나리오 〈막걸리가 알려줄거야〉로 2019 경기시나리오 기획개발 대상을 받았고, 같은 해 제작한 SF 단편영화 〈웅비와 인간 아닌 친구들〉은 제24회 부천국제판타스틱영화제 등 여러 영화제에 초청되었다.

괴물의 탄생
──────

이 수 진

그날, 저는 아침부터 사무실에서 나와 제가 일하는 백화점 옥상에서 담배를 피우고 있었습니다. 평소에 담배를 많이 태우는 편은 아닙니다. 그날따라 후배들이 사고를 치고 부장에게 매출 압박으로 된통 깨지니 속이 탈 수밖에요.

　같이 혼난 옆자리 윤성철 과장이 제게 담배를 하나 내밀었습니다. 저 멀리 아프리카 시렌푸르 지역에서 재배하는 잎으로 만든 것인데 이걸 피우면 모든 걸 잊고 잠시 황홀경을 맛볼 수 있다고 하더군요. 정말 구하기 힘든 담배인데 먼 친척이 몰래 구해다 줬다면서 몇 개 없다고도 했죠. 그 말을 하는 윤 과장의 표정은 정말 잊을 수가 없습니다. 마치 술이라도 한잔 걸친 듯 취해 있었는데 그런 표정은 처음 봤어요. 그렇게 귀한 걸 구해왔다니 기쁘게 받아들었습니다. 생각해보면 정말 멍청하기 짝이 없었죠. 처음 들어보는 지역에서 나오는 황홀한 담배라. 꿈이라도 꿨던 걸까요.

그 담배에 불을 붙이려던 순간, 김 부장님이 나타났습니다. 하여간 이런 일에는 빠지지 않고 낀다니까요. 저는 일단 담배를 주머니에 넣어두고 사무실로 내려가려 했습니다. 부장님 얼굴을 오래 보고 있을 기분이 아니었거든요. 윤 과장은 부장님께도 담배를 건넸습니다. 초록색 종이에 특이한 문양이 새겨진 것입니다. 산양 뿔과 눈동자가 섞인 담배니 꼭 찾아봐주시길 바랍니다. 멀리서 온 귀한 것이라니까 부장님은 기뻐했죠. 그 인간 취미가 희귀한 골동품 모으는 것이거든요. 부장님은 그 담배를 깊게 빨아들였습니다. 옆에 있는데 생전 처음 맡아보는 향이 온몸을 짜릿하게 만들었습니다. 코를 타고 들어오는 깊고 진한 향이 혈관을 타고 온몸에 퍼지는 느낌이었어요. 향을 맡기만 해도 그 정도인데 피우는 사람은 오죽했겠습니까? 부장의 눈은 이미 반쯤 풀려 있었습니다. 저도 얼른 피우려고 했지만, 갑자기 어머니께 전화가 오는 바람에 다시 주머니에 넣어두었습니다.

통화를 마무리하고 있는데 갑자기 이상한 소리가 들렸습니다. 소리가 난 쪽을 보니 김 부장과 윤 과장이 싸우고 있더군요. 통화를 종료하고 두 사람을 말리러 가는데 느낌이 이상하더라고요. 직급이 분명한데 회사에서 몸싸움할 일이 뭐가 있겠어요? 게다가 부장님은 화가 나도 멱살잡이를 할 사람은 아니었고, 윤 과장도 눈치가 없어 그렇지 착한 놈이었단 말입니다.

그런데 자세히 보니 김 부장이 시뻘게진 눈을 하고선 윤 과장의 목을 물어뜯고 있었습니다. 미친 사람처럼 무언가 중얼거리면서요. 뭐라고 하는지는 들리지도 않았어요. 본능적으로 도망가야 한다는 느낌이 들었습니다. 뒷걸음질을 치는데 김 부장과 눈이 마주쳤어요. 괴물. 그건 분명히 괴물이었어요. 다시 생각해도 그건 인간의 모습이 아니었습니다.

그놈은 잠시 쿵쿵거리더니 제 쪽으로 방향을 틀었습니다. 너무 무서워서 온몸이 굳는 것 같았지만 정신 차리고 그대로 문으로 달렸어요. 부장이 빠르게 뛰어오는 것이 느껴졌습니다. 이상하죠. 김 부장님은 몸이 무거워 회사 체육대회서 100미터를 30초에 뛰던 사람인데 그날은 저보다 배로 빨랐습니다.

옥상으로 통하는 문을 막고선 어떻게 1층까지 내려가야 하나 잠시 고민하고 있는데 갑자기 창문이 깨지며 김 부장이 옆에서 나타났어요. 젠장. 괴물은 창문을 부수고 제 옆에 얼굴을 들이밀었습니다. 다행히 창문에 상체가 끼어서 저를 잡을 수는 없었죠. 가까이서 본 괴물의 얼굴은 몹시 흉측했습니다. 눈동자가 시뻘겋고 온몸엔 보랏빛 핏줄까지 돋아 있었다고요. 놈이 움직이지 못할 때 재빨리 계단을 통해 아래로 내려갔습니다. 15층을 계단으로 내려가려니 다리가 풀려서 걷는 건지 기어가는 건지 모를 정도였습니다. 중간엔 난간을 타고 내려가거나 뛰어넘기도 하면서 내려갔죠.

그런데 무언가가 찢어지는 소리가 들리더라고요. 고개를 드니, 괴물이 비상계단 가운데로 뛰어들었다가 계단 사이 그물망에 걸린 모습이 보였습니다. 순식간에 제 머리 바로 위에 있었죠.

주차장이 있는 지하로 내려가는 도중에 죽을지도 모른다는 생각이 들어 얼른 1층으로 빠져나갔습니다.

백화점 1층은 명품 브랜드와 화장품, 주얼리 매장이 있어서 유동인구가 가장 많은 곳입니다. 하필이면 연말이라 사람이 더욱 많았어요. 저는 정문을 향해 달려가면서 다들 도망가라고 소리 질렀습니다. 있는 힘을 다해 괴물이 나타났다고 알려주었더니 돌아오는 건 웬 미친놈이냐 하는 눈빛뿐이었습니다. 고객들은 저를 보며 슬금슬금 피했고 경호원들이 저를 쫓아왔어요. 그들을 피해 도망치는데 괴물이 비상구 문에 부딪히는 소리가 크게 났습니다. 사람들의 시선이 모두 그쪽으로 향했지만 저는 기다릴 수가 없었습니다. 어쨌든 비상상황 매뉴얼대로 대처한 겁니다. 위에 괴물이 나타났다고 알려줬는데 안 믿은 건 그 사람들입니다. 백 명 정도 죽었다고 하던데 그게 왜 다 제 잘못입니까?

택시를 타고 집으로 향하는데 도무지 진정이 되질 않더군요. 계단을 내려오느라 숨 돌릴 힘도 없었습니다. 택시 기사가 백미러로 저를 힐끔힐끔 쳐다보다가 무슨 일 있었냐고 묻더군요. 제가 본 것에 대해 빨리 말하고 싶었지만 일단 숨부터 골랐습니다. 하필이면 신호마다 모두 걸려서 평소보다 더 느리게 가고 있었어요. 제가 본 괴물에 대해 이야기하자 기사의 표정이 미묘하게 변했습니다. 웬 미친놈인가 싶었겠죠. 하긴, 정신을 차리고 이성적으로 생각해보니 이해가 갔습니다. 저 같아도 안 믿었을 거예요. 도심 한복판에 괴물이라니. 게다가 담배를 피우다가 괴물 된 얘기 들어보셨습니까?

그래서 기사에게 라디오를 틀어달라고 했습니다. 지금쯤이면 뉴스 속보 같은 거로 나오지 않을까 했죠. 그런데 아무 일 없이 청취자 사연만 나오고 있더라고요. 뭐지? 아무도 신고 안 했나? 저는 1층에 있던 사람들에게는 말했지만 경찰에 신고는 하지 않았어요. 그럴 정신도 없었으니까요. 그런데 그 건물에 있는 사람들은 괴물을 봤을 거 아니에요?

제가 뒤늦게라도 신고를 해야 했다는 뉴스 봤습니다. 자기들일 아니라고 이러쿵저러쿵 말들만 많아요. 귀찮은 건 딱 질색입니다. 신고하면 이것저것 묻잖아요. '신고자분 성함은 어떻게 되세요? 지금 거기가 어딘지 정확히 설명해주세요. 상황이 어떤지 자세히 말씀해주세요.' 등등요. '괴물이라고요? 장난 전화 하지 마세요.'라는 반응 나올 거 뻔히 아는데 시간 낭비하고 싶지도 않았단 말입니다.

하지만 슬슬 진정이 되자 괴물에 대해서 말하고 싶더군요. 요즘 세상에 괴물이라니! 영화에서도 안 먹힐 설정이잖아요. 한강도 아니고, 그냥 평범한 백화점 옥상에서 말이에요. 거기서 괴물이 생겨날 줄 누가 알았겠습니까? 좀비들도 열차나 실험실에 나타나지 회사에서는 안 나타나요. 재미가 없잖아. 공허한 눈빛으로 느릿느릿 움직이니까 보통 직장인이랑 구분도 안 가요. 한번 보세요. 여기 직원들, 며칠은 밤새운 얼굴에 다크서클이 뺨까지 내려와 있어요. 눈은 반쯤 감겼는데 키보드 위에 손이 움직이고 있으니 이게 좀비랑 뭐가 달라요?

아내에게 전화를 걸었더니 "대낮부터 술이나 먹고 잘하는 짓

이다." 그러더군요. 아내는 제가 술 마시는 걸 몹시 싫어하거든
요. 괴물 얘기를 하기도 전에 화부터 내더라고요. 짜증내는 아
내를 겨우 달래어 다시 괴물 이야기로 돌아왔습니다. 처음엔 코
웃음을 치더니 나중엔 마음대로 해보라는 듯 묵묵히 들어주더
군요. 제가 술에 취해서 헛것을 봤거나 낮잠 자다가 개꿈을 꾼
정도로 생각하는 것 같았습니다. 하지만 아내를 설득할 시간이
없었습니다. 일단 제주도로 가는 비행기 표를 끊으라고 시켰어
요. 그 말을 들은 아내는 웃음을 터뜨렸습니다. 아마 서프라이
즈 휴가 정도로 생각했겠죠. 알겠다면서 전화를 끊더군요. 외국
도 아니고 제주도를 택한 건 나중을 위해서였습니다. 괴물이 금
방 잡히면 다음 날 출근해야 되거든요. 쉴 틈이 어디 있습니까.

집에 도착하니 아내가 짐을 다 싸났더군요. 이렇게 갑작스럽
게 여행을 가자고 하면 어떡하냐고 타박하면서도 입꼬리는 이
미 올라가 있었습니다. 아내에게 상황 설명을 했지만 그래, 알
겠다고 같은 말을 반복하면서 캐리어를 챙겼어요. 저는 급해 죽
겠는데 옆에서 콧노래도 새어 나오더군요. 하긴, 수아가 태어난
이후에 여행을 간 적이 없었으니 들떠 있었던 것도 이해가 갑니
다. 필요한 짐을 차에 모두 싣고, 아내를 재촉해 유치원에 간 딸
을 데리러 나갔습니다.

아내의 차는 낡은 소형차입니다. 마음이 급해서인지 시동을
세 번 만에 걸었어요. 수아의 유치원은 집과 멀지 않은 곳에 있
었습니다. 아내는 제 기행을 이벤트 정도로 생각하고 있는 것
같았습니다. 그때까지만 해도 괴물 이야기를 안 믿었으니까요.

큰길가로 나오니 그제야 건물 전광판에 뉴스가 흘러나오고 있었습니다. 전광판에 뜬 속보를 먼저 본 건 아내였습니다. 제 말이 사실이라는 것을 확인했죠. 괴물은 사정없이 날뛰며 사람들을 물어뜯고 있었습니다. 모자이크 처리를 했다지만 피가 튀는데 어떻게 모르겠습니까. 아내는 비명을 지르며 절 재촉했습니다. 괴물이 뉴스에까지 나오자 길은 더욱 막히기 시작했습니다. 앞을 보니 끝도 없이 차들이 줄지어 있었습니다. 차는 아내에게 맡기고 저는 도로를 달리기 시작했습니다. 기다릴 수가 없었어요. 딸아이가 있는 곳에 괴물이 없기만을 바랐습니다.

유치원까지 어떻게 뛰었는지 모르겠습니다. 아수라장이 된 도로를 헤치고 유치원 앞에 도착했습니다. 다행히 그 근처는 평화로웠습니다. 아이들은 이미 모두 다른 곳으로 피신했는지 반에는 아무도 없었습니다. 아내가 알려준 유치원 교사의 번호로 전화를 걸었지만 통화불가능이라고만 떴습니다.

많은 아이들을 데리고 멀리 가지는 못했을 것 같아서 유치원 내부를 찾아보기로 했습니다. 작은 유치원이 미로처럼 느껴지더군요. 아이들은 원장실에 옹기종기 모여 있었습니다. 심각한 줄 모르니 난리도 아니었어요. 소파에 매달리고 서랍장을 죄다 열어놓고. 선생님들은 연신 불안하게 움직이고 애들은 통제도 안 되고. 애들한테 괴물이 나타났다고 해봤자 무서워하지도 않아요. 오오, 괴물! 무슨 공룡이다, 아니다, 이런 소리만 한다니까요. 그냥 놀이의 일종이라고 생각하겠죠. 괴물의 모습을 아이들이 못 본 게 어쩌나 다행인지 모릅니다.

제 딸도 마찬가지였습니다. 자기가 만든 비행기를 날리면서 어찌나 해맑게 웃고 있던지. 나갈 때도 그 비행기를 꼭 챙겨야 한다고 떼를 썼습니다. 그냥 그렇게 하라고 할걸 그랬어요. 왜 이렇게 후회만 하게 되는지 모르겠습니다.

우리 딸만 데리고 유치원을 나섰을 땐 이미 아수라장이었습니다. 괴물이 언제 어디에서 튀어나올지 모르니까 더욱 불안했습니다. 사람들은 배낭 가득 짐을 챙겨 달리고 있었고, 슈퍼는 이미 난장판이었어요. 어디선가 비명 소리라도 들리면 사람들의 행동은 더욱 빨라졌습니다.

아내가 때마침 유치원 앞에 도착했습니다. 저는 얼른 수아를 안고 조수석에 올라탔습니다. 우리가 탄 차가 유치원에서 좀 멀어졌을 때쯤, 아내가 저더러 단톡방에 소식을 알려주라고 했습니다. 유치원 아이들 학부모들끼리 연락하는 단체 채팅방인데, 다들 걱정을 많이 하고 있답니다. 어쩐지 아까부터 귀찮게 진동이 울리더라고요. 저는 아내에게 오지랖 부리지 말자고 짜증을 냈습니다. 우리도 죽을 판에 뭔 남들 걱정을 하는지. 우리 가족 말고는 아무도 신경 쓰고 싶지 않았습니다. 사실 다 그렇지 않습니까?

아내가 운전하는 차를 타고 공항으로 향하는데, 라디오에서 뉴스가 흘러나왔습니다. 괴물이 닥치는 대로 사람들을 물어뜯고 있다는 소식이었죠. 수아는 괴물과 공룡의 차이점을 물었고, 저는 고개를 저으며 아이의 귀를 막았습니다. 아이가 듣기엔 뉴스 내용이 지나치게 자극적이었거든요. 종편 채널이어서 그런지 갈

수록 더 잔인한 단어들이 나왔습니다. 속보가 끝난 뒤, 아나운서가 사람의 목이 뜯기는 영상이 SNS에 공유되고 있다고 말하더군요. 자신은 당할 리가 없다는 듯 태연하게 말이죠.

갑자기 행인이 나타나는 바람에 차가 멈췄습니다. 그 미친놈은 셀카봉에 핸드폰을 끼워 동영상을 촬영하고 있었습니다. 연신 화면에 손을 흔들며 도로를 비추고, 낯 뜨거운 춤을 추며 호응을 유도하는 꼬라지를 보니 화가 치밀었습니다. 목숨을 걸고 도망치는 마당에 차분할 사람이 어디 있습니까? 그놈 때문에 차가 가지를 못했다고요.

너무 화가 나서 한소리 하기 위해 문을 열려고 했는데, 갑자기 앞 유리창에 피가 팍! 하고 튀며 보닛에 뭐가 떨어지는 소리가 들렸어요. 차 안이고 밖이고 비명 소리가 난무했습니다. 보닛 위엔 셀카봉을 든 팔뚝이 떨어져 있었습니다. 와이퍼가 움직이며 피를 닦아내자 괴물이 보닛 위에서 시뻘건 눈을 번들거리며 우릴 보고 있었습니다!

수아의 비명 소리와 함께 아내는 힘껏 액셀을 밟았습니다. 그 속도에 괴물이 땅으로 굴러 떨어졌죠. 수아는 품에 안겨 연신 소리를 지르고, 저는 그 빨간 눈알을 마주치곤 복잡한 마음이 들었습니다. 아직도 눈을 감으면 그 눈이 떠올라 잠을 설칩니다. 사람들이 말하는 것처럼 제가 정말 미친 걸까요? 차라리 그랬으면 좋겠는데요.

최대한 속도를 높여서 달리고 있는데, 아내가 다급히 소리쳤습니다. 뒤에서 괴물이 계속 쫓아오고 있다고요. 뒤를 돌아서 괴물의 위치를 확인했습니다. 엄청난 속도로 달려오고 있더 군요. 처음엔 괴물이 직진만 할지도 몰라서 차선을 이리저리 바꾸었습니다. 어차피 다 똑같은 하얀색 차량인데 못 알아볼지도 모른다고 생각했죠. 그런데 마치 저를 타깃으로 삼은 것처럼 돌진해 왔습니다.

그때 라디오가 지지직거리며 속보가 나오기 시작했습니다. 도시 한복판에서 날뛰는 괴물을 생포하라고 했답니다. 아직 원인과 해결책은 찾지 못했다는 쓸모없는 내용이 흘러나왔습니다. 왜 하필 우리 가족을 따라오는 걸까요? 그때까진 정확한 이유를 몰랐습니다. 아무리 괴물이 되었어도 인간이었을 때의 기억을 가지고 있는 것이 아닐까, 그렇게만 생각했죠. 어쨌든 김 부장이 괴물이 되고 나서 처음 본 사람 중에 살아 있는 건 저 하나뿐이니까요.

사이드미러로 괴물의 모습이 언뜻언뜻 보였습니다. 괴물은 처음 회사 비상계단에서 봤을 때보다 더욱 빨라진 것 같았어요. 이대로 가다간 모두 죽을 것만 같았습니다. 딸의 얼굴에 눈물 자국이 난 걸 보니 다 제 탓인 것만 같더군요. 게다가 아내는 핸들을 어찌나 꽉 잡고 있는지 금방이라도 손가락이 부서질 것 같았습니다. 워낙 겁이 많은데, 바로 앞에서 괴물까지 봤으니 제정신이 아니었을 겁니다. 그런데도 애써 힘을 내고 있었죠. 저는 선택을 해야만 했습니다. 가족들을 살리기 위해서라도.

마침 사거리가 나타났습니다. 얼른 수아를 옆에 내려놓고 안전벨트를 풀었죠. 아내는 제가 뭘 하려는지 알아챈 듯 소리를 질렀습니다. 저라고 그 결정이 쉬웠던 것은 아닙니다. 하지만 저 때문에 아내와 딸이 위험에 처할지도 모른다고 생각하니까 그 방법밖에 없더라고요.

수아에게 다시 안전벨트를 채우며, 아내에게 수아를 잘 부탁한다고, 무사히 안전한 곳으로 간 후에 다시 연락하자고 했습니다. 저는 아내의 대답을 듣기도 전에 얼른 차 문을 열고 뛰어내렸습니다.

굴러떨어지자마자 얼른 일어나서 뛰었습니다. 아파할 시간도 없었어요. 아내의 차와 반대 방향으로 달렸습니다. 처음 괴물에게서 도망칠 때보다 더 열심히 뛴 것 같습니다. 슬쩍 뒤를 돌아보니 작전은 성공이었습니다. 괴물은 망설이는 기색도 없이 제 쪽으로 달려오기 시작했어요. 사람이었을 때나, 괴물일 때나 저만 싫어하는 김 부장…. 정말 짜증났습니다.

그렇게 5분쯤 뛰었나, 한계가 찾아오더군요. 이대로라면 잡히는 건 시간문제였습니다. 저 멀리 경찰들이 벽을 쌓고 있는 모습이 보였지만 거기까지 갈 힘도 없었어요. 괴물의 시야에서 벗어나면 시간을 벌 수 있을 것 같았습니다. 도로를 벗어나 좁은 골목들이 많은 주택가로 달렸어요.

좁은 골목들 사이를 이리저리 뛰어다녔습니다. 어쨌든 제 모습만 안 보이면 될 거라고 생각했으니까요. 일단 어느 오피스텔의 공용 주차장 쪽에 몸을 숨겼습니다. 제 예상이 맞았는지 잠잠하더라고요. 쿵쿵거리던 괴물의 소리가 들리지 않아서 잠시 안심하고 있었죠. 다른 곳으로 갔을 거라고 생각하고 주차장 밖으로 나가는 순간, 괴물과 눈이 마주쳤습니다.

어떻게 뛰었는지 기억도 안 나네요. 여기서 잡히면 진짜 죽겠다 싶었죠. 발이 가는 대로 미친 듯이 달렸더니, 놀이터가 나오더라고요. 눈앞에 보이는 커다란 미끄럼틀로 뛰었습니다. 높이가 3미터쯤 됐지만 다른 생각을 할 수가 없었습니다. 뛰는 속도를 이용해서 미끄럼틀을 역주행으로 올라갔습니다. 중반부터는 옆을 잡고 기어서 겨우 도착했죠. 뒤에서 쿵, 하는 소리가 들렸습니다. 돌아보니 괴물이 굴러떨어진 모습이 보였어요. 피를 뒤집어써서인지 손이 미끄러워 못 올라오더군요. 얼마나 다행인지 모릅니다.

저는 잠시 숨을 고르며 괴물을 보고 있었습니다. 괴물은 분한 듯 쿵쿵거리면서 또다시 저를 노려보고 있었습니다. 몇 번이고 굴러떨어지는 괴물을 보며 도망갈 타이밍을 재고 있는데, 불현듯 라디오의 내용이 떠오르더군요. 괴물을 죽이지 않고 생포하겠다던 발표 말입니다. 저렇게 위험한 놈을 왜 생포하려는 것이었을까요? 그 뒤에 원인을 찾지 못했다는 말과 연관시켜보았습니다. 아마 괴물의 정체를 확실히 하고 싶었던 거겠죠.

그러고 보니 괴물의 탄생을 본 것도 저 하나이고, 원인이 된 담배를 가지고 있는 것도 저뿐이었습니다. 혹시나 하는 마음에 담배를 꺼냈습니다. 제 생각이 맞았는지 괴물은 더욱 격렬하게 쿵쿵거리며 미끄럼틀을 부술 듯이 손으로 내리치더군요. 제가 김 부장님을 부르자, 그는 마치 알아들은 것처럼 저를 노려보았습니다. 제발 정신 좀 차려보라고 소리쳤습니다. 그때까지만 해도 여차하면 이 담배를 괴물에게 던지고 도망가볼 생각이었습니다. 담배만 주면 저는 살려줄지도 모르잖아요.

그런데 괴물이 오해한 것 같습니다. 제가 자신을 약 올린다고 생각한 모양입니다. 숨소리가 점점 더 거칠어지더니 방향을 바꾸어 그 옆의 철봉을 밟고 벽에 매달리더군요. 순식간에 제가 있는 곳에 도착할 것 같았습니다. 놀라서 조합놀이대를 내려가기 시작했습니다. 하지만 괴물이 더 빨랐죠. 저와 괴물은 구름사다리를 가운데 놓고 대치상태에 있었습니다.

저는 주머니 속에서 담배를 반으로 부러뜨렸습니다. 그중 한 쪽을 괴물의 뒤쪽으로 던졌습니다. 놈이 속기를 바랄 뿐이었죠. 괴물은 제게 달려들려고 하다가 이내 몸을 돌려 담배를 쫓아가더군요. 그사이에 저는 얼른 놀이터를 빠져나왔습니다.

놀이터에서 나온 지 얼마 되지 않아, 경찰들을 만났습니다. 저는 괴물의 위치를 알려주고 경찰서로 향했습니다. 아무래도 이 담배는 너무 위험했습니다. 괴물은 제가 아니라, 담배를 쫓아오는 것이라는 결론을 내렸죠. 빨리 제가 아는 것을 모두 말하고 담배를 줘버리는 게 낫겠다고 생각했습니다.

경찰서도 난리가 아니었습니다. 이미 많은 인력이 괴물이 나타난 곳에 배치되었다는 뉴스를 보았습니다. 제가 쭈뼛거리면서 다가가자, 형사 한 분이 짜증을 내더군요. 지금 괴물 때문에 바쁘니까 담에 오래요. 참나, 제가 이 판국에 도둑질 신고나 하러 왔겠습니까?

저는 괴물이 어떻게 생겨났는지 알고 있다고 했습니다. 다들 허위신고쯤으로 생각하는지 안 믿는 표정이었습니다. 그도 그럴 것이, 갑자기 웬 남자가 쳐들어오더니 '내가 괴물의 아버지다!' 같은 소릴 하는 겁니다.

하지만 여기서 물러날 수는 없었습니다. 주머니 속에 담배를 꺼내 들었어요. 두 동강이 나긴 했지만 여전히 황홀한 향이었습니다. 그 진한 향을 경찰서에 있는 모든 사람이 느꼈는지 제 쪽을 보았습니다. 담배를 머리 위로 쳐들고 이 수상한 담배를 피우고 나서 괴물이 된 거라고 했죠. 그제야 호기심을 보이며 의자를 내어주더군요.

담배를 얼른 다시 주머니에 넣었습니다. 피우면 괴물이 되고, 냄새를 맡으면 흥분한다. 그게 제가 내린 결론입니다. 경찰은 컴퓨터 화면에 무슨 사진을 띄우더니 제 얼굴을 비교해보았습니다. 백화점 건물에서 뛰쳐나오면서 괴물이 나타났다고 소리치던 때의 모습이었어요. 경찰이 CCTV를 캡처한 모양입니다. 제가 누군지도 이미 파악했더군요. 그러더니 제게 수갑을 채웠습니다. 마약 유통 죄랍니다!

이게 뭔 개소리입니까? 기껏 제보했더니 마약 유통이라니요. 담배는 저도 윤성철 과장에게서 받은 겁니다. 윤 과장은 먼 친척에게 받은 거고요. 물론 그 친구는 괴물이 된 김 부장에게 목이 뜯겨 증언해줄 수 없지만요. 경찰은 제 주머니를 거칠게 뒤지더니 담배를 가져갔어요. 다시 한 번 향이 훅 올라왔습니다. 재킷에 남은 미약한 향만으로도 기분이 나아지더군요. 마약이라는 말이 맞는 것 같습니다. 그럼 애초에 밀수를 하지 못하게 잘 감시했어야 하는 거 아닙니까? 저같이 선량한 시민은 담배라고 하면 다 믿지, 누가 그게 마약인 줄 알겠습니까? 평생 마약이라고는 본 적도 없는데 뭘 알아야 신고를 하지.

아무리 억울하다고 해봤자 그들은 저한테 관심도 없었어요. 귀찮다는 듯 유치장에 넣어버리더군요. 그러고는 다들 쿵쿵거리면서 담배 향을 맡기에 바빴습니다. 하지만 제 결백을 증명해줄 것은 없었습니다. 옥상엔 CCTV가 없고, 건물 비상계단도 마찬가집니다. 제가 담배를 어떻게 구했는지 증명할 길이 없단 말입니다. 애초에 제가 마약 유통을 했으면 그 마당에 경찰서에 제 발로 찾아갔겠습니까, 그냥 제주도로 나르지. 하여간 좋은 일을 하려고 해도 의심들이 많아서 탈입니다. 표창장을 줘도 모자를 판에.

다들 담배에 정신 팔려 있을 때, 멀리서 비명 소리가 들렸습니다. 괴물이 가까이에 있단 뜻이었죠. 유치장 창살에 매달려 풀어달라고 소리쳤는데 경찰들은 들은 척도 안 했습니다. 다들 여전히 담배 향이나 맡고 있었죠. 신기하다면서 사진을 찍어놓는 놈들도 있었습니다. 제가 괴물이 가까이에 있다고 소리쳤더니, 그럴 리가 없다더군요. 도시 대부분의 의경들이 투입되어 도로를 막고 있으니 걱정하지 말래요. 의경도 평범한 사람인데 괴물에 어떻게 대항을 합니까. 그것도 정신머리 없이 미쳐서 죄다 물어뜯고 있는데.

담배는 지퍼백에 밀봉되어 서랍에 들어갔습니다. 이대로 여기 갇히게 되는 건가 좌절하고 있는데, 비명 소리가 더 크게 들리는 겁니다. 그제야 다들 우왕좌왕 하면서 창문가로 얼굴을 내밀었습니다. 어디서 소리가 나는지 목을 빼고 살피던 순경 하나의 머리가 날아갔습니다. 세상에. 살면서 한 번 보는 것도 충격적인 장면을 세 번이나 봤다고요.

경찰서는 아수라장이 됐습니다. 밖으로 나가지도 못하고 안에서 기다리지도 못하겠더라고요. 일단 창살을 마구잡이로 흔들다가, 도움을 요청했습니다. 가장 어려 보이는 순경을 공략했습니다. 공포에 뜬 얼굴로 망설이더니 열어주더라고요. 다른 경찰들은 창문과 정문을 막느라 정신없었습니다.

하지만 전 이곳에 남아 있고 싶지 않았습니다. 둘러보니 화장실 쪽엔 지키는 사람이 없더군요. 저곳으로 통과해서 아내가 있는 공항으로 가야겠다 싶었죠. 아직 출발 시간이 안 됐거든요. 가기 전에 서랍을 흘긋 보았습니다. 다들 괴물한테 신경이 쏠려 담배는 뒷전이었습니다. 눈치를 보며 서랍을 열어 담배를 다시 품속에 넣었습니다. 담배는 양날의 검이었습니다. 괴물이 따라올 위험이 있지만, 마약 유통에 대해 결백함을 주장하려면 반드시 필요했습니다. 이것마저 사라진다면 제가 이 모든 사태를 독박 쓰게 생겼으니까요.

그 순간, 요란한 소리를 내며 창문이 깨졌습니다. 괴물이 경찰서 안에 얼굴을 들이밀었습니다. 창문 근처에 있던 경찰들이 소화기와 곤봉으로 괴물을 두들겨 팼습니다. 그 틈을 타 얼른 화장실로 도망쳤습니다. 경찰서 안에서 연신 비명 소리가 들렸지만 저도 살아야지요.

화장실 창문은 크지 않았지만 제가 빠져나갈 정도는 되었습니다. 다만, 높은 곳에 있어서 쉽게 나가지는 못하겠더라고요. 변기를 밟고 손을 뻗었는데 아슬아슬하게 떨어지고 말았습니다. 아마 많은 범죄자가 이렇게 탈출을 꿈꾸다 실패했겠죠. 얼른 남자 화장실에서 나와 여자 화장실로 향했습니다. 이 상황에 화장실에서 볼일을 보고 있는 사람은 없겠죠. 저는 여자 화장실 칸 가장 안쪽에 있는 청소 도구함을 활용하기로 했습니다. 덕분에 탈출하기가 좀 수월해졌습니다.

몸을 반쯤 창문에 걸쳤을 때, 무언가 둔탁하게 벽에 부딪히는 소리와 비명 소리가 섞여서 크게 들렸습니다. 괴물이 화장실 근처까지 온 모양이었습니다. 얼른 몸을 창문으로 구겨 넣었습니다. 2층 건물이라 너무 무서웠지만 어쩔 수 없었습니다. 몸을 날려 바닥으로 착지했죠. 평소에 운동 좀 열심히 할걸, 후회했습니다.

최대한 경찰서와 멀리 떨어지기 위해 절뚝거리면서 뛰었습니다. 그때 자전거가 눈에 들어왔습니다. 시에서 운영하는 무료 자전거였습니다. 뒤에서 창문이 깨지는 요란한 소리와 함께 출발했습니다. 제가 걷기 운동은 열심히 안 해도 페달은 잘 밟습니다. 아내와 종종 강가를 자전거로 달렸던 기억이 새록새록 납니다. 그때와는 달리 피 냄새가 가득한 바람을 맞았지만요.

도시는 난장판이 되어 있었습니다. 거리는 피로 얼룩져 있고, 곳곳에 시체의 머리들이 굴러다녔습니다. 최대한 멀리 도망가야 해서 참고 싶었는데 어쩔 수 없었습니다. 급하게 멈춰서 구토를 했죠. 점심때 먹은 것도 별로 없는데 다 게워내고 고개를 드니 건물 전광판에 뉴스가 나오고 있었습니다.

괴물의 근처에서 담배 향을 맡은 사람들이 흥분 증상을 보이며 폭력적인 행동을 하기 시작했답니다. 제일 향을 많이 맡은 저는 멀쩡한데요. 그 다음엔 날뛰는 괴물의 모습이 배경으로 지나가면서 '회사원 이 모씨, 마약 불법 유통으로 공개수배'라는 속보가 뜨더군요. 이런 젠장. 기가 막혀서 보고 있는데, 저를 수배한다는 내용이 주요 뉴스로 나오고 있었습니다. 잘잘못을 떠나서 지금 이 상황에서는 괴물을 잡는 것이 우선 아닙니까? 도시 한복판에서 괴물이 날뛰고 있는데 저를 잡아서 뭐 어쩔 거예요? 일단 괴물부터 잡아서 죽이든지 한 후에 저를 찾아야 할 것 아닙니까.

다행히 근처에 사람이 아무도 없어서 피할 수 있었습니다. 계속 자전거를 타고 앞으로 향했습니다. 공개수배가 된 이상 비행기는 탈 수 없을 테니까요. 어디로든 가야겠다는 생각에 직진했습니다. 어머니도 보고 싶고, 아내와 딸도 보고 싶었습니다. 하지만 어디로 가면 좋을지 모르겠더라고요. 도와줄 만한 사람도 떠오르지 않았습니다.

고민도 잠시, 얼마 가지 못해 의경들한테 붙잡혔습니다. 이 도시에서 벗어날 수 없다는 듯이 가로막고 있더군요. 거대한 벽처럼 느껴졌습니다. 순순히 붙잡혀서 다시 경찰서로 향했습니다.

저를 취조하러 온 사람은 이곳에서 꽤 높은 사람이라고 했습니다. 솔직하게 말하면 도움을 줄 수 있다고 하더군요. 그땐 그 사람이 구세주 같았습니다. 제가 본 것들을 모두 털어놓았죠. 담배 때문에 내 상사가 괴물이 된 것 같다고 말하자 그 사람은 너털웃음을 짓더라고요. 마치 이 새끼 정신 나갔네, 이렇게 생각하는 것처럼요. 하긴 누가 제 말을 믿겠습니까. 하지만 제가 본 건 모두 사실입니다.

그는 그것이 담배가 아니라 마약이라고 했습니다. 국내에서 발견하지 못한 신종 마약이고, 아직 밀수 루트를 찾지 못했으니 도와달라고 하더군요. 저는 아프리카 시렌푸르의 이야기를 했습니다.

하지만 그는 인터넷에 검색을 해서 제게 보여주었습니다. 아프리카에는 그런 지역 따위는 없다는 것을요. 저도 속아서 받은 건데 밀반입된 경로를 어떻게 알겠습니까? 제가 계속 모른다고 하니까 그는 한숨을 푹푹 쉬더라고요. 진짜 괴물로 변하는 마약이라니, 국가적 차원에서 심각한 일이라고 했습니다. 물론 저도 압니다. 근데 그걸 제가 어떻게 도와줍니까? 저는 괴물이 없는 안전한 곳에서 살고 싶은 소시민일 뿐이라고요. 저를 상대로 시간을 끌어봤자 괴물은 밖에서 활보하고 있을 텐데 이게 다 무슨 소용인지 모르겠습니다.

그때 장 박사님의 이름을 처음 들었습니다. 경찰들이 괴물을 공격할 때 흘린 피로 연구를 시작했다고요. 지구상에서 발견하지 못한 신종 바이러스로 인해 괴물이 되었다면서요. 박사님이 더 잘 아시겠죠. 저는 제 말을 증명하기 위해 품 안에 있는 담배를 꺼내려고 했습니다. 지퍼백에 담긴 반 토막 난 담배 말입니다. 이걸 연구하면 제 무죄를 입증할 수 있었으니까요.

그때 새로운 제안을 받았습니다. 담배 같은 건 없었다고. 제가 잘못 본 것이라고 하랍니다. 정체불명의 마약이 사람을 괴물로 만든다는 사실을 국민이 알게 되면 무척 혼란스러울 것이라고요. 아직까지 잡지 못한 괴물에 대한 공포와 정부에 대한 불신만 가득해진다면서요. 그럼 저 괴물을 뭐로 설명할 것이냐고 물었죠. 인간이 버린 쓰레기를 먹고 자란 동물이 변종 바이러스로 인해 괴물이 되었다고 얘기하랍니다. 사람이 괴물로 변한 것보다는 거리를 떠도는 동물들이 변한 것이 공포감이 약하다고요. 이해가 되지 않았습니다. 사람이나 동물이나 우리 주변에서 흔히 볼 수 있지 않습니까? 인간이 괴물이 될 가능성이 없으면 괜찮다는 생각일까요.

그렇게 대답하면 그곳에서 빼주겠다고 했습니다. 담배 이야기를 하면 오히려 제가 마약을 유통한 게 확실해져 죄가 생길 수도 있다고요. 그러니 시키는 대로 이야기하면 된다고 했습니다. 그들은 종이 하나를 내밀었습니다. 계획된 증언들이 적혀 있어서 사인만 하면 되는 것이었죠.

쭉 읽는데 괴물이 된 김 부장의 얼굴이 떠올랐습니다. 그래서 저는 김 부장은 어떻게 되는 것이냐 물었습니다. 그 사람은 긴장이 풀렸는지 웃으며 말했습니다. "죽여버리면 그만이지." 괴물의 형상을 하고 있는 인간이니 총격에 오래 버티지는 못할 것이라고요. 지금까지는 인간의 모습을 하고 있어서 생포하려 했지만 제 증언으로 인해 그는 괴물로 판명이 나서 죽여도 상관없어진다고 했습니다. 다만 연구를 위해 좀 더 붙잡아놓고 있는 것뿐이라고요.

그 말을 들으니 많은 것들이 떠올랐습니다. 제 눈앞에서 죽어간 윤 과장과 사람들의 시체, 흩뿌려진 피들, 사랑하는 우리 가족. 그리고 함께 웃으며 일하고, 화를 낸 다음엔 꼭 술을 사주거나, 옥상에서 만나면 늘 어깨를 두드려주던 김 부장의 얼굴….

괴물의 얼굴을 가까이에서 봤을 때 저는 알 수 있었습니다. 눈이 새빨갛고 피부가 검보랏빛으로 변했지만 그건 분명 사람이었다고요. 김 부장의 얼굴을 한 괴물이 아니라, 여전히 김 부장님이었습니다. 담배 하나 때문에 정신을 못 차리고 변해버린 김현욱 부장. 담배를 연구하면 부장이 원래 모습으로 돌아가는 방법도 찾을 수 있지 않겠습니까. 제가 김 부장을 싫어하는 것과는 별개로, 그 사람도 인간이잖아요. 괴물로 변해버린 김 부장이 죽인 많은 사람들에 대한 사죄는 인간이 된 부장이 할 겁니다.

제가 그렇게 말했더니 그 사람은 짜증을 내더라고요. 일 복잡하게 만들지 말고 사인이나 하라고요. 그래야 모든 상황이 종료된다면서요. 제가 계속 버티자 자꾸 이러면 정신병원에 처넣겠다고 협박까지 했습니다. 누가 담배 하나로 괴물이 되었다는 말을 믿겠냐며 제 말은 신빙성이 없다고 했죠. 저는 품 안에 있는 담배를 생각하며 끝까지 사인하지 않았습니다. 나중에 우리 가족들에게 전해주세요. 부끄럽지 않은 선택을 한 것이라고!

그가 손짓하자, 사복경찰들이 우르르 몰려 왔습니다. 제 양팔을 붙잡으며 강제로 지장을 찍어야 했습니다. 제 의지가 아니었다는 걸 이 녹음을 통해 분명히 밝힙니다. 그들은 뒤에서 입을 틀어막고 저를 끌고 나갔습니다.

눈을 가렸지만 봉고차에 탔다는 걸 알 수 있었습니다. 아마 그들이 말했던 정신병원에 저를 가두러 가는 것이었겠죠. 두렵기도 하고 눈물이 났습니다. 하지만 제 선택에 후회는 없습니다. 저는 옳은 일을 한 것이잖아요? 사실을 말했을 뿐입니다. 저를 이렇게 만든 그들이 원망스럽습니다. 진실을 거짓으로 덮으려는 자들, 그들이 문제일 뿐이죠.

순간, 쿵! 하는 소리와 함께 차가 멈췄습니다. 아까 들은 소리와 비슷했습니다. 보닛 위로 시체가 떨어지는 소리 말이죠. 양옆에서 저를 잡고 있던 손이 느슨해지더니 욕을 하더군요. 괴물이 근처에 있는 것이 분명했습니다. 길이 막혀서 더 이상 차로 움직일 수가 없다고 했습니다. 그들은 어쩔 수 없이 저를 데리고 밖으로 나갔습니다.

코를 찌르는 피 냄새에 정신이 어지러워졌습니다. 손이 자유로워지자마자 얼른 눈가리개를 풀었습니다. 품에 있는 담배를 꺼내자니 경찰들에게 잡힐 것이고, 갖고 있자니 괴물한테 뜯길 위험이 컸죠. 슬쩍 옆을 보니 경찰들은 괴물을 경계하느라 제게 신경을 쓰지 않더라고요.

도망치려 하는데 근처에서 이상한 소리가 들렸습니다. 괴물의 거친 숨소리였습니다. 그사이 사람을 얼마나 죽였는지 피를 잔뜩 뒤집어썼더군요. 경찰들이 괴물을 향해 총을 쐈습니다. 소리가 들릴 때마다 놀라서 몸이 들썩였습니다. 괴물은 총알을 맞아도 괜찮은 것인지, 아니면 빠르게 피한 것인지 타격이 크지 않아 보였습니다. 코를 쿵쿵대는 괴물을 피해 근처 차량에 몸을 숨겼습니다.

차엔 사람이 없었지만 라디오 뉴스가 나오고 있었어요. 장 박사님이 괴물은 그냥 사람일 뿐이라고 주장한다는 내용이었습니다. 경찰이 발표한 내용과는 조금 다르다고 말하는 목소리였죠. 저는 그 말에 괜히 눈물이 났습니다. 거짓을 강요하는 그들에게 굴하지 않았다는 제 신념이 헛되지 않았음을 알게 되었으니까요.

그래서 저는 이 녹음기를 박사님께 보내게 되었습니다. 장 박사님이라면 제 말을 믿어주실 테니까요.

그 뉴스에 감동하고 있을 때쯤, 요란한 소리가 들렸습니다. 경찰 하나가 희생당하고 있었죠. 괴물은 제가 숨어 있던 차 위쪽에 있었습니다. 저는 숨을 죽이고 입을 틀어막았습니다. 괴물은 쿵쿵대면서도 저를 제대로 찾지 못했습니다. 아마 경찰서에서 반토막 난 담배를 지퍼백에 밀봉한 덕분인 것 같았습니다. 눈에도 안 보이고 냄새도 흐릿해서 괴물이 우왕좌왕하고 있을 때였죠. 다시 총성이 울렸습니다.

이번엔 제대로 머리를 맞혔더군요. 괴물이 고꾸라지며 저와 눈이 마주쳤습니다. 그대로 제 앞에 떨어져 몸을 부르르 떨었습니다. 그 모습을 제가 잊을 수 있을까요? 괴물에서 제가 아는 사람으로 변해가는 그 모습 말입니다. 핏발 선 번들거리는 눈이 다시 인간의 눈으로 변했습니다. 괴물로 산 시간보다 사람이었던 시간이 더 길었던 우리 부장님. 그는 그렇게 제 앞에서 눈을 감았습니다.

저 멀리에서 경찰들이 뛰어오는 모습이 보였습니다. 이번에 잡히면 정신병원행이 확실했습니다. 최대한 몸을 낮추고 뛰었습니다. 자꾸만 눈물이 나고 다리가 떨려서 멀리 가기 힘들었어요. 하지만 경찰들에게서 멀어지기 위해 최선을 다했습니다. 그렇게 발걸음이 닿는 대로 뛰었습니다.

폐허가 된 도시에서 살아남는 것은 의외로 수월했습니다. 희생당한 것이 분명한 사람들의 집에 들어가, 그들의 신분증을 훔치고, 겉모습을 바꿔 가며 살았습니다. CCTV가 저를 집요하게 추적했지만 사람에게서 숨고 싶으면 사람 속으로 들어가란 말이 있죠. 모습을 바꾸고 번화가로 뛰어들었습니다. 이 사태의 진상규명을 요구하는 시위대 속에 숨어들기를 몇 차례 반복하기도 했습니다. 누군가가 저를 봤다고 신고한 적도 있었어요. 잡힐 뻔한 이후로는 보름에 한 번씩 집을 옮겨 다니기도 했습니다. 머물 집을 찾지 못해서 노숙한 적도 있었고, 오래된 음식을 먹어 배탈이 나기도 했었죠. 병원에는 갈 수 없어 끙끙거리며 한참을 앓을 때면 지난날들이 그립기도 했습니다. 특히 가족들과 함께했던 날들이 말입니다.

시간이 지나면 얼굴은 잊히기 마련입니다. 그러나 3개월이 지났는데도 제가 한 행동은 더욱 부풀어가고 있었습니다. 어느새 언론에서는 제가 마약 밀수책이었다가 거대한 마약 카르텔을 이끄는 수장이 되어 있었습니다. 같은 회사 동료들은 그럴 사람으로 보이지 않았다는 인터뷰를 했더군요. 저랑 사이가 안 좋았던 옆 부서 최 과장은 제가 뒤가 구린 놈이었다고 말한 모양이지만. 어쨌든 소문은 점점 더 커져가고 있었습니다. 그러든지 말든지 신경 끌 생각이었습니다. 아내와 딸의 얼굴을 뉴스에서 보기 전까지는요.

사람들은 사실보다는 소문을 좋아합니다. 특히 SNS는 가십거리를 위해 우리 가족을 진득하게 괴롭혔습니다. 제주도에 머물고 있는 아내와 딸을 찾아가 날계란을 던지거나 담벼락에 낙서를 해서 쫓아내고, 다시 도시로 돌아온 가족들에게 집요하게 카메라를 들이댔습니다. 제게 그들은 괴물보다 더한 놈들이었습니다. 우리 가족들을 물어뜯은 건, 괴물이 아니라 그들이었으니까요. 더 이상 참을 수가 없었습니다. 저는 오랫동안 간직해온 담배를 꺼냈습니다. 세상에 모습을 드러내고 진실을 알릴 때가 된 겁니다.

그간 많은 뉴스를 찾아보았습니다. 괴물이 된 원인을 명확히 밝힌 곳은 없었죠. 다들 괴물이 된 김 부장의 가정환경을 파헤쳐 유년 시절부터 나열했습니다. 김 부장을 모티프로 삼은 〈괴물이 된 사나이〉라는 영화도 만들 예정이랍니다. 갑자기 괴물이 되어버린 김 부장을 연민의 시선으로 보기 시작했습니다. 인간에서 괴물이 되어 혼란스러운 감정들에 초점을 맞추었습니다. 괴물이 되어버린 불쌍한 가장. 그게 김현욱 부장님의 타이틀이었습니다.

반면에 저는 국민 쓰레기가 되었습니다. 도망치면서 신고도 안 했다며 이기적인 놈의 전형이라 욕했습니다. 아내와 딸을 살리기 위해 차에서 내려 반대편으로 뛴 영상을 누군가가 찍어 인터넷에 올렸더라고요. 댓글엔 죄다 저 혼자 살겠다고 도망치는 파렴치한 새끼라고 도배되었습니다.

이젠 제 이름이 하나의 조롱거리가 되었죠. 제가 탔던 택시의 기사는 그때 저와 나누었던 대화를 신나게 이야기했습니다. 약에 취한 것처럼 횡설수설했다고요. 괴물을 눈앞에서 봤는데 담담한 사람이 어딨답니까?

아내와 딸이 엉엉 우는 모습이 연일 뉴스에 나왔습니다. 물론 사람들은 그런 모습에도 악플을 줄줄 달았습니다. 가족들의 일거수일투족까지 취재하더군요. 아내가 시장에서 통조림을 구입했다거나 딸이 젤리를 먹었다는 것까지도요. 그걸 또 진지하게 분석하고 앉아 있더군요. 그게 저한테 신호를 보내는 거라는 개소리를 했습니다. 먹고 싶어서 먹는 거지, 뭘.

장 박사님. 저는 모든 것을 각오하고 이 자리에 섰습니다. 오늘은 괴물이 탄생한 지 딱 백 일이 되는 날입니다. 괴물을 처음 봤던 백화점 옥상에 다시 서니, 그 시간들이 모두 꿈처럼 느껴지는군요.

SNS에 진실을 밝히겠다고 글을 올렸습니다. 많은 사람이 '좋아요'를 누르며 욕을 쏟아냈습니다. 아직 아무 말도 안 했는데, 이런 제 의도를 분석하는 글들도 많습니다. 진실은 오직 저만이 알고 있는데요. 그저 우리 가족들이 이런 제 결정에 슬퍼하지 않았으면 합니다.

동영상 촬영 버튼을 누르고, 담배를 한 모금 피우면 제가 할 일은 끝이 날 겁니다. 사람들은 진실을 알게 될 것이고, 박사님의 연구 데이터는 늘어나겠죠. 부디 더 이상의 사상자는 없기를 바랍니다.

　장 박사님, 이제 정말 마지막이군요. 저는 이 사태의 목격자일 뿐입니다. 하지만 세상은 저를 가해자라고 말합니다. 한때는 억울했고, 한때는 서러웠습니다. 시대가 낳은 괴물이라는 수식어는 가당치도 않습니다. 저는 보통 사람입니다.

　진짜 괴물을 만들고 있는 것은 누구입니까?

이수진

1990년 서울 출생으로 경희대학교 무역학과를 졸업했다. 이후 전공과 상관없는 일들만 하다가 소설을 쓰게 되었고, 여러 글쓰기 훈련과정을 밟으며 장편소설을 준비하고 있다. 다양한 장르에 도전하며 꾸준히 글을 쓸 예정이다. 인생의 모토는 즐겁게 사는 것. 앞으로도 좋아하는 일을 즐기면서 살고 싶다.

나는 바나나다

—— 강현

내 유서는 43,406글자로, 다음의 내용을 포함하고 있다. 나는 자살하지 않았으며, 살기 위해 최선을 다했다. 나는 생존해 있는 친할아버지 혹은 내 가족 구성원에게 재산이 돌아가길 원치 않는다. 따라서 생전에 재단법인의 형식을 통해서 나의 재산을 사회에 환원하기 위한 절차를 마쳤다. 나의 남은 재산, 혹은 상기한 재단이 법률적 논쟁의 대상이 된다면 내 유서의 각 항목에 따라 처리해주기 바란다. 내 죽음과 행동이 잘못 해석되는 것을 원치 않으므로 첨부 자료를 통하여 증빙한다. 이것은 나의 사망 전, 아이를 입양하려고 했던 기록이다.

✳

입양 심사 첫날이었다. 입양은 다소 까다로운 방식으로 이루어졌다. 십수 개의 서류를 접수하고 나서도 몇 차례에 걸친 가정 방문과 입양 심사가 기다렸다. 답변 매뉴얼은 책상 위에 바지런히 놓여 있었다. 입양 컨설턴트는 내 수기로 적은 입양 사유서가 조금 더 인간미가 있어 보인다고 조언해주었다. 손으로 옮겨 적은 사유서를 들고 문이 열리길 기다렸다. 말쑥하게 입은 큰 키의 입양심사관이 문을 열고 들어왔다. 가벼운 인사와 담소가 30분쯤 이어졌을 땐 마음을 푹 놓았다. 어려운 질문이 들어올까 긴장했으나 인사 좀 하고, 서로 사인 몇 번 하면 곧 아이를 보러 갈 수 있겠거니, 그저 그런 겉치레가 다겠거니 했다. 문제는, 느슨해진 틈을 타 이런 질문을 받을 줄은 몰랐다는 데 있다.

"미셸 씨, 당신은 얼마나 오래 살 수 있나요?".

"네?"

들고 있던 찻잔을 놓칠 뻔했다. 몇방울이 잔을 따라 흘렀다. 찻잔 속 히비스커스 차가 소용돌이쳤다.

"그게 중요한가요?"

"중요하죠. 저는 죽을 사람에게는 아이를 입양시키지 않아요."

입양심사관 아마디스는 내게 다시 말했다. 나는 찻잔을 내려놓고 소파에 깊이 몸을 묻었다. 불편한 침묵이 이어졌다. 담당의의 소견은 어제와 5년 전이 다르지 않다. '명료하게 이야기해줄 게요. 다음 세대의 아이들은, 그러니까 태어날 아이들은 살릴 수 있어요. 하지만 미셸, 당신은 살릴 수 없습니다. 이미 태어난 사람은 어쩔 수 없어요. 이미 생성된 세포를 모두 바꿀 순 없어요.' 예비 감염-사망자로 대우받는 일은 불공평했다. 그렇지 않은가?

"어떤 양부모든 언제나 죽을 수 있어요. 그 정도는 감수하고 입양 허가를 내지 않나요?"

"그렇긴 합니다. 다만……."

아마디스는 입술을 달싹이다 내 말을 먼저 듣기로 했는지 입을 다물었다. 눈치 보는 일은 적성에 맞지 않았다. 매뉴얼을 뒤적거렸다. 적당한 답변이 있었다. '32. 양부모의 환경 조건에 대한 질문- B. 심사관이 부적격 사항을 물어올 때: 양부모가 모든 것을 해줄 수는 없다. 자신의 한계 안에서 최선을 다한다고 대답한다.'

"내가 살아 있는 동안 최선을 다해 키울 거예요."

"죽은 후에는요?"

그는 무심히 내 속을 긁었다.

"내가…, 모든 인간은 죽으니까, 내가 죽는다는 걸 가정하면, 아이는 내 유산을 모두 물려받겠죠."

입양심사관은 고개를 끄덕였으나 별말은 하지 않았다. 그러다가 그는 사인을 위해서 가져온 태블릿 페이지를 넘겨 밑줄을 치고 내 방향으로 밀었다. '양친이 될 사람은 입양특례법에서 정한 대로 정신적, 신체적으로 건강하여야 합니다.' '양친이 제공하는 양호한 가정환경이 지속 가능할 것이 예측되어야 합니다.'

"미셸 씨, 알고 계시겠지만 당신 서류엔 논란이 있습니다."

"문제는 없어요."

"논란이 있네요. 다시 봅시다. 지속 가능한 가정환경인가요?"

"알아서 처리하는 게 심사관의 직분 아닌가요?"

"단 한 명의 아이라도 불행한 집에 보내지 않는 게 내 직분입니다."

"음….."

우리 집은 그러니까, 불행한 집이다? 손톱 끝으로 태블릿을 두드렸다. 그는 눈썹 하나 까딱하지 않았다.

"자격을 점검하기에 앞서서, 처음으로 돌아가야겠군요."

아마디스는 태블릿의 페이지를 넘기곤 다시 입양 서류의 첫 페이지로 넘어갔다. 그는 터치 펜과 만년필이 어지러이 흩어진 마호가니 책상 위를 정갈한 직각으로 정리하고, 소독약을 한 번 더 방사했다. 익숙한 알코올 향이 코를 시큰시큰하게 했다. 그가 눈을 가늘게 찡그리다 태블릿의 녹음 버튼을 껐다. 녹취를 잠시 중단하죠. 지금부터 날 설득해봐요. 자격 심사와 무슨 상관이냐고 묻기 전에. 그가 먼저 선수를 쳤다.

"미셸 씨, 당신은 왜 아이를 입양하려고 하나요?"

알코올 향에 뒤늦게 눈물이 돌았다. 짙은 안개가 빗방울처럼 굵은 방울로 창틀에 맺힌다. 어미가 자식을 기르는 데 이유가 있나.

"당신은 죽음을 목전에 두고 필사적으로 입양을 진행하고 있어요."

입양기관에 중복해서 들어온 요청 건수 4건. 그가 턱을 쓸었다. 이유가 있겠죠. 말씀해주실래요? 나는 마른세수를 했다.

"잠시만. 잠깐 생각할 시간이 필요해요."

응접실에서 일어나 복도로 나갔다. 집안 변호사 찰리가 복도

의자에 앉아 뉴스레터를 읽다가 고개를 들고 일이 잘되어 가냐고 물었다.

"아니."

"무슨 일인데?"

찰리가 집안 변호사의 입장보다는 한결 느슨한 태도로 물었다.

"내가 언제 죽는지 물어보네."

내 말에 찰리는 눈썹을 올렸다 내렸다. 팔짱을 낀 찰리는 보고 있던 미니 태블릿 화면을 자연스럽게 안주머니로 숨겼다. 바나나 사진. 또 혼자 읽고 있었구나.

"찰리."

"내가 확인해야 고소하든지 말든지 하지."

찰리가 한숨을 쉬었다. '바나나 스캔들: 잠적한 부동산 거물 미셸(50)의 새로운 행적이 또다시 도마 위에 오르고 있다….'

5년. 5년 전까지만 해도 부유한 부모들은 제 자식을 질투하곤 했다. 운 좋게 더 늦게 태어난 덕에 생명공학의 축복을 받아 더 젊고, 더 아름답고, 더 현명하고 더 행복하게, 더 오래 살아갈 자식들을. 미래를 알았다면 그런 소리를 하지 않았겠지. 몇 년 만에 돌기 시작한 전염병은 특정 유전자를 가진 사람들에게 취약했다. 파나마병에 걸려 멸종한 그로미셸 바나나나, 파나마병의 새로운 종, 트로피칼 레이스 4(TR4)가 캐번디시 바나나에 퍼졌던 것처럼.

모두가 나를 '그로미셸'이라고 부른다. 캐번디시 바나나 이전에 멸종한 바나나 품종. 집안에 단 두 명만 살아남은 멸종 직전의 바나나라고.

"집 폐쇄하고 쉴래. 당신도 집에 가."

찰리 등을 떠밀었다. 찰리는 꿈적도 않고 태블릿 화면을 이리저리 넘기기만 했다.

"미셸, 오늘 온 심사관은 인맥이 넓은 사람이야. 척지면 곤란해."

"말하기 싫어."

사람이 숨을 턱턱 막히게 한다. 이젠 저 심사관이 짝눈인 것도 거슬린다.

"해야지. 몇 번만 저 사람이랑 만나. 그럴듯한 말을 적당히 해. 사인하고. 애를 만나. 가정방문 몇 번 받아. 끝."

"그럴듯한 말이 적당히 안 나오면?"

"남들 다 하는 거예요. 미셸 씨. 나 이혼 조정할 땐 이것보다 심했어. 이거 받으세요."

찰리는 태블릿을 통째로 넘겼다.

"난 사별이니까 이혼이 어려운 줄 몰랐지."

찰리가 드물게 정색했다.

"쉬는 시간 끝입니다. 들어가세요."

변호사에게서 다른 파일을 받아들면서 미간을 꾹꾹 눌렀다. 알았어.

잠시 심사 중단을 요구한 뒤, 30여 분이 흘렀다. 방 안으로 다시 들어서자 입양심사관은 잠시 고개를 까닥했다. 의례적인 인사 후에 긴 침묵이 따라왔다. 안개에서 빗줄기로 변한 물방울들이 겹겹의 창을 둔탁하게 두드렸다. 후두둑 빗줄기가 쏟아졌다. 젖은 창으로 비치는 풍경은 바닥에 일그러진 대리석 무늬처럼, 물 위의 기름처럼 둥둥 뜨며 겉도는 그림자를 만들어냈다. 그는 내가 물끄러미 응시하고 있던 테이블 위를 같이 내려다보았다. 코르크 냄새와 발효가 덜 되어 풋풋한 향을 풍기는 적포도주와 얇게 조각난 치즈 덩이가 정물화처럼 멀고 빛바랜 사진처럼 죽어 있다. 그는 녹음기를 켜지도 않고 소파 끄트머리로 조금 당겨 앉으며 내게 물었다.

"계속 이야기할까요?"

"네. 현재 제 건강 기록입니다. 방금 다시 요구했어요. 이건 다른 데이터."

파일을 받아들면서 그는 말없이 입술을 안으로 말았다. 그를 꺾은 걸까? 아마디스는 파일을 넘기며 보다가 창 밖의 빗소리 박자에 맞추어 테이블 위로 손가락을 두드렸다. '미셸 씨는 현재 매우 건강하다. 특정 질병에 취약할 뿐이다. 그 특정 질병, 부자 사냥꾼은 선택적으로 조성된 환경에서 살 경우 감염 확률을 최저로 낮출 수 있고, 이에 따라 남은 기대 수명은….' 내 주장을 완벽하게 데이터로 검증하는 자료에도 심사관의 굳은 표정은 풀어질 줄 몰랐다.

"무슨 문제가 있나요?"

"미셸 씨. 심사관은 입양가정의 정서적인 환경도 고려합니다."

"독신 가정이 결함이 있다는 말인가요? 필요하다면 고문 변호사와 결혼할 수 있어요."

찰리는 동의한 바가 없지만. 관리하던 재산이 반절은 본인의 것이 된다는 데 반대할 위인도 아니었다. 찰리는 나처럼 치명적인 결함이 없다. 더 오래 살겠지.

"내 변호사는 나와 유전자 풀을 공유하지 않아요. 독감에 걸렸을 때도 금방 일어나더라고요. 다양한 유전자 풀과 오랫동안 유지될 안정적인 가정. 당신이 요구하는 게 그거 맞지요."

마침내 입양심사관에게서 표정을 끌어냈다. 그가 눈썹을 조금 들어 올렸다. 나와 또래라는 그의 이마에 주름이 잡히자 한층 더 나와 다른 종으로 보였다.

"하지만 미셸 씨는 아직 변호사와 결혼하지는 않으셨군요. 가장 가까운 사이로 알고 있습니다만."

살아 있는 사람 중 가장 가까운 사이겠지. 그것을 굳이 정정하지는 않았다.

"우리는 다시 마지막 질문으로 돌아가야 해요. 미셸 씨가 대답하지 못했던 질문요."

아마디스는 내 표정을 무시하며 말을 이었다.

"너무 어려운 질문이었다면, 다시 할게요. 우리는 왜 아이를 낳을까요?"

내키지 않아도 대답은 해야 했다. 조부에게 질리도록 들었던 말을 배꼈다.

"혈통을 잇기 위해서."

그가 콧등을 엄지로 문질렀다.

"그럼 입양은요."

"혈통이 아닌 다른 거겠죠. 사랑?"

우리는 자신의 아이를 사랑하니까요. 만나지 않은 사람을 사랑한다 말하는 것도 퍽 우스운 일이다. 누군지도 모르면서 딸 혹은 아들의 자리를 비워놓고, 비워놓은 이유를 말하라면 할 수 있는 말은 많지 않다. 하나 그 질문을 하는 주체도 어딘가 비틀려 있긴 마찬가지다.

"당신은 입양심사관이에요. 왜 입양의 본질에 대해서 질문하는 거죠?"

그는 거기에 회의를 가져선 안 되는 사람이다. 근본적으로 그의 직업은 입양을 독려하는 쪽이지 입양을 회의하는 쪽이 아니므로. 그는 손을 쫙 폈다가 다시 오므리고선 무릎에 손을 올려놓고 똑바로 나를 쳐다봤다.

"당신이 입양하는 목적을 알고 싶어서요. 내가 찾아가는 부모들 대부분은 그걸 알려주지 않죠."

왜냐면 자기도 모르거든요.

"왜냐면 자기들도 모르거든요."

내가 생각하던 것을 내뱉었나 잠시 눈을 가늘게 뜨곤 주위를 둘러봤다. 그가 뱉은 말이었다.

"대답하는 사람이 아무 생각 없는 걸 알고 있다면 대체 뭘 바라서 질문하는 건데요?"

"대답 못 하는 게 많은 걸 알려주니까요. 하지만 당신에게는 질문을 바꿔야겠어요."

"그래요."

"아이에게 물질적인 풍요 말고 당신이 보장할 수 있는 다른 게 없나요?"

"내가 살아 있다는 보장요? 그걸 하려고 내가 이걸 다 내놓은 거 아닌가요?"

"난 정서적인 환경을 말하는 거예요."

"심사관님, 대체 누구 편이신가요?"

"아이의 편이죠."

"그런데 왜 예비 부모에게 이렇게 시비를 거는지 모르겠네요."

"당신이 아이의 편이 아니라서요."

"아이를 거래조건으로 두고 협박하지 말아요."

"그건 미셸 씨가 지금 하는 행동 같네요. 예비 부모에게 알아서 잘 대하란 말."

"협박이 아니에요."

"난 물을 수밖에 없어요. 당신 없이 살 아이가 어떻게 될지. 당신은 그걸 알면서도 왜 입양하는지. 그래서 이 대화를 하는 거예요."

'사람들이 왜 아이를 낳고 입양을 하나요?' 방어적인 사람들에게는 '너는'이라고 물어서는 안 된다. 대신 다른 사람들은 어떻게 생각할 것 같냐는 질문에서 타인에게 투영된 자아를 들여다봐야지. 알고 있으면서 그걸 놓친 내가 짜증 나는지, 눈앞의 배배 꼬인 심사관이 짜증 나는지 우위를 점칠 수 없었다.

나는 대화 중단을 요청했고 아마디스는 서둘러 책상에 늘어놓은 자료들을 챙겨야 했다. '나가'. 그 정도도 못 알아듣는 얼간이는 아니었다. 문간 옆에 서 있던 변호사 찰리는 그에게 복사 불가능한 메모리 파일을 건넸다. 입양처에서 요청한 데이터였다. 찰리가 손을 부지런히 놀리기에 뭔가 대화하나 싶었으나 소리는 들리지 않았다. 입양심사관은 고개를 끄덕였다. 문이 닫히고 한참 후, 찰리가 심사관을 마중 나갔다 돌아왔다. 찰리는 묵직한 문을 닫자마자 슈트를 적신 소독약을 불쾌한 듯 털면서 투덜거렸다.

"잘 보여야 할 사람을 내쫓다니."

"어쩌라고."

이마를 짚으면서 다리를 쭉 뻗었다. 슬리퍼 끝에 반대편 소파 다리가 걸렸다. 찰리가 안개 자욱한 창 위로 두꺼운 커튼을 세 겹째 쳤다. 그러고는 넌지시 물었다. 결혼 이야기 진짜야?

"필요하다면. 하지만 혼전 계약서 쓸 거야. 당신이 가져갈 건 한 푼도 없어."

"저런."

"기대했어?"

"기대하지도 않았어."

적막 속에서 벽시계의 초침이 반복해서 딸각였다. 초침 소리가 거슬려서 버리라고 해야겠다. 찰리는 눈치를 보다 복도로 나갔다.

책상 위 태블릿의 녹음기를 멈추고 다시 틀었다. 녹음은 심사관만 한 게 아니니까. 응접실에 앉아서 아까 있었던 대화를 복기했다. 입양 심사 일반 기출 질문 중에 제대로 물은 게 하나도 없었다.

'미셸 씨, 당신은 얼마나 오래 살 수 있나요?'

아무도 차를 끝까지 마시지 않아서 식은 찻물과 먹다 만 스콘 사이. 녹음 된 목소리가 느릿느릿 흘러나왔다. 그제야 천천히 솔직한 생각들이 머릿속을 비집고 나왔다. 미셸의 유전자 풀은 아주, 아주 좁아서, 합스부르크 왕가처럼 유전 결함이 있고 말았다네. 남들 다 걸리는 감기 한 번에 죽고 만다네. 모두가 뉴스를 보고 아는 이야기.

'우리는 왜 아이를 낳을까요? 혈통을 잇기 위해서….'

지금은 죽기 싫어서라는 답밖에 생각나지 않았다. 이기적이라고 욕먹기 딱 좋았다. 응접실을 서성이다 벽감에 등 대신 놓은, 풍성하게 핀 라넌큘러스 다발을 매만졌다. 꽃잎이 짓이겨지도록 손톱으로 눌렀다. 희고 도톰한 잎이 부드럽게 구부러졌다. 그제야 조화인 걸 알았다. 이건 플라스틱이 아니지. 나도 플라스틱이 아니고. '진짜' 꽃은 매번 씨를 남기고 씨는 꽃을 남기고… 번식의 목적은 정녕 죽음으로의 도피가 아닌가.

1시간짜리 녹음은 금세 끊겨 잡음 소리만 냈다. 토독, 토독, 창문에 둔탁한 빗소리가 들리기 시작했다. 작은 잡음들 사이에서 턱을 괴고 소파에 누웠다.

20세기의 과학자들은 인간의 진화는 멈췄다고 했다. 더이상 진화를 위해서 적자가 아닌 개체들이 탈락하지 않는다고. 국가와 사회가 복지라는 시스템을 만들면서, 모든 사람을 안고 가기 때문에 적자생존으로 인간이 진화하진 않을 거라고. 틀린 예측이었다.

사람들은 모두 출산 전에 검사를 받았다. 장애인들이 태어나는 것을 더 이상 허용하지 않는 시대는 더 나은 인간이 태어나도록 선택하는 시대란 뜻이기도 했다. 배아의 유전자 검사를 할 수 있는 능력과 많은 배아를 체외 인공 수정할 수 있는 능력. 두 가지만 있으면 됐다.

더 나은 미셸이 만들어지기까지는.

실패한 미셸은 빗소리를 들으면서 눈을 감았다.

＊

두 번째 만남이었다. 8월 점심의 볕이 길게 난 창으로 응접실의 깊숙한 곳까지 들어왔다. 밤톨만 한 솔방울새가 마당까지 들어와 찌르르 잘게 떨리는 울음소리를 냈다. 심사관 아마디스는 오랫동안 응접실에서 기다렸는지 조용히 볕을 쬐고 있었다. 열여섯 계단의 거리를 내려온 나는 별말 없이 그의 앞에 마주 앉았다.

그는 내가 넘겨준 산더미 같은 자료를 일일이 다 검토했다고 말했다.

"읽을 게 많았어요."

그걸 무식하게 다 읽고 오나. 첫날과 달리 창백하고 나른한 얼굴은 밤샘 노동 때문인 듯했다.

"다 읽으셨나요?"

"네. 재밌네요. 읽다 보니까."

돌았나?

아마디스가 그늘진 눈가를 꾹꾹 누르며 말했다.

"이게 무슨 법정 싸움도 아니고 입양 자격 심사인데, 기업처럼 굴지 말았으면 좋겠어요."

"너무 얕은 수작이라고요?"

"그런 생각은 안 했어요."

거짓말.

"우리가 다른 지점에 서 있다는 건 압니다. 하지만 미셸 씨, 난 정말 여기 당신을 도우러 온 거예요."

더 뻔뻔한 거짓말.

"오늘은 이 지점을 이야기하려고 해요. 백신 개발 참여를 중단했더군요."

아마디스가 4,822페이지를 펴서 내밀었다.

"개인적인 일입니다. 입양과는 관계없을 텐데요."

"당신이 더 살 수 있다면 쉽게 입양 심사를 통과할 수 있을 겁니다. 왜 백신을 포기한 건가요."

"포기한 건 아니에요. 연구 개발비는 계속 내고 있습니다. 지난달에도요."

"하지만 더는 기증자로서 참여하지 않죠."

"거기에 기증자의 뭐가 기증되는지는 나와 있나요?"

"아니요. 지워져 있네요. 기밀유지 사항이라서요. 법원에 요청해야 받겠죠."

"내 난자요. 어디에 쓰이는지는 아나요?"

"혈액이 아니라요?"

"영화를 너무 많이 보셨군요. 혈액으로 뭘 하겠어요."

"난자로는 뭘 하죠?"

그는 순진하게 되묻는다. 모르는 것은 거기까지 생각할 여력이 되지 않아서겠지. 차라리 그게 나을지도 모르겠다.

"세상에 이 병으로 아플 수 있는 사람은 이제 나 정도밖에 없어요. 아픈 사람은 다 죽었고, 당신네는 이걸로 아프지 않고. 감기 걸렸다 며칠 앓고 나으면 끝이고."

"그리고요?"

"다른 바나나는 안 죽는데 한 종류의 바나나만 죽는대요. 뭘 어쩌겠어요. 그럼 어떻게 그 종류의 바나나로 실험하겠어요."

그가 바나나에 대한 비유에 미간을 찌푸리다 점점 눈을 가늘게 뜨고 자기가 생각하는 게 맞는지 나와 눈을 맞춘다. 옅은 녹색 눈동자에 당혹감이 비친다.

"당신 유전자를 가진 자식들로 실험해야 하는…."

"그만 말해도 돼요."

그가 손바닥으로 얼굴을 쓸어내린다.

"미안해요. 묻지 말 걸 그랬네요."

이미 물어버린 걸 어쩌란 말인가. 거듭되는 사과에 오히려 머쓱해졌다. 연민이겠지. 누구를 향하는지는 몰라도. 말 그대로 자식을 잡아먹고 사는 것이 부모로서 무슨 마음일지, 눈앞에 있는 나를 동정하는 걸까, 아니면 태어나지 않은 가상의 아이들을 동정하는 걸까.

"괜찮아요. 몰랐으니까. 이리저리 들쑤시는 게 잘했다는 건 아니지만. 당신도 당신 의무가 있고."

"괜찮아요?"

"뭐가요?"

"딸이 있었지 않습니까."

딴에 나를 신경 쓰는가 싶어 헛웃음이 나오는 것을 삼켰다. 알면 이 심사 과정이나 제발 끝내주기를.

"같은 선상에 두지 말아요."

"미안합니다."

나는 차를 마셨고, 아마디스도 따라 커피를 한 모금 삼켰다. 그는 반지 낀 손을 무릎에 올려놓고 몇 번 쥐었다 풀더니 내 '생존시도'에 관한 이야기를 이어갔다. 오늘 주제인가 보다. 연구 성과, 예방의학의 진전, 집 안의 위생 유지와 출입 관리 사항에 대해서 그가 읽은 바를 자잘하게 늘어놓으면, 제대로 다 읽었는지 숙제 검사를 하는 선생님처럼 고개를 끄덕이며 맞장구를 칠 따름이었다. 지루한 노동이었다.

"기억을 업로드하는 방법도 고려해보셨네요."

"영생을 살고 싶은 어른들이 종종 그러셨죠."

"사인은 하지 않으셨고요."

"추해서요."

"생존이 미추를 가리는 문제는 아닌데요."

"할아버지가, 그러니까 지금 살아계신 분 말고 외조부 쪽이 그러셨어요. 데이터 아바타. 말년에 신경망을 옮긴다고 뇌도 몇 년 연결하고 그랬죠."

남의 가족 일이니, 그는 입을 다물고 듣기를 택한 듯했다. 나는 스콘을 만지작거리다 말을 이었다.

"우린 언제든지 할아버지를 만나러 갈 수 있었어요. 아직 법이 제대로 제정되기 전이라서 법적 권리는 대부분 잃었지만 생생한 말투가 딱 우리 할아버지더라고요. 팔다리는 없었어도 가상 세계에서 나름 행복하셨어요. 1년이고, 5년이고, 10년이고 늘 내가 아는 할아버지였죠. 여기서 뭐가 이상한지 알겠어요?"

"아니요. 상상할 수 없군요. 말해봐요."

"10년째 똑같은 질문에 똑같이 대답하는 할아버지를 상상해 봐요. 사람이 누가 그러던가요."

내가 하는 말을 아마디스는 처음에 이해하지 못하다가, AI적인 접근방식으로 생각해보라고 하자 손끝으로 테이블을 두드렸다. 반질반질한 유리 테이블에 골몰한 턱끝과 코끝이 비쳤다.

"…동일 신경망과 동일 데이터로는 같은 연산만 하겠네요."

"인공신경망 센터에선 새로운 경험 데이터에 할아버지가 완전히 노출되면 알아볼 수도 없을 거라고 말하더군요. 인간은 받아들일 수 있는 경험과 가능한 연산이 한정되어 있지만 한번 인공신경망이 되면 한계가 없다고. 돌아가시기 직전의 업데이트와 매번 하는 우리와의 대화가 전부라고요."

매번 같은 대화를 반복하면 같은 반응만 돌아오는 할아버지 앞에서, 할머니는 기도를 하염없이 했다. 할아버지가 뭐랬더라,

생전 늘 할머니에게 하는 말이었다. 여보, 신에게 비는 건 나약한 거라니까. 서른다섯 번째로 같은 대답이 나오자 이후로 할머니는 할아버지를 찾아가지 않겠다고 했다. 돌아가실 때 나란히 관에 묻히면서, 절대로 데이터 센터로는 가지 않았다. 무슨 심정으로 그러셨는지 그분만이 아실 뿐.

"할머니는 가실 때 할아버지의 육신과는 함께하면서, 절대로 정신과는 같이 가지 않았죠."

할머니가 돌아가시고 할아버지는 몇 주간 아무 말도하지 않겠다고 했다. 그 침묵은 마지막 영혼이라 부를 수 있는 한 줌이었을지도 모른다. 혹은 할아버지의 마지막 존엄. 고모는 센터에 연락했고, 센터는 가족의 동의를 받아 할아버지를 업그레이드했다. AI의 우울증은 단지 고쳐야 할 오류였고, 우리는 고모의 항의 하루 만에 고쳐진 할아버지를 만났다. 그때였을 것이다. 이모든 게 기괴하게 느껴진 게.

"외할아버지는 이제 본인과 가족의 동의를 받아 조금씩 제한적으로 평균적인 노인들이 학습하는 범위 안에서 새로운 지식을 받아들이고 있어요. 우리가 사자의 낙원이라 부르는 데이터 센터에서 친구들이랑 늘 재밌게 노시고요. 이제 매번 우리가 만날 때마다 더 진짜 같아지겠죠. 자기 삶이 있고, 같은 대답을 반복하지도 않고, 우리가 어색하지 않다고 느끼는 선 안에서 조금씩 변화하시겠죠. 사람처럼."

"하지만…."

"네. 이걸 견딜 수 있겠어요? 그 차이를요. 내가 그 데이터 덩어리를 나라고 느끼겠느냐. 나는 죽어서 썩어가는 동안, 내 데이터를 복제한 무언가는 나 대신 추모받고 있는 지점부터."

그는 고개를 작게 저었고 나는 어깨를 으쓱했다. 쌀쌀했는지 팔뚝에 작게 소름이 일었다. 과학은 이제 빛바랜 신을 인간의 필요에 의한 망상이라 비웃지만, 인간의 모든 필요에 응답하는 새로운 신이 되면서 정작 그 욕망에 대해서는 아무것도 묻지 않는다. 영생을 살고 싶다는 바람에 응답하면서, 욕망에 대해선 묻지 않는 인류 역사상 가장 순진한 신. 나는 목이 말라 차 한 잔을 더 따랐고, 그는 다 마신 커피잔을 내려놨다. 그가 내려놓는 커피잔을 따라 시선을 옮겼다. 선이 반듯하게 잡힌 바지 정장의 칼 같은 주름 아래 긴 회색 양말과 반질반질한 갈색 구두가 보였다. 나를 쳐다보는 그의 시선이 느껴졌다.

"나 아마디스 씨 태블릿에 있는 항목 좀 전에 훔쳐봤어요."

"이런."

"오늘 물어야 할 주제가 생존을 위한 시도였나 봐요. 내가 잘 대답하고 있는진 모르겠네요."

"미셸 씨는 최선을 다해서 정직했어요. 그거면 됩니다."

"아직 마지막 게 남은 것 같네요. 임신 가능성."

"…네. 하지만 오늘 대답할 필요는 없어요."

"그 말은 언젠가는 해야 한다는 뜻이겠죠."

나는 아까 지저분한 가족사를 털어놓은 사람치고는 미소를 지었다. 억지웃음을 회피하고 싶다는 듯 그가 헛기침했다. 우리는 벽시계와 카펫의 음울한 무늬를 한동안 쳐다보면서 서로의 시선을 회피했다. 벽시계의 초침이 잘게 딸각거리며 한 칸씩 나가는 소리가 들렸다. 아무리 귀 기울여도 카펫이 소리를 내진 않았지만.

"임신은 내 몸으로 할 수 있는 가장 위험한 일이에요. 면역력 저하는 물론이고, 감염에 가장 취약해질 거고요. 의사가 맨 처음에 한 말이 그거였어요. 임신 불가. 인공자궁은 법적인 문제 때문에. 알아보니까 작년에 독신 남성이 인공자궁을⋯."

아마디스의 얼굴이 눈에 띄게 굳어졌다.

"아마디스 씨, 불편하신가요?"

"아닙니다."

"어쨌든, 대리모 생각도 지금은 없네요."

낮은 목소리가 되받아쳤다.

"대리모도 불법인 건 아시리라 생각합니다."

"불법이 아닌 나라들이 있는 것도 아시리라 생각합니다. 내가 안 할 걸 알고 있으라는 소리예요. 나는 우리 조부처럼 핏줄 운운은 하지 않아요. 입양을 원합니다. 이거면 되겠어요?"

당연한 소리를 들어 다행이라는 말을 해야 하는 게 마땅찮다는 듯 한숨이 길게 들렸다.

"하나 물어도 될까요?"

"그러세요."

"여전히 아이를 원하는 이유를 물어도 될까요."

"우린 첫날에 이 이야기를 했었는데요."

다시 묻는 의중을 알 수 없었다.

"당신의 기록을 보면 다른 생존시도가 다 실패하고 나서 입양을 원했어요."

고개를 위아래로 끄덕이고선 다음 말을 기다렸다.

"이걸 당신의 새로운 생존시도라고 봐도 될 것 같아요. 내 질문은 그거예요. 그게 인간이 생존하는 방식일까."

"자식을 갖는 것이."

"네."

영원히 존속할 수 없다는 것을 깨달은 사람들의 종착지가 자손인지 묻는 말에 부정도 긍정도 할 수 없었다. 침묵 끝에 그는 그것을 내 답변으로 알아들었는지 의례적으로 고개를 끄덕이곤, 일어나 외투를 걸쳤다. 저녁이 다 되어가는 듯 오후의 볕이 길고 붉게 소파와 바닥을 물들였다. 빈 찻잔의 커피 자국이 마른 시각이었다. 그가 일어나 가는 동안 나는 정원처럼 잘 가꿔진 응접실에서 가짜 식물들 속의 가습기가 웅웅 돌아가는 소리 속에 혼자 남겨졌다. 문이 열렸다 닫혔다. 한참 후에 발걸음 소리가 멀어졌다.

내가 어떻게 태어났더라. 거슬러 올라가보면 어렵지 않게 답은 정해져 있었다. 어릴 때 한 번쯤은 자기 출생에 대해서 듣곤 하니까. 아버지는 5-HTT(세로토닌 운반체) 유전자가 LL형이었다. 할아버지가 아버지의 지능과 외모만 신경써서 골랐기 때문에. 지구력이 형편없다고 친척들 사이에서 비교당하던 아버지. 그게 늘 콤플렉스였던 아버지는 딸이 운동을 잘했으면 좋겠고 5-HTT유전자 중 LS형을 선택했다. 근섬유 종류를 결정하는

ACTN3 유전자에선 RX대신 RR 유전자형을 골랐다. 내가 그것 때문에 태어나기로 선택되었다면 기분이 이상하지. 어렸을 적에 아버지는 나를 무릎 위에 앉히고 너는 튼튼할 거야, 운동선수가 될 만큼, 하고 이야기해주곤 했다. '수많은 가능성 중에서 네가 최고였단다. 우리에겐 다른 선택지 같은 건 없었어.'

그 '수많은 가능성'을 열 살 무렵에야 이해했다. 집안의 유전자은행에 들른 날. 커다란 쇠파이프 같은 긴 냉동창고에 일렬로 늘어서 있던 냉동 수정란들. 하나하나 번호와 영문 태그가 붙은 채로 대기하고 있는 57개의 '미셸'들. 나 대신 미셸이 될 수 있었던 냉동 수정란. 나의 태어나지 않은 형제자매들, 혹은 나.

열여덟 살이 되던 해, 나는 법적으로 우리 집안의 유전자은행 계좌를 상속받았고, 아버지는 내 형제자매들을 전량 폐기했다. 내게 위협이 될 수 있었으니까. 그게 아버지가 나에게 주는 생일선물이었다. 더 이상 공식적으로 너를 대체할 수 있는 건 없단다.

아버지에게 자손은 그런 의미였다.

＊

'그 많은 집들을 두고.' 변호사는 가끔 내 선택을 두고 한숨을 쉬었다. 푸른 공작 깃처럼 반짝이는 햄튼의 여름 별장을 두고 춥고 외딴 시골로 기어들어 온 이유가 이해되지 않는다고. 키웨스트나 아바나의 영원한 여름밤을 보장하는 해변도 아니었다. 부드러운 황금빛 모래 대신 갈매기들이 둥지를 트는 막 둥글어진 얼룩덜룩한 자갈 더미와 황량한 바위산을 등진 해변. 비현실적으로 꼿꼿이 서 있는 밀폐된 고저택. 1950년대에 프랑스 양식으로 지어졌다니 거의 100년이 다 되어가는 저택이었다. 사람은 자기 같은 자리를 찾아가게 되어 있는지도 모른다. 지금의 나는 외딴 둥지가 필요했나 보지. 도시와 그리 멀지 않은 것도 한몫했다.

청우(清雨)가 창을 정중히 두드리고 새 소리마저 멎은 새벽에도 잠이 오지 않는 날이 있다. 흠뻑 젖은 공기의 창밖은 한 뼘 거리 남의 세계. 눈알이 뻑뻑하도록 마른 실내에서 나는 세 번째 만남을 기다렸다. 소독약 냄새 사이에 아직 축축하고 서늘한 비의 냄새를 두르고 들어온 아마디스는 큰 키로 성큼성큼 응접실 안으로 들어오며 늦어서 미안하다, 거듭 사과했다. 벽시계를 보며 아직 약속 시간이 아니라고 그에게 알리고서야 아마디스가 머쓱한 듯 턱을 문지르며 정신이 없네요, 라고 대답했다.

"바빴나 봐요."

"네. 아들 병원에 다녀오느라."

그래서, 자식이 있으시겠다. 그럴 수 있지. 제법 된 나이이니 레지던트나, 신규 간호사 나이 정도 되는 아들이 있어도 이상할 것은 없었다. 나는 내 또래의 보통 사람들이 꾸릴 만한 인생을 그리는 데 서툴렀다.

"실례지만, 일이니까 당신을 상처입힐 의도는 없다는 거 이해해줘요."

오늘은 또 무슨 말을 하려고, 하는 기분으로 고개를 기울이며 나는 테이블 모서리만 물끄러미 응시했다. 시야 끄트머리로 그가 손바닥을 무릎 바짓단에 두어 번 문지르다 손을 맞잡는 게 보였다. 그는 아들 이야기에서 자기 딸 이야기로 넘어가더니, 몇 번 말을 멈추며 다른 말을 할 순간을 엿봤다. 그가 마침내 본론을 꺼냈다.

"미셸 씨, 딸이 있었지요."

"네."

아마디스는 그 말 후에 더 묻지 않았다. 묻는 것이 실례라서 그런지, 혹은 말로는 다할 수 없는 대화들이라서 그런지. 그는 침묵 속에서 나를 이해한다는 몸짓으로 반응했다. 한참 기다리다 다른 주제로 넘어가려는 듯 태블릿을 넘기는 아마디스의 태도에 결국 말문을 열었다.

"오늘 같은 날이었어요."

창밖의 모든 것들이 우는데 속은 건조한 날. 마스크도 끼고 장갑도 껴서, 나는 아이의 도자기 같은 이마에 작별 키스를 할 수도 체온을 느낄 수도 없었다.

"그래서 더 믿어지지 않았고. 난 아직도 믿어지지 않아요. 내가 마지막으로 안았던 우리 아기는 불덩이처럼 뜨거웠는데."

엄마 나 이상해. 그 말 한마디만 반복하던 딸아이에게 뭐라 그랬더라. 네가 왜 이상해. 네가 뭐가 이상해. 감기에 걸렸다는 말이 언짢았다. 네가 감기에 왜 걸려. 이상하게 구는 딸이 낯설었다. 감기는 못난 사람들의 핑계였다. 감기에 걸려 오면 하루는 쉬니까. 놀고 싶으니까 걸리는 게 감기지. 부지런히 살기 싫어서, 쉬고 싶어서, 나랏돈으로 먹고살고 싶고 자기 관리 안 하는 사람들이 걸리는 병. 부모가 면역력 유전자를 위해 돈도 안 쓴 사람들이나 걸리는 병. 왕진의가 왔을 때 딸은 춥다며 잠이 들었다. 코로 내는 색색거리는 소리가 거슬리게 방 안을 채웠다. 창백한 얼굴이 땀으로 축축하게 젖었다. 열이 가파른 산처럼 오르고 오르다가, 체온계가 결국 40도를 가리켰다. 감기가 아니란다. 딸의 방은 격리되었다. 남편은 당장 본가로 온다고 했다. 나는 아기 잃은 어미 새처럼 둥지 앞을 배회했다. 남편이 왔다. 딸을 볼 수 없단다. 화내는 남편 앞에서 눈물만 뚝뚝 떨어뜨리며 의사만 노려보는 아내. 끔찍한 조합이었다.

"우리 딸이 뭐라던가요. 내가 물었어요. 일어나지 않았대. '뭐래요.' 일어나지 않았대. '뭔데요.' 일어나지 않았대. 온종일 그랬어요."

보호복 입은 의사들이 같은 옷을 입게 하고 나서야 집에 우리를 들여 보내줬다. 우리 부부는 코가 시린 소독약을 온몸에 도배를 하고 나서야 딸 앞에 설 수 있었다. 얇은 합성수지 피혁 너머로 느껴지는 딸은 작은 불덩이 같았다. 내가 옆에 있어야만 하는데.

"우리 아이, 엄마 없으면 안 되는데, 의사들은 안 된다고, 자꾸 안 된다고만 하고."

그때 그 아이 곁에 있었어야 했다. 열이 그렇게 나던 몸이 어떻게 그렇게 빨리 식을 수 있는가. 달군 쇳물 같던 몸이 어떻게 심해처럼 차가워지나. 손바닥이 화상 입은 듯 싸하게 쓰라린다.

마지막으로 만졌던 딸아이의 이마가 계속 몸에 닿아 있는 것처럼. 장례미사가 끝나고 나와 남편은 전용기에 올랐다. 장례식 날, 열여섯 명의 아이들이 더 죽으며 그 감기에 이름이 붙었다. 부자 사냥꾼. 유전자 풀이 좁디좁은 부자들에게 한없이 취약한 바이러스.

"세상 사람들에게는 그저 스쳐 지나가는 감기라는데, 그 애랑 나한테는 죽을병이래요."

테이블에 올려둔 내 창백한 손등 위로 아마디스의 손이 위로하며 겹쳐졌다. 체온이 오랜만이라, 아이 생각이 났다. 우리 아이. 나보다 손도 발도 한참 작던, 나의 아이.

"죽은 자식을 그리워하는 건 새엄마로서는 실격인가요?"

"그런 생각은 하지 않아도 좋습니다."

누가 그걸 잊고 살아가겠어요. 가슴에 묻고 살아가는 거지. 속삭이는 나지막한 소리에 막힌 둑이 터지듯이 참아왔던 설움이 터진다. 싫어하는 이에게서 받는 공감은 괴롭고 쓰라리고, 저 자신이 가엾고 가여웠다. 그까짓게 위로가 되기에. 위로되는 것이 서러워서.

"저번부터 아이에 관해 물어서 미안해요."

얼굴을 손바닥으로 몇 번 쓸고 나서야 그의 말에 대답할 수 있었다.

"당신은 그게 직업이니까요."

자손을 왜 가지는가에 대한 질문엔 답할 수 없다. 그도 그것을 알았다. 그가 천천히 다독였다. 아이가 왜 태어났는지보다 아이가 태어나서 어땠는지만이 유일하게 신경 써야 할 것이 아니냐고. 아이가 웃으면 내가 웃고, 아이가 울면 내가 울고. 어미에게 아이는 바다와 같아서, 잔잔하면 잔잔한 대로 파도가 치면 파도가 치는 대로 그 풍랑에 온 마음을 다 흔들릴 밖에 없다. 아이가 아프면 내가 아픈 것이 당연하다고, 그가 말하는 동안, 앓는 아이와 투명한 유리 벽을 사이에 두고 아무것도 느끼지 못했던 당시의 내가 떠올랐다. 손톱이 손바닥 안을 파고 들어가는데도 아픔이 느껴지지 않는다. 차갑고, 무미건조하고, 솟은 힘줄 위로 아마디스가 내 손을 감싸 쥐고 손가락을 하나씩 펼친다. 손톱에 붉은 것들이 딸려 나온다. 아마디스가 부드러운 손수건으로 내 손바닥을 감쌌다.

"우리는 누구를 왜 사랑하는지 말할 수 없고, 다만 어떻게 사랑하는가에 관해서만 말할 수 있을 뿐이지요. 알아요. 물어봐서 미안해요. 울지 말아요."

백합과 살구의 향이 옅은 머스크와 함께 공기 중에 부드럽게 스몄다. 향이 없다시피 한 공간이니 손수건에 묻어 있던 향이리라.

"손수건도 검사받았어요. 안전할 겁니다."

그가 덧붙였고, 나는 손을 빼내며 등 뒤로 물러났다. 손수건으로는 여전히 손을 가린 채.

"아예 상관없는 말을 하는 게 울음을 그치게 해요."

아마디스가 말했다.

"배우자에게 자주 그러시나 봐요."

"제가 울음이 많아서요. 아내가 제게 그럽니다."

빗소리가 그쳤다는 걸 한참 만에 알아채고 나서, 식은 잔과 괜히 풀이 죽어 보이는 가짜 열대 식물과 테이블 위의 자잘한 것들을 둘러보고 나서 다시 소파에 마주 앉은 아마디스에게 눈길을 돌렸다. 다음 만남은 이번보다 빨라도 될 것 같네요. 그가 조용히 고개를 끄덕였다. 그가 고개를 까닥하곤 뒤돌아 나가고 문이 닫혔다. 걸음 소리 사이에 우산을 가끔 계단에 짚는 소리가 들려왔다.

아마디스가 나가고, 찰리가 뒤늦게 응접실에 들어왔다. 오늘은 어땠냐고 물으면서 태연한 표정으로 미소를 몇 번 짓던 찰리는 내가 별 대꾸 없자 미소를 거뒀다.

"무슨 일인데. 심사관이 뭐래. 녹화했어? 고소할까?"

찰리는 실내 카메라가 켜져 있는지 확인하러 갔고 나는 말렸다. 공유하고 싶지 않은 기억도 있는 법이다. 화제를 돌리기 위해 창밖을 보다가, 책장을 쳐다보다가, 무어라도 말거리를 찾아보려 애썼다.

"아무것도 아니야."

찰리는 내 손을 내려다보았다. 변호사의 눈은 늘 예리했다.

"아무것도 아니긴."

"당신이나 태연한 척하지 마. 찰리. 당신 이제 출근했지?"

"아니, 어."

찰리는 바쁜 일이 있었다고 하며 무슨 일인지는 공유하지 않았다. 그는 늦은 출근 후에 저택 2층에 있는 사무실 대신 내 뒤

를 쫓아 서재에 왔다. 초록 등을 켜고, 양탄자 아래 쌓아둔 책을
아무거나 골라 맞은 편에 앉은 찰리는 내 색색거리는 숨소리를
못 들은 척해주고 있었다. 부은 눈두덩이도. 한참 만에 입을 열
었다.

"찰리."

"응."

그가 책을 덮고, 앉아 있던 몸을 반쯤 일으켰다.

"입양 심사 계속해야 할까?"

찰리는 말이 없었다. 아이를 그래도 가져야 할까? 그래야 했
다. 내가 아이를 갖고 싶다고 했으니까 아이를 대령하는 게 찰리
의 일이었다. 질문하거나 평가하지 않고 고용주가 원하는 일을
하는 것이 변호사로서 그가 하는 일이었다. 찰리는 안경을 벗고
눈을 손등으로 문질렀다.

"상속 문제 때문에 이러는 거면 당신 친조부가 못 가지게 하
는 방법이 있긴 하지."

"내 사후에 할아버지가 유류분 소송을 걸면, 찰리 당신이 다
지켜낼 자신 있어?"

"아니. 하지만 당신 친조부에게 한 방 먹일 수는 있겠지."

"내가 번 거야. 그 재산이 나야. 산산이 흩어지게는 못 둬."

찰리가 낮은 신음을 흘렸다. 손깍지를 끼고 책상 앞에 답싹
가까이 붙어 앉아서 지나간 일들을 셈했다.

"찰리, 인공 자궁 있잖아. 정말 안 되나?"

"불법이라도 몰래 하면 방법을 찾을 수 있는데, 다시 공식적

으로 데려올 때는 입양 절차를 밟아야 해. 하늘에서 당신을 닮은 아이가 뚝 떨어지면 친조부 변호사가 뼛속까지 파헤쳐서 물어 뜯을테니까."

"그 작년에 인공 자궁 사건 어떻게 된 건지 알아? 그거 다음에 법 개정된 것 때문에 우리가 인공 자궁을 불법으로만 이용 가능하다며."

"아마디스 심사관이 더 잘 알 거야."

"왜?"

"그 애들 있잖아. 인체 시장…에 그걸…로 팔려갔던 애들. 구출되고 나서 보호소로 갔는데, 그 사람 담당이었어."

아.

심사관 자식이 둘 있잖아. 아들이 그 사건 때 구출된 입양아랬나. 찰리가 짧게 덧붙이곤 말이 없었다.

＊

네 번째 만남이었다. 입양한다면 어떤 부모가 되어야 하는가에 대한 대화를 할 거라고 아마디스가 운을 띄웠다. 이야기가 진전되는 것에 대한 기대에 나는 그에게 차를 권하며 미묘하게 들떴다. 그는 한 박자 느리게 대답하면서 고개를 끄덕였다. 그가 낡은 손목시계를 들여다보며 말했다. 오늘은 10분 정도 일찍 시작하네요.

"문제가 되나요?"

"아닙니다."

어떤 부모가 되고 싶나요. 아이에게 무얼 해줄 건가요. 육아에 대해 어떤 생각을 갖고 있나요. 당신은 엄한 부모일까요, 오냐오냐하는 부모일까요. 질문지 항목이 길어질수록 답변이 1분, 2분 뒤로 미뤄졌다. 아이가 토를 하면 무엇을 확인해야 하느냐는 질문에는 능숙하게 대답하면서, 어떻게 아이의 실수나 거짓말에 대한 감정을 다룰지, 아이와 주말에 어딜 놀러가길 희망하는지, 아이의 친구들을 어떻게 대할지엔 길고 긴 망설임이 이어졌다.

"편하게 대답해도 됩니다."

본능대로 대답하라고 어르는 목소리가 되려 불안을 키웠다.

"내가 했던 모든 게 실수면요?"

의도했던 것보다 거친 목소리였다. 까끌까끌한 질감이 느껴지는 메마른 목소리. 내 목에서 나왔다는 게 믿기지 않게 낯선 목소리.

"내가 잘못 키웠던 거면요. 내가 한 행동 중에 어느 하나가 내 딸을 아프게 했던 거면요. 이번 아이도 죽어버리면요. 하나하나가 걸려서 참을 수 없어요. 나는 어떤 엄마여야 하는지 모르겠어요."

안다고 생각했는데, 그게 아니었으니까. 나는 실패했으니까. 내 방법은 실패했으니까. 입양 의사를 철회할 수도 없었다. 괜찮다는 자신도 없었다. 아마디스가 찔러오자마자 한껏 부푼 풍선처럼 잊고 있던 모순이 터져 나왔다.

자기가 외면하던 자신의 모습을 쳐다보게 하는 사람이 곱게 보일 리 없다. 아무리 이해해도 달가울 수는 없다. 이번에도 심사를 중단할까. 그가 시선을 맞췄다. 그는 당황한 티를 내는 대신에 말을 돌리려 애썼다.

"당신의 선택을 확신할 수 없다면, 어떤 엄마가 되고 싶나요?"

아마디스는 다시 첫날처럼 질문을 멈추지 않았다. 나를 이해해주겠다면서요. 아니, 그는 그런 말을 한 적은 없지. 그저 기다리는 것이다. 심사관이 원하는 답을 다 얻고, 나를 평가하기 전까지. 입만 뻐끔뻐끔하다 적개심이 솟아 노려보자 그가 먼저 잠시 휴식시간을 제안해왔다.

"미셸 씨, 잠깐 쉴까요."

태양은 다른 날과 다를 것이 없었고, 트레이 위 스콘과 한입 거리 다과들은 꿀처럼 달콤한 코팅을 겹겹이 둘러 겉은 메말라가도 속은 촉촉하게 남아 있었다. 부산하게 주위를 둘러본다. 하나는 차분하고, 다른 하나는 차분하지 못한 숨소리가 공기 속에 퍼져나갔다. 공기 청정기의 팬이 돌아가는 소리가 식물들 사이에서 웅웅 하고 존재감을 과시했다.

"이제 됐어요."

"주제를 선회해볼까요, 미셸 씨. 하고 싶은 만큼만 대답하면 돼요."

"그랬으면 좋겠네요."

"또 다른 힘든 일이 되겠지만…."

그가 두 손을 맞잡고 턱을 괴다가 조심스럽게 물어왔다. 나는 고개를 끄덕였다. 아마디스는 곧 당신 어머니는 어떠했냐고 주제를 변경했다. 말문이 막혔다.

"엄마와는 친하지 않았어요."

"그렇군요."

그는 테이블 위로 손가락을 천천히 두드렸고, 나는 박자를 따라잡으려 애쓰다가 다음 마디를 텄다.

"마지막으로 연락했던 건 언니가 죽을 때였어요."

딸의 장례식이 끝나고 모두가 뿔뿔이 흩어진 후, 언니 가족의 소식이 끊겼다. 늦은 밤 어머니에게서 연락이 왔다. 어머니가 우셨다는 기억만 희미하게 남아 있다. '네 언니야.' 수화기 너머의 목소리는 울고 있었다. 어머니가 우는 건 그 전에 한 번도 본 적이 없었다. 어머니와 눈물이라는 조합은 위장을 뒤집어놓듯 무언가 어울리지 않고 속을 울렁거리게 했다. 전화를 끊었다. 공백이 길게 남았다. 나는 언니 가족의 장례식에 불참했다.

"남편이 죽었을 때도 연락하셨지만, 내가 받지 않았죠. 이것도 포함되나요? 내 부모 자격을 평가하는 데에."

"마음대로 생각하세요."

"남편은… 내가 죽고 아이를 돌보기 위해서 남아 있을 사람이 아니었어요."

남편이 죽었을 적. 굳게 닫힌 이페나무 문을 앞에 두고 가만히 앉아 있었다. 남편의 심박과 뇌파 차트가 끊긴 것을 내려다보면서 태블릿이 방전될 때까지 내버려두었다. 굵은 매듭처럼 굽이진 쿠마루의 풍성하고 연한 잎들이 바람결을 따라 사락거렸다. 비스듬히 열린 창을 닫고 나니 돛처럼 부풀다 꺼지며 너울거리던 얇은 흰색 레이스 커튼도 잠잠하게 가라앉았다. 오후의 느릿한 햇살이 마룻바닥의 중앙까지 길게 들어와 발등을 데웠다. 나는 침실에 있었다. 남편은 복도에 있었다. 의사들이 찾아왔다. '미셸 씨, 나오셔도 됩니다. 안전합니다. 문제없어요.' 자살이었다.

"마지막으로 들은 게 어머니 부고였어요. 엄마와 대화한 건 언니의 장례 때가 마지막이었어요. 그래도… 내 어머니가 어떤 사람이었는지 두고두고 잊히지 않더라고요."

드물게 화창한 날 어머니의 부고를 들었다. 장례식에 연락할 사람이 없었다. 짐을 마구잡이로 쌌다. 출발하기 전에 변호사에게서 장례식에 오지 말라는 연락이 왔다. 왜 가지 못하냐는 말에 변호사가 대답했다. '어머니 유언이십니다. 막내딸은 장례식에 오지 말라고 분명히 전하셨어요.' 마지막으로 남긴 유언이 그거였더랬다. 나는 죽어도 너는 살아야지. 엄마의 그 말. 미셸, 너는 살아야지. 그러나 왜? 목에서 무언가가 턱 막혀 숨을 몰아쉬다 대답한다. 쉰 목소리가 갈기갈기 갈라져 새어 나왔다.

"결국 갔어요. 엄마 장례식에."

"변호사가 가지 말라고 했는데도요."

"엄마 장례식에 가서, 무슨 심정으로 오지 말라고 했을까 한참을 생각했어요. 온 게 나뿐이었거든요. 파티를 하면 삼사백 명은 늘 모이던 엄마였는데. 처음엔 처절하게 외롭지 않을까 생각했지만, 나중에는 다른 생각이 들더라고요. 자기 딸은 살아야지, 하던 우리 엄마."

내 딸도 죽었는데. 손끝을 만지작거리다 겨우겨우 말을 돌렸다.

"이건 내가 어떤 어머니가 될지에 대한 이야기와는 아무런 상관이 없네요. 늘 질문과 동떨어진 말을 하게 되는군요."

아마디스는 상관없다고 말했다. 나는 생각이 정리되지 않아 찻잔을 입술에 갖다 댔다. 어머니 얼굴을 기억 속에서 더듬었다. 꼿꼿한 자세가 먼저 생각났다.

"남은 가족이 있다고 알고 있습니다."

외가는 남은 사람이 없지만. 친조부는 당신 이야기엔 한 번도 등장하지 않았네요. 그가 짧게 덧붙이며 내 반응을 관찰했다.

"제 가족의 장례식에 한 번도 오지 않았으니까요."

"친조부가 거동이 불편하신가요?"

"아주 건강하세요. 이기적이어서 그래요."

죽음은 더 섬세하게 선택된 유전자들부터, 즉 우리의 딸과 아들부터 죽었다. 그다음 우리와 우리의 형제들이 죽었다. 우리의 부모와 삼촌, 고모가 죽었다. 할아버지의 유전자는 바이러스로부터는 안전했다. 그를 천천히 죽이는 세월만이 적이었다.

"모든 자손보다 오래 사시겠지요. 지독한 양반."

내 대답에 아마디스의 표정은 복잡해 보였다. 세상에 둘만 남은 혈육이 사이가 좋지 않고 입양하려는 미래의 아이에게 더 애착을 보이니 퍽 이상하게 보이겠다 싶었다. 흐르듯 그에게 사실을 전했다.

"내가 자녀 없이 죽으면 내 재산은 친조부에게 가요. 이번 입양은 내가 번 재산이 그 사람에게 갈지 말지가 달려 있어요."

그래서 참 오래 살고 싶어 합디다. 참 다양한 방식으로.

"실례지만, 당신의 친조부도 언젠가 죽잖습니까."

"영속하고 싶은 욕망이 얼마나 저속할 수 있는지 당신은 모를 거예요. 친조부는 나를 사람이 아니라 핏줄로 봐요."

'가문은 살아남아야 한다.' 나는 친조부가 한 말이 무슨 의미 인지 알 수도 없고 알고 싶지도 않았으나 아마디스는 고개를 끄덕이며 굳은 미간을 풀지 않았다.

"당신도 그의 자손이잖아요."

"자기보다 일찍 죽을 자손은 기댓값이 0이죠. 이 생존-번식 게임에선 자기보다 오래 존속하여 자신의 유전자를 퍼뜨리는 자손만이 의미가 있는 거예요."

"당신 친조부의 방법만은 닮지 않았으면 좋겠네요."

"난 그와 달라요."

"그러길 바랍니다."

생존과 번식이 인간의 모든 것인가. '생존하지 못할 자손은 포기하고 기업이 하듯이 선택과 집중, 새로운 전략을 추구해야 하는가'라는 오랜 문제. 그가 옳은가. 나는 틀렸고? 전략적으로 친조부의 말이 옳음을 알면서도 그에게 거절당한 손녀로서 그와 닮기는 싫었다. 인정하는 순간 내가 살아 있는 모든 순간을 낭비라고 인정해야 했기에. 상황이 개선되지 않는다면 더 투자할 가치가 없다는 오랜 원칙에 나까지 포함되는 것에 환멸이 나서.

아마디스는 오늘 힘든 이야기를 해줘서 고맙다는 말과 함께 외투를 걸쳤다. 구두 밑창이 바닥을 울리는 소리가 멀어지면서, 나는 패브릭 소파에 몸을 묻었다. 소파에 뺨을 묻고 고개를 돌렸다. 상아색 소파의 천 위로 반복되는 패턴이 어지러이 흩어졌다. 자수 한 줄 한 줄의 무질서함에 집중하면서, 저녁 시간이 지나가길 바랐다. 초침 소리가 들리는 시계가 필요했다.

✻

가을 폭풍이 뒤늦게 오던 날이었다. 오늘 약속을 취소할지 말지 거듭 고민하다가 취소 문자를 번복하고 아마디스를 기다렸다. 세 겹으로 된 굳게 닫힌 창에 둔탁하게 비바람이 부딪히는 소리가 끊임없었다. 빗줄기가 원형으로 찍히고, 정원의 풀과 나무들이 속절없이 낮의 어둠 속에서 흔들렸다. 창밖을 내다보며, 입양심사관을 기다리는 내가 우스웠으나 이제는 기다릴 사람도 몇 없었다. 시계는 일정보다 15분 뒤를 가리키고 있었다. 늦을 수 있지. 30분이 지났다. 명함을 찾아 전화를 걸었지만 받지 않았다. 지각이라고 생각했던 언짢았던 감정은 스물스물 위장에서 불안으로 올라왔다. 아무 연락도 되지 않자 걱정되기 시작했다. 입양 센터에 접속해 기록을 살폈다. 멀쩡했다. 일정을 취소한 기록은 없었다. 센터에 연락하자 알아보겠다는 답변을 했다. 뒤늦게 낯선 번호로 문자가 왔다.

'죄송합니다. 개인 사정으로 오늘 상담을 취소해야겠습니다. 다음 일정은 가능한 대로 알려드리겠습니다. — 아마디스.'

막연히 태풍 때문인가 생각했다. 변호사에게 연락을 넣었다. 금방 알아보았다며 대답이 돌아왔다.

'N병원 응급실로 갔다고 나옴. 나머지는 개인 정보라 직접 들어야 함. 사고인지, 병인지.'

'문자로 답을 했어. 병원은 아닐걸.'

'보호자가 대신 답했을 수 있음.'

찰리는 한 번도 달래주는 법이 없다. 그가 냉랭하게 답하고 나서야 나는 정신을 차린다. 사고. 혹은 병. 무슨 사고. 태풍 때문에 사고가 난 걸까. 병이라면 무슨 병인데. 첫날 그의 숨소리에서 발견한 미세한 균열을, 나와는 다른, 더 일찍 나이 든 아마디스의 모습을 생각하며 방 안을 돌아다녔다. 그는 오늘 죽을 수도 있다. 내일 죽을 수도 있다. 누구나 언제든지 죽을 수 있다는 사실이 새삼스레 발밑까지 들이닥쳤다. 슥 썰물처럼 빠져나간 그 생각은 하얀 포말의 흔적을 제 발끝에 남기곤 저 멀리서 넘실거렸다. 늘 내 죽음에 관해 이야기했다. 실은 죽음에 더 가까운 사람이 아마디스라면. 다시 메시지 알림음이 울렸다.

'입양심사관 교체할까?'

'왜?'

'심사받기 수월….'

변호사의 문자를 읽다가 눈을 느리게 감고 떴다.

'아니.'

비가 그치지 않았다. 찬 유리창에 손바닥을 갖다 댔다. 빗줄기가 창을 두드리는 진동이 불규칙적으로 뼈를 울렸다. 비행기 안에 있는 사람처럼 외부와 유리된 현실에서도 세상의 흔들림은 고스란히 받는 꼴이었다.

✳

아마디스의 아들이 입원해 있다는 소리를 전해 들었다. 심실세동. 사유를 전해 들은 후 앞으로 너무 개인적인 사유는 보고하지 말라고 변호사에게 일렀지만 이미 들었던 말들이 머리에서 떠나지 않았다. 망설임 끝에 꽃다발을 선물한 건 아주 뒤늦은 시간이었다. 보내고 나서야 중환자실에 그런 것이 들어갈 리 없다는 생각에 머리를 짚었다.

센터에서는 다시 심사 일정을 잡아주었다. 그저 가장 빠른 시간을 요구했으니, 아마디스가 알아서 수락한 것일 터다. 남의 일정에 따르는 게 어색하여 일정표를 보면서도 자꾸만 달력을 앞뒤로 확인했다. 일정이 나오고서야 뒤늦게 전화를 걸었다. 전화를 받은 아마디스는 시내였다. 거리의 낯선 소음이 인사보다 먼저 들렸다. '2미터 전방에 우체국이 있습니다', 공공기관으로 인도하는 안내음들, 바람 소리, 신호등이 바뀌는 소리, 바깥 공간의 사람들의 말이 뭉개져 웅얼거리는 소음으로 들렸다.

"퇴원했나요?"

"네. 잘 지내셨나요. 말없이 취소해서 미안합니다."

전화로 들리는 수많은 노이즈 속에서 또렷하게 잡히는 그의 목소리는 퍽 낯설었다. 막 버스정류장 앞인지 버스 대기를 알리는 알림음이 들렸다. 아이 목소리가 통화를 비집고 들어왔다. 그의 어린 아들인 듯했다. 왜 벌써 가냐고 칭얼거리는.

"집에 가야 내일도 놀지. 의사 선생님이 뭐라고 했어요?"

멀리서 아마디스에게 칭얼거리는 소리가 들렸다.

"저거 타?"

"아니야. 저건 멀리 가는 버스야."

"저거 타?"

"아니야. 우리는 브롱크스로 가는 버스를 타야 해."

그는 계속 도망치는 아이를 잡는 듯 부스럭거리는 소리 끝에 대답을 이었다.

"아빠는 버스 타. 나는 택시 타고 집에 먼저 갈 거야."

아이고, 집 주소는 아시고요… 카드는 있으시고요 하는 아마 디스의 낮은 웃음소리를 조용히 듣고 있었다. 그의 목소리보다 는 어린 아들의 목소리에 더 귀 기울였다는 편이 맞으리라. 계속 눈앞에 버스만 보이면 타겠다는 목소리가 들렸다. 갓 학교 갈 나 이인가 싶었다. 우리 딸이 딱 그만했는데.

"안 돼. 좀만 기다리자. 꽃은 잘 받았어요. 미셸 씨."

그는 누구에게 말하는지 모를 문장을 뒤섞어 말했다.

"당신이 아픈 줄 알았어요."

목소리가 괜히 갈라져 나왔다. 그는 아프지 않았다. 그의 아 이가 아팠다. 작은 안도와 함께 안도하면 안 된다는 죄책감이 사 선으로 교차했다.

"그건 아니고요. 아이가 병원에 있었어요."

그가 조곤조곤 말하는 동안 쨍한 아이 목소리가 통화 사이를 갈랐다. 아빠 나 저거 타고 가버린다?

"안 돼. 아들아… 아빠 말 좀 들어라. 저건 뉴어크로 가."

"뉴어크가 어디야?"

"멀어."

"마을버스야?"

"아니. 멀리 가는 버스야. 우리 다음번에 뉴어크 가자. 브랜치
브룩에서 벚나무도 보고 자전거도 타고."

"내년에 가?"

"아니. 내일 갈까? 집 가면 엄마한테 물어봐."

"우리 뉴어크 걸어가?"

"걸어서 못 가… 10시간 걸려. 여보세요?"

여보세요. 그가 다시 말하는 동안 전화기를 테이블 위에 올
려두고 눈을 감았다. 흐르는 눈물을 계속 닦아내는데 시야는 계
속해서 부옇게 흐려지기만 했다. 여보세요. 대답하는 대신에 통
화를 종료했다.

＊

입양심사관을 처음 만나기 몇 주 전이었다. 말벡 와인이 달아
서 입맛이 없을 때 좋다며 조부가 한 병을 보내왔다. 손에 든 와
인 한 병도 제 맘대로 까서 마실 수 없었다. 매일 진료를 받고 검
사를 받았다. 물 한 잔마저 계산된 것이다. 살기 위해서. 살 방법
을 찾기 위해서. 그렇게 3년이 훌쩍 지났다. 참으로 무심한 조부
의 친절. 조부가 보낸 사람은 3년 된 칠레산 말벡 한 병과 함께

내 삼촌 소식을 전해왔다.

"삼촌이라니. 나한테 삼촌이 어디 있다고."

말년에 노망이 든 것인가.

"미셸 씨. 당신의 할아버지께서 아들을 낳으셨습니다."

말을 마치기도 전에 반문했다. 어이가 없는 문장에 실소가 먼저 나온다.

"본인이 어떻게 아들을 '낳아'."

"…미셸 씨 삼촌이 태어나셨습니다."

"진심이야?"

황당함에 비속어가 먼저 나왔다. 그 나이에? 아흔이 넘어서 아들이 갖고 싶나. 아, 맞다. '가문은 살아남아야 한다.' 나는 살아남지 못할 손녀이므로 그 망할 대가 끊기면 안 된다?

"대체품은 몇 번이든 만들 수 있다. 그저 하나나 둘 이상은 너무 많았을 뿐이다.' 그런 건가?"

"할아버님은 미셸 씨가 오셔서 축하해주길 바라십니다."

친조부의 대변인은 손수건으로 손을 닦으며 와인과 나를 번갈아 봤다. 어쩔 줄 몰라 하는 거겠지.

"난 이 집을 벗어나지도 못해. 내 방으로 들어오려고 당신은 세 번 소독을 마치고서야 들어왔어. 지금 나더러 저기 병균 소굴 한복판으로 죽으러 가라고?"

"가족 간에 예의를 지키라는 겁니다."

"예의? 내가 어떤 꼴인지 아는 사람이 나한테 이리 와라, 저리 와라 하면서 예의?"

대관절 이렇게까지 성을 낼 필요는 없었다. 나도 왜 내가 성을 내는지 몰랐다. 아마 아들이 죽을 때도, 아들의 부인이 죽을 때도, 장례식에는 오지 않고 자기 축하연에는 오라는 그 꼴이 같잖아서. 친조부의 대변인을 내쫓고 나서 관자놀이를 꾹꾹 눌렀다. '가문은 살아남아야 한다.'

　"미셸, 그 병 열지 마."

　찰리가 내가 들고 있던 와인을 빼앗아 갔다. 애초에 마실 생각도 없었으나 손이 텅 비자 짜증이 났다.

　"나한테 명령하지 마. 내놔."

　"아니. 이건 내가 버릴게."

　찰리는 버린다면서 쓰레기통 대신 봉투에 넣어 즉시 연구소에 연락했다.

　"검사해주세요. 네, 네. 결과는 제 연락처로 부탁합니다. 네."

　과민 반응이었다. 그래도 찰리가 변호사가 아니면 내 곁에 있을 리도 없고 나를 챙길 사람도 없었기에, 유일하게 남은 인간관계에 매달려서 쉬고 싶은 마음도 간절했다. 찰리가 문밖에 나가 사람들에게 뭘 지시하든 말든 나는 이끼 색 벨벳 소파에 쓰러지듯 길게 드러누웠다. 그는 문을 닫고 고행이라고 표현할 수밖에 없는 소독을 거친 후 다시 응접실로 돌아왔다. 성큼성큼 구둣발로 걸으면서 흐트러진 머리를 몇 번 넘긴 찰리가 붉은 카펫의 경계를 넘어서 소파로 오기 전에 다시 한 걸음 물러났다. 소파에서 걸음의 진동을 느끼던 나는 그를 올려다보며 콧등을 찡그렸다.

"왜?"

"1시간 15분 정도면 결과 나온대."

"빠르네."

그의 편집증에 심드렁히 대꾸하면서 태블릿에 고개를 박았다. 변호사는 한참을 카펫이 아닌 응접실의 마룻바닥에 서 있더니 잠시 나갔다 오겠다 했다.

"그래."

그의 그림자가 내 몸 위에 잠깐 머물다 지나갔다. 발걸음 소리가 멀어졌다. 계단을 오르는 소리가 점점 멀어져 희미해지는 동안 다시 태블릿으로 고개를 숙였다. 책을 반쯤 읽어갈 때였다. 차 소리에 창밖을 내다봤다. 찰리가 낯선 사람과 함께 내렸다. 낯선 사람과 찰리의 대화는 들리지 않고 두 사람이 손을 바쁘게 놀리는 것만 보였다. 셔츠를 입은 낯선 사람이 익숙한 명패를 걸고 팔뚝에 가운을 걸치고 있는 걸 보고 나서야 막연히 연구원인가 짐작할 뿐이었다. 연구원은 별달리 입을 열지 않았고, 변호사는 뒤통수만 보였다. 손짓으로 암호라도 전하나, 할 뿐이다. 뭐, 찰리의 버릇인 것은 안다. 그는 종종 그런 짓을 했으니까. 다시 책에 코를 박았다. 그가 곧 올라오겠지.

희미해진 소독약 냄새와 섞인 그의 향수가 느껴질 만큼 가까운 거리에 와서 선 찰리는 정작 다 와서는 망설였다.

"…뭔데."

"생일파티 오라고 하는 거, 왜인 것 같아."

"삼촌 말이야?"

찰리가 말없이 고개를 끄덕였다. 그의 턱에 힘이 들어갔다. 나보다 화낼 필요는 없었다.

"태어난 지 이틀 된 핏덩이에게 비굴하게 굽신거리고 오라는 거겠지. 50살 정도 된 조카 정도는 제 맘대로 오라 가라 할 수 있다는 걸 돌도 전에 알려주려고."

서열 정리하겠다 이거지. 우리가 짐승도 아닌데. 손톱 정리를 할 필요 없는데도 구태여 반듯하게 자른 손톱과 마른 내 손등을 물끄러미 보며 대답했다.

"그럼 아들을 그 나이에 새로 얻은 건 왜인 것 같아."

"적적했나 보지. 자기 골로 가면 나한테 재산 넘겨주기 싫었든가. 외할아버지가 나 좋아했던 만큼이나 친할아버지는 원래 나 미워해. 아빠 안 닮고 엄마 닮아서."

아니면 그냥 손녀라서 마음에 안 들었을 수도 있고. 내가 죽을 예정이니까 불안했을 수도 있고. 무슨 이유든 내 딸보다 어린 것을 미워하고 싶지 않았다. 그래서 무던히, 그러려니 하고 지나가려는 것이다. 깊이 생각하지 않을수록 좋다. 아직 아물지도 않은 곳의 딱지를 긁어 덧나게 하고 싶지 않았다.

"새로 얻은 자식, 완전 잡종이래. 반은 미셸의 친조부 유전자지만, 반은 어디 유전자 풀에서 공유되던 난자 아니고, 그냥 완전 건강하고 테스트에서 클린 안 뜬 잡종."

"그게 무슨 뜻이야."

"안전하다고. 미셸 당신이 겪는 병에서."

"그래서."

와인병 버리라고 하고 왔어. 그가 빈 주먹을 쥐었다 펴며 대답했다.

"안에 그 바이러스가 있었어. 병 밖은 우리 집 들어올 때 소독해서 다행히 없었대. 하지만 코르크 땄으면, 아니면 마셨으면…."

입을 벌렸다 다물었다. 아니. 눈을 몇 번 깜빡이는 동안 건조한 눈이 빨개졌다. 그 와중에도 입은 뻐끔거리기만 했다. 아니. 아들은 자기 돈 들여 키웠고, 아들의 딸은 다시 아들의 돈을 들여 키웠으니. 할아버지의 계산대로라면 나는 할아버지의 재산이었다. 정확히 말하자면 나의 재산이 할아버지 본인의 재산이었다.

고깝지. 곧 죽을 년이 매일 살아보겠다고 펑펑 바이오 회사에 자기 돈을 갖다 바치는 게. 직계 비속이 존속보다 상속권이 우선이라서 모조리 손녀에게 자기 아들 재산이 돌아가는 게. 그래서 그런 것이다. 나는 딸이 죽어 상속할 사람이 없으니 할아버지에게 모두 돌아갈 것이고, 새 아들을 키우는 데 그만큼 넝쿨째 굴러들어온 복이 또 없으니. 오늘은 손녀가 죽을 것이라고 기대하며 인생을 사는 사람이 있다. 구토가 치밀어올랐다.

"나는 그럼. 이제…."

말을 끝맺지 못했다. 아직 스스로 내뱉어본 적 없는 말이었다. 변호사가 팔짱을 풀고 무릎을 굽혀 소파 위의 나와 눈을 맞추었다.

"살아."

눈에 힘 풀지 마. 그가 내 어깨를 붙잡았다. 초점이 흐릿해 제대로 앞에 있는 게 찰리의 얼굴인지 분간이 안 됐다. 살아. 정신 차리고 살아. 나도 당신 죽으면 끈 떨어진 신세야. 알지. 나 때문에라도 당신은 살아야 돼.

"이렇게 죽긴 싫어."

그러니 당신이 나 좀 도와줘. 나는 그의 손을 잡았다.

"난 당신이 이기게 할 거야."

내 손을 강하게 맞잡은 그의 손은 낯설고 차가웠다. 내 딸만큼. 혹은 만져보지 못한 밀봉된 관 속의 내 어머니와 아버지만큼. 내 딸의 장례식에 그 인간은 오지도 않았어. 내 어머니가 죽을 때도, 자기 아들이 죽을 때도. 아마 내가 죽을 때도. 자기가 위험한 것도 아닌데 공연히 무서워서.

"…아이가 필요해. 절대로 그 인간에게 내 유산을 넘겨주진 않을 거야."

＊

아마디스는 못 보던 코트를 입고 찾아왔다. 미뤄진 다섯 번째 만남이었다.

"잘 지냈나요?"

"그럼요."

"늦어서 미안해요."

"괜찮아요."

여기서는 어차피 기다리는 것밖에 할 수 없으니까요. 실내 정원을 산책하겠냐는 내 제안에 그는 고개를 끄덕였다. 우리는 함께 응접실에서 일어났다. 복도를 지나 반듯한 유리온실로 그를 안내하는 동안 아마디스는 얇은 목티를 몇 번 매만지며 어색해했다. 긴 볕이 부드럽게 유리창을 통과했다.

"밖은 쌀쌀하거든요."

"아."

옷깃을 스쳐 지나가는 칼바람은 닿지 않고, 볕만 오롯이 투과하는 유리온실은 혼자 4월의 봄이었다.

"반절은 조화네요."

모스 장미에 이데아가 있다면 이렇게 생겼겠죠. 그가 부드러운 섬유로 된 잎을 보며 말했다.

"관리인을 많이 둘 순 없어서요."

내가 대답했고, 그는 셰익스피어의 작품에 나올 법한 식물들로 꾸민 정원의 풀 중 잎의 앞면과 뒷면을 만져보면서 이야기했다. 완벽하게 식물 삽화에 나올 것 같은 장미 덤불, 조금 시들어 있는 히스풀과 미나리아재비를 번갈아 보면서.

"진짜 식물들도 있고요. 당신이 직접 관리하나요?"

"물이나 영양제 같은 건 자동으로 관리돼요. 이파리 다듬는 일은 변호사가 가끔 하고."

"난 아직도 옛날 사람 같네요."

그가 모종삽으로 흙을 퍼 담는 시늉을 했다. 물뿌리개 없는 정원이라니, 하는 게 눈에 보여서 내가 스스로 부자들이란, 하면서 그에게 장난을 걸었다.

"본인을 부자라고 지칭하는 건 참 뻔뻔한 일이지만 인정할게요. 자동 정원을 가지고 있는 사람이 얼마나 많겠어요. 난 최고의 부동산 투자가예요. 잊지 말아요. 3년 전에 내 이름 붙은 빌딩이 얼마나 많았는지."

"지금도요."

나는 씁쓸한 웃음을 지으며 구두로 그의 발을 찼다.

"있잖아요, 아이를 입양하면…."

정원은 좋지만 여전히 좁겠죠. 아이들에게는. 나는 뒷말을 흐렸으나 그가 고개를 끄덕였다.

"사람에게는 친구가 필요하니까요."

"시내로 이사할 수도 있고요. 시내에 있는 집을 내가 살 수 있게 개조하려면 몇 달 걸리겠지만."

"아이는 평범하게 학교생활을 하게 할 거라고 들었어요. 난 당연하게 묻지 않았지만, 우리의 모든 상황에서 당연한 건 아무것도 없는 것 같네요."

그가 태블릿을 꺼내 다시 내가 제시한 조건들을 확인했다. 우리는 온실 가운데의 티테이블에 앉아서 간식거리를 가져오지 않은 것을 후회하며 볕 아래에서 오후를 즐겼다. 나는 집에 머무르지만 입양아의 행동반경은 넓을 것이고 누가, 그리고 어떤 시스템이 아이를 보호할 것인지에 대해서 대화하던 종종 그의 딸과 아들에 관해 물었다. 출근할 때 누가 아이들을 태워 가나요. 당신 딸은 무엇을 좋아하나요.

"미셸 씨는 궁금한 게 많군요."

"공부를 다시 하고 있어요. 부모가 되려는 공부."

아마디스는 그동안 센터와 진척된 상황에 대해 쓰인 서류 페이지를 넘기며 말없이 고개를 끄덕였다. 그의 입가 주름에 옅게 걸린 미소가 그의 심정을 대변했다. 요구조건 페이지에서 그의 손이 잠시 멈추었다. 그가 감정이 실리지 않은 목소리로 항목을 읽어 내려갔다. 유전적으로 잡종이라 안전할 것, 장수할 것, 알레르기가 없을 것, 지능이 평균 이상일 것, 치아가 고를 것, 노인병 가족력이 없을 것, 다음에 대한 가족력이 없을 것. 혈관질환, 다운증후군, 우울증….

"'완벽하게 건강한 딸'에 대한 욕심. 놓지 못했군요."

"완벽한 아이를 원한 건 아니에요."

"네. 지능이나 외모는 그 와중에 쓰지 않았네요."

그가 헛웃음을 삼켰다.

"그건 완벽할 필요가 없으니까요."

"건강에 관해서는 완벽해야 하고."

"나보다 오래 살았으면 좋겠어요. 그뿐이에요."

"이건 단순히 오래 사는 수준이 아닌데요."

그가 패드의 액정을 손끝을 튕기며 두드렸다.

"내 어머니를 생각하라고 했잖아요."

어머니와 똑같이 되라는 말은 아니었어요. 그가 고개를 저었다.

"완벽함은 없어요. 매달, 매번, 매분, 매초 바뀌는 거예요."

"완벽한 아이도 필요 없어요. 난 그냥 정상적인 아이면 돼요!"

"하."

아마디스는 바람 빠지는 소리 이후로 잠시 침묵했다. 이해할 수 없었다. 그는 태블릿을 깨부술 것처럼 손등의 온 힘줄이 다 튀어나오도록 쥐고 있다가 정중하게 내려놓고 두 손으로 마른 세수를 했다. 등이 심호흡을 따라 오르락내리락했다. 뒤늦게 그의 목소리가 울렸다.

"당신에게 아이를 맡기면 성공한 인생을 살겠지요. 그러나 행복하지는 않을 겁니다."

지금까지 내 인생을, 내 가장 큰 약점을 까발려서 보여준 결과가 이거였다. 넌 엄마로서 실패했고, 네 아이는 행복하지 않을 거라는 말. 아니. 인정할 수 없었다.

"나는 어떤 아이든 사랑할 자신이 있어요."

"당신의 사랑이야말로 가장 큰 문제니까 이 말을 하는 겁니다. 알아들은 줄 알았는데, 하나도 이해하지 못했어요."

하나도, 라고 말하는 그의 목소리에서 삐끗하고 쉰 소리가 났다. 뭔데. 어디가 잘못된 건데.

"아이는 도구가 아닙니다. 당신은 아마 평생 이해하지 못하겠지만."

"도구라고 부르지 말아요."

"수고하셨습니다. 결과는 서면으로 전해드리겠습니다."

아마디스가 유리온실을 나갔다. 그리고 그는 다시 돌아오지 않았다.

＊

'바나나!'

'바나나!'

'바나나!'

'바나나!'

'바나나!'

'바나나!'

2주 내내 사람들이 메신저로 끊임없이 바나나 이모지를 보내
왔다. 수많은 사람이 SNS에 계속해서 바나나 사진에 내 해시태
그를 달았다. '바나나 걸'이라고 대문짝만 하게 프린트된 나를 가
리키는 티셔츠는 뉴욕 기념품점 어느 곳에서든지 살 수 있었다.
익명으로 배달된 소포를 보고 구역질을 한 날, 변호사는 나 대신
그 일을 처리했으나 익명 배달을 거절하면 사람들이 대통령과
장관, 동창과 옛 애인의 이름으로 선물을 보내왔다.

'바나나!'

물론 어디를 가든지 도망칠 구석이란 없었다. 나는 결국 멸
종할 것이다. 파나마병에 걸린 바나나처럼. 우리 집안의 선택받
은 유전자 덕택에.

오후 2시 하고도 7분 더. 침실에서 나올 수 없었다. 침대에서
이불을 머리끝까지 뒤집어쓰고 문밖에 찾아온 불청객이 떠나가
기를 바랐다. 응접실에 그가 와 있다고 했다. 속이 계속해서 쿡
쿡 쓰라렸다. 밤새 간헐적으로 눈물지은 탓에 귀가 물을 먹은 듯

이 먹먹하고 머리가 아팠다.

한참 지나 다시 시계를 봤다. 그가 갔을까. 침대에서 일어나 나왔다. 복도로 향하는 동안 슬리퍼를 신지 않은 맨발이 시렸다. 매끈한 돌바닥의 한기가 피부 겉면에서 점점 안으로 스며든다. 응접실로 가는 문 너머로 희미하게 아마디스가 전화를 거는 목소리가 들렸다.

당연히 어디 나갈 수 없는 거 압니다. 네. 집 안에 계신다고요. 네. 약속 취소는 아니라고 이해했습니다. 네. 감사합니다. 숨을 죽여 가면서 문 너머의 목소리에 귀를 기울이다가 한참 후에 구둣발이 바닥을 걷는 소리에 몇 걸음 뒤로 물러났다. 걸음 소리는 점점 가까워지는 듯하더니…. 다시 점점 멀어졌다. 심장 박동이 구둣발 소리에 맞춰 뛰었다. 문에서 똑똑하는 소리가 들렸다. 대체 어떻게 문 뒤에 내가 있다는 걸 알아냈단 말인가.

머리를 몇 번 매만지며 문을 열었다. 잠옷 차림은 아니었으니까 머쓱할 일은 아니었지만 괜히 입가를 쓸면서 눈인사를 했다. 그가 산발인 내 머리를 빤히 보는 시선이 느껴졌다.

"비웃으러 왔나요? 비웃으세요. 이런 삶에 자식을 두는 것이 말도 안 되는 일이고…."

"입양이랑 관계없이 왔어요."

맥이 탁 풀려서 휘청거리며 문가에 머리를 기댔다. 바람 새는 소리가 흉곽에서부터 성대까지 고스란히 전해진다.

"이제 와서 재심사를 받을 순 없겠죠."

"네."

"그럼 왜?"

"친구로서 걱정돼서 왔어요."

기대하지 않은 말에 말문이 막혔다.

"오늘은 대화가 어려울까요?"

"…괜찮아요. 응접실로 가요."

눈가를 손등으로 슥슥 쓸었다. 퉁퉁 부은 눈으로 그를 원래의 약속장소인 응접실로 안내했다. 손님은 부탁하기도 전에 소파 위에 잘 개켜져 있던 담요를 집주인의 어깨에 둘러준다.

그는 내 우울에 관해 묻고 싶은 눈치였지만 인내심이 있든지 눈치가 있든지 해서 예민할 수 있는 질문을 삼키고, 점심이 괜찮았는지 물었다. 아니요. 먹지 않았어요. 저런. 대화는 파스타 면처럼 맥없이 툭툭 끊겼다. 그에게 사실을 말하기 싫어 외로움에서 오는 고질적인 문제라고 말을 돌렸다. 내가 이 집을 자연스러워 보이게 하기 위해 얼마나 노력했는지 보이세요? 살균 조리되어서 매 식단이 올라오는 덕분에 아무도 쓰지 않는 거대한 부엌도 있지요. 저 많은 19세기 프렌치 양식 창문 중에 아무것도 열리는 게 없고요. 내가 실험실 쥐처럼 평생 감금에 가까운 삶을 살면서 자유로운 척하려니까 힘들어서 그래요. 다른 문제라는 걸 직감한 아마디스가 무슨 일 있냐고 물어보았지만 반사적으로 부정했다.

"아무 일 없는데요."

"나쁜 소문이 도는 거 알아요."

"당신도 봤어요?"

"일부러 안 봤어요."

알긴 안다는 소리다. 참담함은 머리끝에서부터 얼음물처럼 쏟아진다. 올라오는 소름에 몸을 떨면서 거북이처럼 고개를 웅크렸다. 껍데기 안으로 들어갈 수 있다면 더 좋았을 것을.

"내 입으로 한 말이 아니에요. 믿어줘요."

"알아요. 당신 사진 두어 장만 있으면 3D 모델링 정도는 쉽게 해요. 영상 표정도 너무 뻔하고. 당신 얼굴을 본 사람이면 보조개가 있다는 걸 알거든요. 그 영상엔 없고."

30초짜리 밈이 온갖 채널에 퍼졌다. 내가 한 적 없는 말을 지어내는 것은 어려운 일이 아니다.

'부모가 거지여서 선택도 못 하고 그냥 태어난 사람들이란. 사랑이 어쩌고 어쩌고 하지만 결국 실수로 태어난 거겠지.'

'미국을 다시 위대하게 만드는 법을 알려줄게. 가난하면 불임시켜. 1907년에 했는데 또 못 할 게 뭐가 있어?'

누가 똑같이 합성한 내 얼굴이, 내가 죽으면 혼자 죽을 줄 아냐고 카메라를 향해 버럭버럭 소리 지르는 순간에 더 보지 못하고 꺼버렸다. 사람들은 동영상이 올라온 지 하루 만에, 인기 차트에 있는 유명 곡을 노래하는 나를 만드는 것부터 내가 말을 할 때마다 입에 바나나를 먹이는 VR 게임까지 내놓았다. 그리고 딸. 내 딸이 이 모든 일의 시작이라며, 내 딸을 들먹이는 영상들… 눈물 자국이 남아 부은 눈을 문지르면서 생각을 하지 않으려 할수록 다시 그 기억으로 되돌아갔다. 안정적인 심리상태를 보장하는 변종 FAAH 유전자도 지금 순간에는 그리 도움이 되지 못했다. 나는 인간이지 감정 스위치를 껐다가 켤 수 있는 존재가 아니었으므로. 아마디스는 나를 살살 달래며 가져온 박스를 열었다.

"내가 딸기 케이크를 가져왔어요. 일주일 전부터 부탁해서. 뭘 먹으면 좀 나아집니다. 여기 오레오 셰이크도 사 왔고요."

"…신경질적인 사람을 무척 잘 다루시네요."

"내 아이들처럼 구시니까 모른 척할 수가 없어서요."

"부모님같이 굴지 말아요. 우리 동년배예요."

"그러니까요."

아마디스는 현명하게 대답 대신 먹을 것을 내놨다.

"어떻게 가져왔나요. 이거 우리 집 맞은편에 있는 데잖아요."

케이크 한 조각 하고도 반 조각이 더 입에 들어가자 진정이 되기 시작해서 물었다. 그는 모든 성분과 공정을 회사에 확인받은 버전으로, 며칠 걸리지만 미리 주문하니 가능했다 말했다. 그동안 아마디스는 내가 생각지 못했지만 받으면 기쁜, 낯선 선물들을 매번 가져왔다. 오늘은 원래라면 최종 심사였겠지만 다 끝난 이상 아마디스는 굳이 그럴 필요는 없다고 말했다.

"왜 찾아왔나요."

"난 그저 당신이 대화할 사람이 필요해 보여서 친구로서 온 거예요."

"무슨 이야기를 하려고요?"

"무슨 이야기를 하고 싶어요?"

"아무 이야기도 생각 안 나요."

침묵이 우리 사이 테이블 위에 내려앉았다.

"그때 당신이 나가고 나서, 후회했어요."

"당신은 정상적인 아이를 원한다고 했었죠."

평범하게, 건강한. 다른 대체어를 찾아보려고 하다 결국 고개를 끄덕였다. 그는 가만히 허벅지 위를 손끝으로 두어 번 반복해서 치다가 수어를 할 줄 아느냐고 물었다. 고개를 저었다.

"점자는?"

"몰라요."

"당신은 정말 아무것도 모르는군요."

"네?"

그에게 되물었다. 아마디스는 학교에서 배우지 않았냐고 물었고, 나는 수어를 쓴 적이 없다고 대답했다.

"당신의 변호사도 종종 수어로 대화하잖아요. 그러면 당신은 말을 반만 알아듣나요?"

"찰리가 언제요?"

"첫날 저녁에 내가 그와 인사했었잖아요."

알 수 없었다. 아마디스는 잠깐 말을 멈추다가 아, 하고 탄성을 내뱉었다. 당신 그래서 멀뚱히 있었군요. 그는 부드럽고 천천히 변호사가 종종 하던 모양새로 손짓을 했다. 이걸 못 알아듣는군요. 그가 실망한 표정을 했다.

"배울 필요가 없었으니까요."

괜히 주눅 들어 눈치를 보는데 그는 어디서부터 말해야 할지 막막한 표정으로 눈을 느릿하게 몇 번 깜빡이다 커피로 목을 축이면서 툭 내뱉었다.

"내 큰 딸은 구어가 아니라 수어를 써요. 옛말로 표현하면 청각 장애가 있죠."

나는 몇 번 눈을 깜빡였다. 놀란 것이 무례한 줄을 알았기에 더 말하진 못했다. 그의 딸에 관해서는 법에 관심이 있다던가, 검사가 되고 싶다던가 하는 것 정도만 간간이 들은 듯했다.

"흔한 일이에요."

"그렇군요."

"나는 이게 흔한 일이라고 말할 필요가 없었어요. 한 번도."

왜 당신은 모를까요. 모든 게 어색할까요. 아마디스는 팔자 눈을 하고 내 답을 기다렸다. 나는 머뭇거렸다. 정말 흔한 일이면 흔하다고 말할 필요가 없으니까. 그리고 나는, 살면서 한 번도 본 적이 없으니까.

"참 생경하죠. 우리가 이렇게 같은 테이블에 마주 보고 있는데 사는 세계는 다르단 게."

그는 티스푼을 만지작거렸다.

"내 딸은 입술 모양을 거의 알아듣지 못하지만, 구어를 제대로 배우지 않아 독순술을 못하는 것이 살면서 문제 되어본 적이 없어요. 난 아이가 태어날 때부터 옹알이 대신에 손짓을 가르쳤고, 우리 사회에선 모두 수어를 하니까요."

"그렇군요."

그가 내 상황을 알 만하다는 듯 고개를 끄덕였다. 우리 세계는 유리되어 있어요. 같은 곳에 있지만, 늘 다른 사람을 만났겠죠. 당신이 변호사의 이름은 기억하지만 밖에 서 있는 청소부의 이름은 기억하지 못하는 것처럼.

그가 테이블 위의 종이를 반으로 가르며 말했다.

"당신이 나온 사립학교부터 당신의 사교생활 어디든 빗자루질하듯이 커튼 뒤로 쓸어 담았을 테니까 몰랐을 수도 있군요. 가난처럼 장애는 당신 시야에 들어오지 않았을 겁니다."

보이지 않으면 없는 거나 마찬가지라고, 그가 덧붙였다.

"왜 당신 세상에선 장애가 없을까. 고민해본 적 있어요?"

"아니요."

"왜요?"

"고민할 필요가 없었으니까요."

"왜요?"

"에…."

"청각 장애인 부모 앞에선 못 꺼내는 말을 하려는 거죠."

그의 목울대가 울렁였다. 인자하게 말하지만, 말하면서도 각 단어가 가시처럼 목구멍 안을 찌르는 듯했다.

"'장애아를 낳지 않으면 해결될 일이잖아요.' 그런 말을 하려고 했죠?"

그는 나 같은 사람과 마주칠 때마다 얼마나 자주 그런 말을 들어왔길래 그 말을 다시 내 앞에서 뱉을까.

"…기술이 해결할 수 있다는 말을 하려고 했어요."

"기술요."

"귀가 안 들리면 그, 보조기구를 끼면 되고. 남은 청각 세포를

살리려고 노력할 수도 있고, 기계가 소리를 전기 신호로 바꿔 뇌
와 연결하는 방법도 있고, 의체도 있고….”

"어떤 문제는 그렇게 해결하는 게 나을 수 있어요. 기술은 세
상을 풍요롭게 하죠. 당연히 그걸 원하는 사람도 있어요. 그런
선택도 주어져야 하고요. 근데 반대 방향의 선택은요? 그 모든
게 결국 내 아이가 나랑 구태여 입으로 대화하기 위해서 겪어야
하는 과정이에요. 내 세상에 내 애를 맞추려고.”

"하지만 그러지 않으면 행복할 수 없잖아요.”

"양육은 훈육이다?”

아마디스가 이 방면에 더 전문가라 할지라도 결국 나도 한때
엄마였던 사람이다.

"교화죠. 사회에 적응하기 위한. 애들은 사회성이 덜 발달하고
언어를 모르고 나쁜 습관도 물들기 쉽죠. 그 애에게 하나하나 다
가르치는 과정이 사회에 편입되기 위해서 애들이 언젠가 겪어
야 하는 일이에요.”

아마디스가 쉽지 않다는 듯이 마른 세수를 했다.

"양육에 대한 각각의 아젠다는 끝이 없으니까, '귀가 안 들린
다'는 점 하나로 돌아갈게요.”

우리 둘 앞에는 아직 먹다가 만 케이크가 남아 있었고 그는 분
위기를 풀기 위해서 케이크를 계속 먹기를 권하며 말을 이었다.

"그럼 그 사회는 왜 그 모양이에요. 소리로만 대화할 수 있다
는 규칙은 누가 세웠나요?”

나는 케이크 조각 위의 체리를 포크로 찍으며 답했다.

"사회의 절대다수의 사람이 그걸 편하게 여기니까요."

"적어도 하나는 제가 생각하는 대로 짚었네요. 규칙은 절대 불변하는 게 아니라 다수의 사람에 의해서 세워진 거죠. 그 사회의 맥락. 정확히는 다수가 아닐 수도 있어요."

그 정도야 모르는 바는 아니었다.

"그 다수가 바뀐다면? 기준이 바뀐다면요."

"왜 바뀌는데요."

"글쎄요, 어느 날 다수의 사람이 깨달았을 수도 있죠. 내가 편하기 위해서 이 도시, 혹은 이 세계에서 묻히고 있는 비명이 너무 크구나. 너무 끔찍하구나. 그리고 비명을 지르는 사람들이 깨달았을 수도 있죠. 다른 세상에선 네가 비명을 지르고 내가 편할 수도 있구나. 이건 내가 이유 없이 달고 태어난 벌인 줄 알아서, 평생을 내가 무슨 죄를 지었을지, 왜 아무런 이유 없이 벌을 받아야 하는지 아파하고 있었는데, 하늘이 준 벌이 아니구나. 너희가 나한테 씌운 굴레구나…."

나는 그가 무슨 말을 하고 싶은지 어렴풋이 알았다. 안개처럼 희미하게. 찰리는, 내가 수어를 하지 못한다는 걸 알고 있다. 그래서 나를 앞에 두고 내게 대화 내용을 밝히기 싫을 때마다 손짓을 한 것이다. 아마디스와 하던 손짓도, 연구원과 하던 손짓도. 나를 가만히 아무것도 모르는 사람으로 만들고, 그리고 지나간 수많은 순간에, 내가 알지도 못한 채로 나는 바보가 되었겠지. 그런 세상. 그리고 그게 선택이 아닌, 강제된 세상.

"…그리고 다수의 사람이 실은 내가 비명을 지르고 있다고 깨달을 수도 있고요."

"자신을 희생해서 그 사회에 적응하고 나선, 다시 그 사회의 기준에 다른 사람들을 밀어 넣고 있었다는 소리군요."

아마디스가 고개를 끄덕였다. 그는 목이 타는지, 한 번 더 커피를 마셨고, 나는 그의 손끝을 눈으로 좇기만 했다.

"재활을 위해서 네 살 아이 두개골에 구멍을 내고 뇌를 열어 수술하는 과정을 상상이나 해봤나요."

네 살. 무릎 까진 것에 부모가 당황하면 그에 놀라 더 울어 젖히며 부모에게 안겨 와서 자전거를 혼내달라고 하는 네 살. 오빠가 아끼는 인형을 나도 만지고 싶고 오빠가 친구들이랑 놀면 나도 오빠랑 오빠 친구들이랑 놀고 싶은 네 살. 과자가 좋아 밥 먹기 싫어서 할머니한테 가면 다 오냐오냐 받아주는 네 살.

"자기가 뭘 원하는지, 원하지 않는지도 모르는 아이한테, 수술받고 나서, 아주 길고 아프고 힘든 재활 기간을 다 지나서도 결코 남들과 똑같이 말하고 듣지는 못할 거라는 걸 나는 내 아이에게 납득시키지 못할 거예요. 내 어머니나, 내 어머니의 어머니도 그랬습니다. 그건 잘못된 일이라고."

네 살이든, 여섯 살이든, 살면서 소리란 것이 제 세계에 없었던 아가에게 혀도, 목도, 배도 쓰라고 이해 가지도 않는 것을 계속해서 반복시키고. 이유 없이 부모가 울고 붙잡고 화내고 속상해하고, 자연스럽지 않은 것을 남들만큼 해달라고 평생 채찍질하면서 조금이라도 정상과 다른 부분을 정상처럼 보이게 하느라 내 아이가 평생 그것에 매달리게 하라고. 다른 애들이 꿈을 좇는 동안.

"태어날 때부터 안 아프면 안 되나요."

내가 조심스럽게 덧붙였다.

"탄생을 배제하는 거. 그랬죠. 당신의 부모님은."

그는 반으로 나눈 종이를 잘게, 더 잘게 반으로 잘랐다.

"사회가 요구하는 정상성은 나날이 높아지기만 할 거예요. 당신이 산 증인이죠. 당신처럼 이상적인 사람이 태어난 순간부터 세상은 표준을 당신으로 고쳐 잡아요."

"난 표준이 아니에요."

"표준보다 더 나은 사람이죠. 요는 인간이 역사에서 유례없이 빠른 속도로 스스로를 진화시킬 때, 우리는 계속해서 남겨진 사람을 탈락시킨다는 거예요."

그는 복잡한 말 대신 쉬운 말을 찾으려 애썼다.

"나는 당신에 비해서 빨리 늙고, 아프고, 멍청하고, 유전적 질환이 많은 사람이죠. 나는 당신의 기준으로 볼 때 장애인입니다. 기술로 당신의 세계에 계속해서 편입할 수 있을 것 같습니까. 언제까지? 얼마나 많은 사람이? 우리 모두가 당신처럼 완벽한 사람이 될 수 있을 것 같나요. 누가 탈락하고 누가 남을 것 같습니까."

아. 그래서 사람들은, 그러니까 우리 가족과 다른 선택을 한 사람들은 몸이 아닌 사회를 바꾸기로 한 것이다.

"당신은 그래서 수어를 배웠군요."

단지 딸을 무척 사랑해서가 아니라 좀 더 큰 문제였다. 수어가 그의 사회에서는 당연했기 때문에. 내가 태어나고 50년간 내가 자라온 세상과 그가 자란 세상은 갈라져서 먼 길을 걸어왔다. 그는 크게 숨을 들이쉬고 내쉰 후에, 흐트러진 앞머리를 이마 뒤쪽으로 넘기고는 침착한 표정으로 돌아왔다. 아마디스는 나긋나긋한 목소리로 질문했다.

"우리 둘 다 옛날 책과 영화에 종종 빠져서 사니까 말인데. 요즘에는 100년 전보다 모든 시설을 평탄하고 열린 형태로 만든다고 느끼지 않습니까?"

그가 갑자기 주제를 바꾸자 무슨 말을 하려는지 몰라 혼란스러웠다.

"모든 시설은 계단이 적고 특히 공공시설들은 다 완만한 경사로 되어 있고, 의자나 시설물들은 이동시키기 쉬워요. 왠지 알아요?"

"…대화를 하려면 대면해야 하니까요."

"맞아요. 길을 가다 수어로 대화하다 보면 계단에 신경 쓰기 귀찮거든요. 그리고 오픈 플랫형 공간으로 디자인됐죠. 2층에서 1층을 내려다보면서 대화할 수 있게요."

"하지만 어떤 것들은…."

"당신이 하려는 말도 맞아요. 우리는 여전히 아픔과 고통을 제거하기 위해서 과학기술을 필요로 합니다. 백신 반대자는 병에 걸려도 병원을 가지 않고 자연스럽게 버티다 죽었겠죠."

"모든 질병이나 장애가 사회적 맥락에 따라서 의미를 가지는 건 아니에요."

"맞아요. 그렇긴 합니다."

아마디스가 고개를 끄덕였다. 그의 눈은 빛났지만 괴로워 보였다.

"세상엔 필요하지 않은 아픔이 너무 많지요. 어떠한 가치도, 그걸 버텼다고 주어지는 성장도 없는 고통이. 죄의 값을 치르는 것도 아니고, 잘못한 것도 없는데 어느 날 내 인생을 헤집어놓는 것들요."

그가 울음이 많다고 했던 것이 떠올랐다. 아마디스는 잠깐 눈을 감았다가 뜨며 느릿느릿 말을 이었다.

"이건 우리 세계가 한 선택과 수어에 대한 이야기지, 모든 장애에 대한 이야기는 될 수 없을 겁니다. 고통이 허상이고, 세상에 존재하지 않는다는 것도 아닙니다. 내가 이 말을 꺼낸 건, 질병 치료와 향상은 기준이 불분명하다는 이야기를 하기 위해서예요."

문제는 개인이 무엇을 갖고 있거나 갖고 있지 못하느냐가 아니라 사회가 누구에게 맞추어져 있느냐. 청각 장애. 그 단어가 쓰일 일 없는 세계에서 자라온 나는 그 단어가 역사의 뒤안길로 사라진 이유가 정말로 더 이상 장애인이 태어나지 않기 때문으로만 이해했다. 아니, 생각해본 적 없지. 보이지 않는 것을 생각해본 적이 어디 있겠어.

"나는 당신이 입양모로 부적절하다고 판단할 수밖에 없었습니다. 당신은 완벽하지 않은 아이를 이해하지 못해요. 당신은 이 사회의 기준에서 완벽한 사람이고, 그 정점에 도달하기 위해 끊임없이 노력한 사람들의 결과물이니까요. 거기서 벗어나려고 했을 때조차, 당신은 벗어나기 위해서 정말로 건강한 잡종 아이를 원했죠."

원하는 방향이 바뀌었을 뿐이었다. 완벽한 혈통에서 완벽한 잡종으로.

"목적이 바뀌었을 뿐, 방식은 그대로니까요. 기준을 아무리 다양하게 세워도 시험은 결국 줄 세우기인 것처럼."

그의 말에 답 없이 손바닥을 마주 비비다가, 팔을 쓸다가, 오랫동안 밀물처럼 가슴 안으로 밀려들어왔던 것들을 댐을 무너뜨리듯이 토해내기로 결심했다.

"당신이 가고 나서 오랫동안 생각했어요. 아이에 관해서."

"그렇군요."

"자식은 내 대체품이 아니에요."

"네. 단 한 번도 당신이었던 적이 없지요."

내가 내 어머니가 아니고, 내 딸이 나인 적이 없었던 것처럼.

"나의 유전적 형질을 물려주거나 가문을 잇는 대상도 아니고요."

"그래요."

"내 아이는 도구가 아니고, 투자 대상이 아니고, 나를 기억하지 않아도 상관없고, 무언가를 돌려받지 않아도 상관없고, 나를 사랑하지 않아도 상관없고, 나에게 보답하지 않아도 상관없어요. 더 크거나 성공해야 할 의무도 없고⋯. 내 딸은, 내 아이는 결국 무엇이 아니기만 해요."

나는 그 애가 무엇이라 말하는 대신 무엇이 아니라고만 말할 수 있을 뿐이다.

오랫동안 편안한 적막이 이어졌다. 긴 심호흡 소리만 이어졌다. 폐부에 깊이 들어찬 공기가 가늘게 떨리다 다시 숨이 되어 나가는 긴 소리. 눈을 감으며 두 손으로 뺨을 쓸었다.

"왜 이걸 깨닫게 했나요."

평생 모르게 하지 그랬어요. 이렇게 늦을 거였으면 영영 모르게 하지 그랬어요. 나는 이제 와서 뭘 어쩔지 모르겠어요.

"당신은 뭘 어떻게 할지 알고 있어요."

"아이를 가질 기회는 사라졌어요."

"네. 난 당신에 대한 평가를 마쳤어요."

따뜻한 얼음 같은 말. 그는 다정하고 단호하게 말했다. 그의 다정은 결코 본질을 흐리지 않는다. 그는 입양심사관이고, 아이를 위한 사람이지 나를 위한 사람이 아니었다. 우리 모두 이제 돌아올 수 없는 강을 건넜다는 건 알고 있었다. 다른 시기 다른 곳에서 다시 같은 심사를 거쳐서 통과된다 한들, 나는 결코 그의 말을 잊을 수 없을 테니까.

"하지만 당신은 계속 살아 있잖아요."

"내 인생은 이제 놀림감으로 끝나는 일밖에 남지 않았어요."

나는 아직도 기껏해야 내 이야기가 샤덴프로이데의 전형으로 소비될 것이라고 밖에 생각 들지 않았다. 샤덴프로이데. 남의 고통은 나의 기쁨. 유복하게 태어나 부족함은커녕 넘치기만 하게 받으며 자랐고, 쉽게만 살아온 사람. 미울 만한 사람이라고 요약

할 수밖에 없을 내 인생. 호감가지 않는 자의 몰락을 볼 때 그 고통을 지켜보며 오히려 기쁨을 느끼는 역설적인 쾌감.

"어떤 인생도 그렇게 단순히 끝나지 않아요."

우리가 존재하지 않는 미래에 관해서 우리가 늘 말하는 이유에 대해 찾을 시간이라고, 그가 말했다.

＊

유서가 마무리될 즘에 찰리로부터 연락이 왔다. 할아버지에 대한 소식이었다. 딸 아들에 손자 손녀들까지 다 죽고 나서 뭐 한대. 그 양반. 별 의미 없는 한탄 따위를 하면서 문서를 넘기고 있었다. 찰리는 병실에 방문하면서 또 흘리는 말로 아마디스가 집에 왔었노라고 일렀다.

"뭐라고 둘러댔어?"

"약속이 많아서 바쁘다고."

최근까지는 약속이 많아 바빴던 게 사실이었으므로 오랫동안 아마디스를 속여 넘길 수 있을 것이다. 아마디스 때문에 내가 병에 걸렸다고 그에게 죄책감을 얹어주는 건 꽤나 인상 깊은 일이 되겠지만 필요 없는 슬픔을 하나 늘리는 일이 된다.

그를 만난 이후 나는 손님들을 자주 받았고, 그중에 누가 병을 옮겼는지는 알 수 없다. 그러니 꼭 아마디스의 탓도 아니다. 링거를 가는 동안 유리창 너머의 변호사에게 콧잔등을 찌푸리는 시늉을 하면서 물었다.

"친조부는 무슨 소식인데."

"…유산 상속 이야기를 했어."

"난 그 사람에게 줄 생각 없는데."

변호사는 내 전 재산이 달린 종이 뭉치를 장난스레 들어 올렸다.

"날 믿어?"

"법을 믿지, 변호사를 믿나."

난 부모가 될 수 없겠지만….

새로 만든 법인에 전 재산을 기증하는 유언장을 남기며 몇 번의 말미를 고쳐 썼다. 고백이란 말 대신 다른 것이 필요했다. 마지막 문장에 두 줄을 긋고 다시 위에 적는다. '나는 바나나.'

집의 모든 창을 열었다. 밀폐된 창틀이 꼭 맞물려 있던 자리에 톱날 자국이 길게 남았다. 두꺼운 커튼들이 들어차는 바람을 따라 크게 종 모양으로 부풀었다 꺼지길 반복했다. 찬 바람이 뺨을 에는 추위에 변호사가 코트를 건넸다. 좀처럼 입을 일이 없던 것이었다. 숨이 폐부로 들어찼다. 공기가 차가웠다. 기도로, 흉곽으로, 찬 바람이 들어차며 잊고 있었던 몸 안의 어딘가를 스쳐 지나갔다.

살아 있었다. 자각의 순간과 함께 앞이 흐려졌다. 닦을 생각을 하지 못하고 뚝뚝 떨어졌다. 맨발로 나가려는 나를 변호사가 붙잡았다. 걸었다. 계단을 걸어 내려갔다. 복도를 지나쳤다. 풍성한 라넌큘러스 조화 다발을, 벽에 걸린 초상화들을, 아이를 위해 사다 두고 한 번도 쓰지 못한 유모차를 지나, 현관을 넘었다. 현관 앞에 미처 고용인들이 지우지 못한 낙서들을 넘었다. 너는 바나나야. 노란색 스프레이로 칠해진 글씨를 밟고 지나갔다. 황량한 들판 너머의 도시에서 잠들지 않는 불빛이 반짝인다. 땅거미가 지고 있었다. 앙상한 나무들은 검은 그림자가 되고, 하늘은 누가 불태운 것처럼 끝자락부터 타오르며 재처럼 남은 자리마다 제비꽃 색으로 물들고 있었다. 정원을 지나고, 도로가 있든 말든 상관없이 가로질렀다.

'너는 바나나야.'

나는 멸종할 거야. 죽는 건 무서웠다. 피부를 경계로 피부 바깥의 세계와 살갗 안쪽의 핏덩이를 구분하던 그때부터 죽는 것이 무서웠다. 내가 이 몸에 갇힌 뇌라는 걸 깨닫는 순간부터 죽음이 무서웠다. 우리는 순간만을 감각하고, 현재에 산다. 과거는 기억할 때만 존재할 뿐이고, 잊으면 존재하지 않는다. 나는 내 딸이, 내 어머니가, 남편이, 아버지가, 친구가 있었다는 걸 기억하지만 기억 속에만 있어. 기억하지 못하면. 내가 만질 수 있는 것도 대화할 수 있는 상대도 없다. 어머니가 소매 단추를 매주고 리본을 똑바로 고쳐 매준 기억도, 딸이 내 귓가에 '이건 비밀인데 나는 엄마를 사랑해'라고 말한 기억도, 누구 하나 확인해 줄 수 있는 사람이 없다. 내가 잊어버린 추억들은 존재하는지도 알 수 없이 영영 사라졌다. 감각하고, 기억하고, 느끼고, 생각한 것들이 기억나지 않는다면, 내가 다시 불러내지 않는다면 사라진다. 보고 느끼는 모든 것들이 죽음을 경계로 사라진다. 자아가 사라진다는 것의 공포. 그 공포마저 죽음이 찾아오면 느낄 수 없으리라는 영원한 허무.

그러나 죽는 게 피할 수 없는 명확한 진실이라면. 나는 극복할 수 없는 것을 두고 공포를 느끼는 것보다는 나은 인간이어야 했다. 더 중요한 것을 두고 발버둥쳐야 했다. 아마디스는 나보다 먼저 죽을 수 있다. 아마디스의 아들도 나보다 먼저 죽을 수 있다. 나는 죽음을 정할 수 없고 삶을 정할 수 있을 뿐이다. 내 삶이 무슨 의미일지. 너에게 내가 무슨 의미의 사람이 될지. 어떻게 기억하는 존재가 될지. 내가 죽어 그것을 영영 느낄 수 없게 된다고 해도.

'너는 바나나야.'

조롱을 받아들이기로 했다. 나의 죄를. 내 부모의 죄를 받아들이기로 했다. 우리 집안의 죄를. 그로끄셸을 멸종시켰던, 강아지들을 입맛에 맞게 교배했던, 가장 맛있고 살집 많은 닭만 선별했던 사람들의 죄를.

'너는 바나나야.'

그러나 당신, 이 글을 읽는 당신은 나를 보면서 비웃을 수 없어. 세상의 온갖 사람들이 나처럼 살았다. 더 우월한, 더 나은, 더 이상적인 자손을 원했다. 더 예쁜 자식을 원했다. 더 똑똑하길, 더 강하길, 더 건강하길 욕망했다. 모두가 올라가는 데만 관심 있어 우리가 무엇을 밟고 있는지는 알지 못하는 세상. 당신은 세상의 모든 사람을 앉혀놓고 비판할 수 없으므로 나 하나를 재판대에 올려놓고 조롱하지. 내가 모든 죄의 결정체인 것처럼 말하지. 그러나 내가 곧 당신이고, 당신이 나였다. 당신이 거울을 보는 것처럼 나를 봐야 해. 당신이 웃고 있는지, 울고 있는지,

당신이 누구에게 어떤 모습을 하고 있는지, 당신이 누가 될지 나를 봐.

나는 바나나다.

___

강현

1996년 제주에서 태어났고, 대학에서 경영학을 전공했다. 친한 친구에게 이야기를 들려주기 위해서 소설 〈나는 바나나다〉를 썼다. 좋아하는 사람들과 나누고 싶은 이야기가 있을 때 글을 쓴다. 근래 생각하는 주제는 다음과 같다. '우리가 글을 쓰지 않으면 우리의 삶은 누가 알아주지?' '더 나은 미래를 위해 사악한 생각을 하자.'

낙원으로 돌아가다

——

송은우

눈꺼풀을 쓰다듬는 흰 빛이 느껴졌다. 감은 눈 아래에서 안구를 이리저리 움직여 눈꺼풀 안을 쓸었다. 그 움직임이 내 것임을 알아차리자, 코와 입이 거친 숨을 뱉어냈다. 코 점막과 마른 입술이 미세하게 떨리는 불안한 숨이었다. 토해내는 듯한 거친 호흡에 곧 숨이 막혀와 허겁지겁 입을 벌려 공기를 들이켰다. 아가미 호흡을 하다가 육지로 올라온 물고기라도 된 양 숨을 쉴 수가 없었다. 눈도 떠지지 않았다. 심장이 덜컥 너울질을 치더니 쿵쿵대며 자신의 존재를 알려왔다. 그제야 나는 내가 겁내고 있다는 걸 알았다. 나는 가위에 눌렸다가 깨어날 때처럼 몸을 틀어 힘을 주었다. 용을 쓰던 눈이 와짝 떠졌다. 뿌옇게 흐렸던 눈에 차가운 하얀색 천장이 들어왔다. 시야가 확보되었다는 안도감은 금세 엷은 불안으로 바뀌었다. 남의 것처럼 낯설게 느껴지는 혀를

굴려 입안을 쓸었다. 쓴 맛이 났다. 맛을 느끼자 가슴 아래의 감
각도 서서히 되살아나기 시작했다. 그리고 배가 내 몸을 무겁게
짓누르고 있다는 것도 알게 되었다. 묵직하다.

배?

나는 배를 만지려고 했다. 하지만 생각과 달리 나는 끈적한
물 속에서 움직이기라도 하듯 어렵게 팔을 올려 겨우 배에 손을
얹을 수 있었다. 그런데 배가 단단하고 커다랗게 솟아 있었다.
새끼를 품은 어미처럼.

'나는 엄마다.'

툭, 생각이 떠올랐다. 마치 내 인생에서 가장 중요한 일이라
도 되는 양 번뜩. 그래, 나는 엄마다. 하지만 내가 임신 중이었
던가? 이질감과 싸우며 곱은 손끝으로 배를 쓸어보았다. 손가
락이 배의 곡면을 따라 미끄러져 내렸고, 머뭇대는 손길에 뱃가
죽이 간지러웠다.

기억. 기억이라고 부를 만한 것이 없었다. 임신했다는 기억
도, 지금 여기에서 깨어나기 전에 어디에 있었는지에 대한 기억
도 전혀 없었다.

'여기서 벗어나야 해.'

본능은 그렇게 말하고 있었지만 생각은 여전히 제자리에 머
물렀다. 나는 좁은 침대에 모로 누워 배를 감싸 안았다. 내 정체
성을 지켜줄 유일한 증거 같아서, 낯설기만 한 둥근 배를 품어
안았다. 그제야 내가 핏빛처럼 붉은 원피스를 입고 있다는 것을
깨달았다. 온통 흰 공간에서 이토록 선명한 붉은색을 이제야 발

견한 것이 놀라웠다. 조금 전까지만 해도 옷의 색은커녕 옷을 입고 있는지도 몰랐다. 민소매 원피스는 부푼 배를 지나 무릎 단에서 끝났다. 붉은색의 강렬함이 시야에 가득 차자 몸을 움직일 힘이 조금 나는 듯했다.

모로 뉘였던 몸을 일으켜 침대 위에 앉았다. 그저 앉았을 뿐인데, 공간이 춤추듯 일렁이며 벽면이 훅 다가왔다. 방이 온통 하얘서 현기증이 나는 걸 거야. 나는 어떻게든 안심이 될 만한 설명을 찾으려 애썼다. 벽면을 쳐다보고 있자니 한쪽 구석이 살아 있는 듯 꿈틀거렸다. 누군가 벽에 그림을 그려 넣기라도 하는 듯 천천히 색이 번졌다. 은백색 테두리가 벽 중간에서부터 흐릿하게 그려지면서 바닥으로 이어졌다. 그게 문짝의 테두리임을 알아보는 것엔 그리 오랜 시간이 걸리지 않았다. 그러자 그것은 의심할 여지가 없는 형태를 지닌 단단한 문이 되었다. 잠시 뒤, 슬라이드 도어가 양쪽으로 열리더니 문 너머에서 사람 모양의 그림자가 솟았다. 은빛으로 출렁대는 커다란 아메바 같은 두 형상이 꿈틀댔다. 하얀 벽, 문, 사람, 현기증, 임신. 퍼뜩 '병원'이라는 단어가 떠올랐다. 그래, 여긴 병원이었어. 그럼 저들은 의사인가? 그렇게 생각하자마자 내 곁에 불쑥 두 사람이 나타났다.

'여기 어디죠? 당신들 누구예요?'

나는 당장에라도 의사 가운(그들이 의사이길 바랬다)을 붙들고 묻고 싶었다. 마음속 외침은 다급했지만 어찌 된 일인지 말이 되어 나오지 않았다. 소리를 만들어본 적이 없는 것처럼 혀가 굳어 움직일 줄을 몰랐다. 하지만 그들은 혼란에 빠진 나에게 아무 관심이 없어 보였다. 둘이 무어라 대화를 나누듯 입을 달싹였는데, 소리가 잘 들리지 않았다.

쌍둥이인가 싶을 정도로 둘은 많이 닮아 있었다. 그런데 양쪽 다 남자인지 여자인지 분간되지 않았고, 나이는 더더욱 가늠할 수가 없었다. 내가 아는 지구상 어떤 인종과도 비슷하지 않았다. 피부는 밀랍같이 희었다. 머리카락은 포마드로 넘긴 숏헤어처럼 매끈해서 머리털이라기보다는 플라스틱 같았고, 황금빛으로 빛나는가 하면 잿빛으로 보이기도 했다. 눈동자 색도 각도에 따라 다르게 보였다. 아니, 색깔 이전에 사람의 눈동자에서 느껴지는 특유의 생기가 없었다.

내가 보이지 않는 듯, 둘은 자기들끼리 대화를 나누었다.

"데이터가 남았는데 중간에 깨어났어."

"임사체험도 건너뛰었어. 오류야. 프로세스가 꼬이겠는데."

"드림 데이터 체크해봐."

비현실적인 광경에 홀려 있던 나는, 그들의 기묘한 대화에 정신을 차렸다. 나는 그들의 정체뿐만 아니라 나 자신의 정체도 알아야 했다. 저들이 정말 의사인가? 눈앞의 두 사람이 의사라고 생각하니, 비눗방울 표면처럼 오색의 마블링이 피어오르던 그들의 몸 일부가 흰 의사 가운으로 변했다. 의사가 아닐지도 모른다고 의심하면 그들의 몸은 어김없이 다시 일렁이며 검은 제복, 회색 슈트, 보라색 치렁치렁한 옷 등으로 바뀌었다. 난 초점을 잃지 않기 위해, 그리고 정신을 잃지 않기 위해 눈을 크게 떠야 했다.

"원래 딸 쪽이 깨어나기로 되어 있었어. 그런데 이 이브가 딸 대신 깬 모양이야."

그때였다. '딸'이라는 단어를 듣자마자, 머리 안쪽 깊숙한 곳에서 쥐어짜는 듯한 격통이 느껴졌다. 나는 양손으로 머리를 잡고 몸을 앞으로 수그렸다. 부른 배 때문에 쉽지 않았지만, 도저히 몸을 편 채 앉아 있을 수가 없었다. 입술을 깨물고 눈을 질끈 감았다. 골이 흔들리는 듯 어지러웠다. 통증이 심하니 신음도 나오지 않았다. 끅끅대는 간헐적인 신음을 속으로만 삼키며, 나는 몸을 잔뜩 웅크리고 침대에 다시 누울 수밖에 없었다. 귀에서는 윙윙대는 소리가 들렸다.

'끼이이익.'

날카로운 쇳소리가 뇌를 관통했다. 뇌가 스피커가 된 것처럼 쾅쾅 울렸다. 웅성대는 소리, 둔탁한 것이 떨어지는 소리가 어지러이 섞이고, 여자아이의 울음소리가 들리기 시작했다.

'엄마! 엄마아! 으허어엉. 엄마 아파. 엄마.'

희미했던 울음소리가 엄마를 찾는 소리로 변했다. 엄마, 아파. 두통이 별안간 뚝 멈췄다. 용수철이 튀어 오르듯 몸을 벌떡 일으켰다. 괴이한 이 공간에서 느꼈던 것과 완전히 다른 공포감이 전신에 퍼졌다.

"주영아!"

이제 기억났다. 깨물었던 입술에서 피맛이 났지만 아무래도 좋았다. 내 딸 주영이. 생각을 샅샅이 더듬었다. 기억의 조각이 맞춰질수록 치마를 움켜쥔 손이 떨려왔다. 심장이 방망이질 쳐 당장에라도 튀어나올 것만 같았다.

내 작고 소중한 딸 주영이. 제가 좋다고 하는 요술 공주 캐릭
터처럼 되고 싶다 해서, 샛노랑 레이스 달린 공주 치마를 사서
오는 길이었다. 유치원에 입고 가겠다고 하면 어쩌나 내심 걱정
했지만 치마를 보는 순간 눈을 빛내며 행복해하던 딸아이의 미
소에 나도 웃었더랬다. 이제 요술 공주가 되었으니 엄마가 아
프면 요술 반창고를 붙여주겠다며 기세등등하게 외치는 목소
리가 좋아서, 집에 가는 길에 어설프게 공주 치마를 걸치고 가
게 놔두었다.

샛노랑 요술 공주가 너무 신났던 게 탈이었을까, 아니면 대
낮에 술 처먹고 운전대를 잡은 정신 나간 인간과 맞닥뜨린 게
문제였을까, 초록불에 손들고 건너던 아이에게 승용차 한 대가
돌진해 왔다. 요술 공주는 저만치 앞서가고 있었고, 차는 횡단
보도 앞에서도 멈출 줄을 몰랐다. 나는 뒤늦게 사태를 파악하
고 외마디 비명을 지르며 아이에게 뛰어갔다. 그리고 아이를 잡
아채 던지다시피 했다. 아스팔트에 내동댕이쳐지긴 했어도 차
에 치이는 것보다 내 힘으로 던져지는 편이 나았다. 아이는 가
로수에 부딪히고 바닥에 굴러 넘어져서 울기 시작했고, 미처 피
할 틈이 없었던 나는 폭주하는 차에 뛰어든 꼴이 되어 정면으로
치이고 허공으로 튕겨 올랐다가 그대로 바닥에 추락했다. 머리
와 어깨에 날카로운 통증과 타는 듯한 열감이 느껴졌고 곧 정신
이 혼미해졌다. 이마를 가로질러 흐른 피의 양이 얼마나 많았던
지, 샤워기 물을 맞고 선 것처럼 눈을 뜰 수가 없었다. 몸 전체
의 저릿한 감각마저 흐려져가는 와중에도 아이의 울음소리만은

잔인하리만치 선명하게 들려왔다. 흐려지려는 눈을 억지로 뜨고 아이 쪽을 보니 아이의 이마에도, 뺨에도 피맺힌 상처가 잔뜩이었다. 그것이 너무 안쓰러워 아이에게 가고 싶었지만 몸이 움직이지 않았다.

겁이 났다. 아이가 저렇게 날 찾으며 우는데. 아프다고, 엄마, 나 아프다고. 저 어린것이 저렇게 울고 있는데. 내가 가야 하는데. 내가 정신을 놓으면 저 아이를 구해줄 사람이 없는데. 손을 뻗어봤지만, 아이는 내 손에 몸이 다 가려질 만큼 멀찍이 있었다. 그리고 까맣게 모든 것이 꺼졌다.

이상한 공간, 기묘한 사람에게서 느낀 낯선 두려움은 도로 한복판에 다친 딸을 두고 왔다는 사실 앞에선 아무것도 아니었다. 뭐가 어쨌든 간에, 사지 멀쩡하고 움직일 수 있다면 내가 해야 할 단 하나의 일은 딸에게 가는 것일 터였다.

"내 딸 어딨어요?"

내 물음에 두 사람이 돌아보았다. 그들은 고개를 천천히 기울여 나를 살펴보기 시작했다.

"내 딸 어딨냐고요."

"당신에겐 딸이 없습니다."

되지도 않는 소리에 신경질이 났다. 밖에 나가서 도움을 청할 것이다. 그리고 인턴인지 뭔지 모를 이 정신 나간 의사들에 대해서도 항의하리라. 침대에서 벗어나려는데 바닥에 발이 닿지 않았다. 내려다보니 침대 높이가 내 다리 길이의 서너 배는 되어 보였다. 나는 당황하며 고개를 홱 돌려 그들을 쳐다보았다. 제법 높은 침대 옆에 서 있는데도 둘의 허리춤이 보였다.

'사람이 아니야?'

내 얼굴에 공포가 서리는 것을 보았는지 금빛 머리가 내게 말을 걸어왔다.

"가만히 있는 게 좋을 거예요."

그 말에 난 꼼짝할 수가 없었다. 평온하고 온화한 말투였지만 어딘지 모를 위엄이 느껴졌다. 몸이 얼어붙는 듯했지만, 방 밖으로 나가야 할 단 하나의 이유를 생각했다. 나는 다시 한 번 몸에 힘을 주었다.

"나는 라케시스입니다. 당신은 예정보다 빨리 잠에서 깨어났어요. 당신이 어떤 꿈을 꾸고 있었는지 기억하나요?"

꿈이라니? 나는 어안이 벙벙했다.

"데이터 보면 돼. 물어볼 필요 없어, 라케시스."

"직접 듣고 싶어, 아트로포스. 넌 신기하지 않아? 이브가 혼자 깼다고."

"오류라니까."

라케시스에 이어 아트로포스라니. 운명의 여신이 등장하는 꿈을 꾸는 중이기라도 한걸까. 저자들이 운명의 실 길이만큼 인간에게 수명을 할당한다는 엄숙한 라케시스나, 그 실의 어딘가를 잘라 죽을 날을 정한다는 가혹한 아트로포스라고 하기엔 민망할 지경이었다. 그들은 여신이라기보다는 창고에서 갓 꺼내온 기분 나쁘게 생긴 마네킹 같았다. 운명을 정한다는 이름을 가진 마네킹이 나를 보며 물었다.

"당신은 어떻게 깨어난거죠?"

대꾸할 필요가 없었다. 나는 침대에서 풀쩍 뛰어내렸다. 제법 높았던 탓에 무릎이 뜨끔했지만 망설이지 않고 곧장 은백색 문으로 향했다. 걷는 속도에 비해 거리가 줄어들지는 않았지만 앞으로 나가는 것 말고는 할 수 있는 일이 없었다. 등 뒤로 아트로포스의 목소리가 들려왔다.

"당신은 이 방을 나갈 수 없어. 소용없을 거야."

나는 이를 악물고 문을 뚫어지라 쳐다보았다. 갑자기 거리가 훅 좁혀져 문이 눈앞으로 다가왔다. 어느새 나는 순식간에 문을 통과해 있었다. 의사나 간호사, 환자, 누구라도 좋으니 도움을 청할 사람을 기대했던 나는 좌절할 수밖에 없었다. 여전히 밑도 끝도 없는 흰 공간이었다. 내가 문을 빠져나왔는지, 아니 움직이기나 했는지 의심스러웠다. 아홉 살 무렵 놀이동산의 고약한 거울 미로 속에 갇혔을 때 느꼈던 오래된 공포가 스멀스멀 올라왔다. 하지만 나는 성인이고 정신을 차릴 수 있을 거다. 애써 호흡을 가다듬고 도리질을 쳤다. 잠시 뒤 공간 중앙에 잿빛으로 꿈틀대는 테두리가 생기며 인영을 그려냈다. 하나, 둘. 그리고 철제침대. 형체가 드러나자 나는 아연실색하고 말았다. 그 형체는 방금 내가 빠져나온 방에 있었던 라케시스와 아트로포스였다.

내 머리가 어떻게 된 것이 분명했다. 나는 다시 빠른 걸음으로 문을 통과했다. 하지만 결과는 마찬가지였다. 다시 원래의 방으로 돌아왔다. 이번엔 뛰어갔다. 방을 빠져나가면 다시 그 방으로 돌아왔고 반대 방향으로 가도 마찬가지였다. 아트로포스의 말대로, 이 방은 나갈 수가 없는 방이었다.

"이게 무슨⋯."

나도 모르게 중얼거렸다. 이 세상에 존재하는 장소가 아니라는 것만은 알 수 있었다. 내가 차에 치여 죽은 걸까? 이곳은 사후세계일까? 그렇다면 여긴 지옥일 것이다.

텅.

다리에 힘이 풀려 주저앉으려는 찰나, 뒤쪽 어깨가 뭔가에 부딪혔다. 철제침대였다. 그리고 고개를 쭉 내밀어 올려다봐야 할 높이의 침대 위에는 붉은색 옷을 입은 여자가 잠자듯 누워 있었다. 그녀 역시 배가 불룩했다. 짧게 숨을 들이켜며 몸을 돌리자 조금 전까지 보이지 않았던 광경이 한눈에 들어왔다. 새하얗기만 했던 방은 설치미술 전시장처럼 네모 반듯한 철제침대가 가득 들어찬 공간이 되어 있었다. 쓰러지려는 몸을 지탱하느라 침대 다리를 부여잡았다. 침대가 얼마나 많은지, 이 방이 얼마나 넓은지 가늠할 수가 없었다. 어릴 적에 아버지를 따라 공원묘지에 가곤 했다. 네모 반듯한 분묘가 줄지어 늘어서 있는 것을 보면 늘 기분이 이상했다. 저게 다 시체예요? 나는 나도 모르게 인상을 쓰곤 했다. 이게 다 사람인가? 지금은 인상조차 써지지 않았다. 안면근육이 마비되기라도 한 모양이다. 차가운 금속성의 침대 다리가 무수히 겹쳐서 감옥 창살처럼 보였다.

"모두 잠들어 있는 이브들입니다. 깨어날 때는 임신 상태가 해제되지요. 당신처럼 임신한 채로 깨는 경우는 없습니다. 아주 특별해요."

라케시스가 말했다. 웃는 것 같기도 했지만, 그렇다고 하기엔 눈만 가늘어져서 위화감이 들었다. 나도 모르게 배를 감쌌다. 그 모습을 본 라케시스가 흥미롭다는 듯 천천히 고개를 반대편으로 기울였다. 이상한 소리를 듣고 고개를 갸우뚱하는 강아지처럼 천진한 몸짓이었다. 그 천연덕스러움에 더 속이 터졌다.

"당신은 배를 보호하는군요. 그게 뭔지도 모르면서."

등에 소름이 돋았다. 이게 뭔데.

"무슨 말이든 해봐요."

라케시스가 흥미로운 말투로 채근했다. 그 또는 그녀는, 호기심 가득한 눈으로 개미를 관찰하다 마음이 바뀌면 꾹 밟아버리고 자리를 뜰 어린아이 같았다. 뭐라도 말해서 관심을 끌어야 한다고 생각했지만, 나오는 말은 한 가지뿐이었다.

"내 딸 어딨어요?"

라케시스의 미간이 살짝 올라갔다.

"당신 딸이라는 건 없어요. 배를 말하는 거라면, 당신 몸이 생화학적 임신 상태라고 착각하고 있을 뿐이에요. 당신들의 개념으로 상상임신이라는 것과 비슷하죠."

지금 나는 꿈을 꾸고 있는 거야. 한 편의 영화 같은 꿈. 충실하게 놀라는 역할을 하면 되는. 진정해, 꿈이야. 이 꿈에서 깨면 병원 침대에서 깨어나 딸을 볼 수 있을 거야. 스스로를 달래는 말이 무색하게 숨은 얕고 빨라지기만 했다.

"그게 무슨 소리예요?"

"우리는 인간의 창조성을 연구해요. 이브들은 임신 상태일 때

가장 창조적이고 원초적인 꿈을 꾸지요. 아, 우리는 꿈꾸는 이들을 이브라고 불러요."

도저히 더는 듣고 있을 수가 없었다. 초조함에 입술을 잘근 씹었다. 다시 피맛이 났다.

"그만! 그만해! 나랑 내 딸이 차에 치였어! 딸이 얼마나 다쳤는지, 어디에 있는지도 몰라. 지금 당장 딸을 찾아야 해. 알아들어? 내 딸을 찾아야 한다고!"

나는 반쯤 미친 사람처럼 소리를 고래고래 질렀다.

"이제 좀 신기해지려고 하는군."

아트로포스가 내 폭발하는 모습에는 아랑곳하지 않는다는 듯 툭 내뱉었다.

"당신은 꿈을 꾸고 있었어. 지구인들은 그걸 '인생'이라고 부르지. 사실 그건 우리가 주입한 드림 데이터에 불과해. 그리고 당신이 꿈에서 죽었어. 더 처리할 드림 데이터가 남아 있는데 무슨 오류가 났는지 죽어서 깨버렸어. 보통은 지구인이 임사체험이라고 부르는 과정을 거치고 다시 꿈으로 돌아가는데, 당신은 그냥 깼어."

"아트로포스, 좀 더 친절하게 해."

라케시스의 만류에 아트로포스가 어깨를 으쓱해 보였다.

"리셋할 건데 뭐하러."

"이런 경우는 없었으니까. 이 이브를 좀 더 알고 싶어. 에덴의 첫 성과일지도 몰라."

"오류야."

라케시스는 아트로포스의 말을 무시하고 나에게 몸을 돌렸다. 자기 딴에는 친절인지 몰라도 내게는 전혀 그렇게 보이지 않았다.

"당신이 딸이라고 부르는 대상은 다른 이브가 꾸는 꿈의 주인공일 뿐, 실재하지 않아요. 허상이죠. 그러니 딸을 찾을 필요가 없어요."

"여기서 나가게 해줘요."

목소리가 잠겨들어 갔다. 헛소리라고, 꿈이라고 되뇌었지만 밀려드는 절망감에 맞서기엔 역부족이었다. 주영이의 노란 공주 치마에 묻은 선홍색 핏자국이 눈앞에 어른거렸다. 공포를 가득 담은 눈으로 날 쳐다보며 우는 얼굴이 뇌리에서 떠나질 않는다. 햄볶음밥을 해준다 하니 신나서 촐랑대며 추던 엉덩이춤도, 하도 싸돌아다녀서 뒤축이 닳은 빨간 리본구두의 인조가죽이 뜯긴 자국마저도 생생하다. 그런데 이게 꿈이라고? 내 딸이 그저 꿈속에 나온 등장인물일 뿐이라고? 내가 꿈인지 생시인지 구분 못 해 이렇게 혼란스러워하는 거라고? 누굴 바보로 아나. 꿈은 그렇게 서사적이거나 논리적이며 현실적이지 않다. 꿈은 앞뒤가 안 맞고, 환상적이고, 엉망진창이다. 마치 지금처럼.

"어서 이 꿈을 깨게 해달라고."

나는 중얼대며 팔을 꼬집었다. 아팠다. 뺨도 때렸다. 찰싹. 이 와중에도 아파서 못 때리겠다 싶었다. 아프면 놀라서 깨기라도 할까 싶어 볼이 벌게지도록 내 뺨을 쳐댔다.

라케시스와 아트로포스는 그런 나를 물끄러미 바라보기만 했다. 얼얼해진 뺨 위로 눈물이 방울져 내렸다. 무서워서도, 슬퍼서도 아니었다. 무엇을 믿어야 할지 모르겠다고 생각하니 왈칵 눈물이 터졌다. 주영이를 아득한 어젯밤 꿈속 인물 1로 두자니 목울음이 나왔다. 이건 아니다. 그런데 왜 나는 울고 있을까. 주영이한테 가면 그만인데, 왜 여기 서서 울고 있을까.

"당신은 이미 꿈에서 깨어났어요."

그 목소리가 조금은 친절하게 들렸다. 그래서 더 서러웠다. 수년 전, 아버님께서 돌아가셨습니다, 하고 말하던 의사의 침통한 목소리와 달리, 라케시스의 목소리는 전화상담원처럼 발랄하기까지 했다.

"받아들이려면 시간이 필요하겠지요. 내 설명이 당신에게 도움이 될 겁니다."

라케시스는 눈물 콧물 범벅이 된 나를 내려다보며 눈을 깜빡였다.

"보통의 이브는 드림 데이터 재생이 끝날 무렵 임신을 해제하고 '천국'으로 옮겨 가요. 그리고 거기에서 깨어나죠. 그들은 홀로그램 공간에서 자기가 보고 싶었던 것들을 봐요. 꿈에서 사랑했던 사람들을 만나기도 하고, 후회하던 일을 되돌리는 환상을 보기도 하죠. 미워하는 사람과 화해하기도 해요. 어떤 이브는 꿈이 너무 험악해서 여기에서도 괴로워해요. 그런 이브는 간혹 자기가 지옥에 와 있다고 믿죠. 어쨌든 당신들 세계에서 말하는 천국이나 지옥은 드림 데이터를 기반으로 한 홀로그램 모드예요. 갑자기 꿈에서 깨면 충격을 받으니 꿈에서 믿던 것들로 만들어진 환상을 보는 거죠. 그리고 그들이 무슨 홀로그램을 보건 마지막에는 같은 안내를 받아요. 당신들이 사랑하는 사람과 다시 만나기 위해, 아니면 일생일대의 잘못을 바로잡기 위해 다시 지구로 돌아간다는 안내죠. 그게 이브에게 동기부여가 돼요. 기회와 희망은 이브의 자발적인 참여를 보장하는 좋은 전략이에요."

나는 아무 말도 할 수가 없었다. 평소에, 아니 이자들이 말하는 꿈에서 딱히 종교가 없기도 했지만, 막연하게나마 전생이니 다음 생이니 하는 윤회는 있을지도 모른다고 생각했다.

주영이 아빠, 그러니까 내 전남편은 아이가 젖도 안 뗀 무렵에 내가 알지도 못하는 여자와 바람이 나서 이혼을 요구했다. 나는 물론이고 주변 사람, 심지어 그 인간의 부모마저도 제 아들에게 쌍욕을 해댔다. 한때 사랑했던 남자였지만 그때는 배신감조차 들지 않았다. 마음이 너무나도 싸늘하게 식어, 이런 개 같은 놈이 내 딸 아빠랍시고 옆에 있는 것이 다리 수십 개 달린 버러지를 손등에 올리는 것보다도 싫었다. 나는 앙칼지게 너 따위가 주영이 옆에 있어봤자 독밖에 더 되겠냐며, 얽히기 싫으니 평생 양육비를 포함한 위자료를 내놓고 꺼지라고 일갈했다. 전생에 무슨 죄를 지었기에 이딴 놈을 만났나 가슴을 쳤다. 주영이는 칭얼대며 음마, 음마를 했고, 나는 그 어린것을 꼭 안고 이놈 아니었으면 주영이를 못 만났으니 이쯤에서 봐준다며 성난 마음을 진정시키곤 했다. 남편은 기다렸다는 듯 돈을 내놓고 사라졌다. 아무렇지도 않게 등 돌리는 모습에 폐부를 찔리는 듯한 고통을 느꼈지만 그럴수록 나는 더 냉정을 찾고 계산기를 두드렸다. 배신감이 너무 커서 외면하느라 그랬는지도 몰랐다. 하지만 나는 살아야 했다. 그것도 그 여리디여린 딸과.

시간이 지나 상처는 옅어졌고 아이는 아빠가 없는 줄 알고 자랐다. 빈자리를 느끼게 하고 싶지 않아 남들보다 두 배로 노력하며 아이를 키웠다. 아이는 눈에 넣어도 아프지 않을 만큼 사랑스러웠고, 내생에도 내 딸로 태어나라며 뽀뽀를 쪽 해주는 게 우리만의 굿나잇 인사였다. 전생도 내생도, 내겐 질척하고 징하고 애틋한 무언가였다. 홀로그램 모드 따위가 아니라.

"그렇다면 나는 왜, 왜 천국이 아니라 여기서 깨어난 거죠."

난 맥빠진 목소리로 중얼거리듯 물었다. 차라리 저 천국인지 뭔지에서 깨어나 아버지, 어머니를 만나 부둥켜안고 울고, 전남편도 내게 인생 교훈을 주기 위해 만난 소중한 인연이라며 눈물로 용서하는 환상이라도 봤더라면 이렇게 괴롭지 않았을 텐데. 그러면 이게 꿈이건 아니건 상관없었을 텐데. 어느 쪽이 꿈이어도 상관없었을 텐데.

"오류야."

아트로포스가 끼어들었다.

"단순 오류가 아닐지도 몰라. 이브의 의지가 세팅 값을 뒤집었으니까. 의지가 변수가 되는 거지."

라케시스가 아트로포스를 달래듯 말했다. 저들은 내 기분 따위엔 관심이 없었다. 왜 나만 여기서 깼느냐고, 왜 나냐고, 왜 이런 괴로움을 겪어야 하느냐고 물어도 그들에게는 오류니 변수니 하는 인정머리 없는 단어로 설명할 만한 작은 이벤트에 불

172

과했다. 이젠 어떤 감정을 가져야 하는지도 모를 지경이 되었다. 눈물도 나오지 않았다. 아기를 돌보느라 고군분투하고 있던 내게, 여자가 생겼으니 이혼하자고 툭 던지던 남편과 마주 섰을 때처럼 마음 한쪽에 격렬하고 뜨거운 감정이, 다른 한쪽엔 피가 식는 듯한 차가운 이성이 자리 잡았다. 화가 난다. 나의 고통을 아랑곳하지 않는 저들에게 저주를 퍼붓고 싶다. 슬프다. 나는 물론이고 소중한 딸마저 한낱 꿈이라니, 가슴이 찢어질 것만 같다. 감정이 휘몰아쳐 정신을 차릴 수가 없었다. 하지만 뭔가를 해야 했다. 현관문을 쾅 닫고 뒤돌아 나간 남편의 등을 애써 지워내며 눈물 한 방울 흘리지 않고 어떻게 살 것인가를 고민했던 그때처럼, 나는 뭔가를 선택하고 결정해야 했다. 그런데 누구를 위해서일까.

"당신은 아직 깰 때가 아니었어요. 당신 딸이 죽기로 되어 있었죠. 그런데…"

갑자기 주변 풍경이 바뀌었다. 컴퓨터 그래픽 속 인물이 되기라도 한 것처럼, 나는 어느새 내 마지막 날의 그 횡단보도에 와 있었다. 아니, 그날 자체가 재생되었다. 그날처럼, 주영이가 샛노랑 치마를 나풀대며 앞서 걷고 있었다. 순간 난 내가 죽었다 살아서 다시 이승으로 돌아온 것이 아닐까 했다. 날 딱하게 여긴 신이 사고 나기 전으로 나를 돌려보내준 것이 아닐까 싶어 가슴이 두근거리기까지 했다.

"주영아, 엄마랑 같이 가야지."

소리가 난 쪽으로 고개를 돌렸다. 거기엔 내가 있었다. 아니,

내 꿈속에서 나로 활약했던 아바타가 거기 있었다. 아무튼 내가 주영이에게 말을 걸고 있었다. 내 몸 밖에서 나 자신을 보는 것은 몹시 기이한 경험이었다. 거울로 보던 얼굴과 전혀 달라 보이는 이목구비가 있었고, 목소리나 걸음걸이, 몸짓이나 자세도 남의 것처럼 어색하기만 했다. 그 낯설음에 눈앞의 나에 대한 애착이 서서히 옅어졌다. 그리고 얼마 지나지 않아 영화 속 배우를 보는 것처럼 덤덤해졌다. 하지만 곧이어 차가 돌진하고 내가 뛰어들어 주영이를 내던지는 순간이 오자, 무어라 형언할 수 없는 감정과 함께 숨이 가빠지고 심장이 쿵쿵대기 시작했다. 수 미터 떨어져서 보니 무슨 초인적인 힘을 발휘했는지 나는 주영이를 제법 멀리, 그리고 세게 던졌다. 아스팔트에 내동댕이쳐진 딸아이가 너무 아파 보였다. 그리고 내 몸뚱이도 장난감처럼 튕겨 나가 잔인하게 바닥에 꽂혔다. 피가 흥건했다. 나는 처참한 내 모양새를 그저 멍하게 쳐다보았다.

"당신이 아주 빠른 속도로 차에 뛰어들었고 아이를 엄청난 힘으로 내던졌어요. 그 순간 지구의 물리법칙이 잠시 흔들렸어요. 당신은 저 거리를 순식간에 좁힐 능력이 없었는데….."

라케시스가 정신이 반쯤 나간 나를 깨우기라도 하겠다는 듯 힘주어 말했다.

"그렇게 했죠."

그 말과 동시에 마법처럼 주변의 모든 것들이 사라졌다. 나는 다시 무수한 철제침대 한가운데에 비틀대며 서 있었다. 현기증이 났다. 하지만 라케시스와 아트로포스는 눈 하나 깜짝하지 않았다. 라케시스가 물었다.

"당신이 뭘 한 건가요?"

"죽었잖아요. 차에 치여서."

나는 초점을 잃은 눈을 하고 넋 나간 사람처럼 중얼거렸다. 조금 전에 본 광경이 너무도 생생해서 입안이 다 바짝 말랐다. 이렇게 생생한 광경을 보여줄 수 있는 기술이라면, 내 삶이라 여겼던 것이 그저 꿈일 수도 있겠다는 생각이 들어 더 황망했다.

"어떻게 그럴 수 있었죠?"

"뭘요."

"공간을 어떻게 접었죠? 당신은 꿈을 제어했어요. 당신네 세상에서는 거의 불가능한 초능력이죠. 재능이 있는 이브들도 있긴 해요. 그늘은 꿈에서 일부러 의식을 깨우고 조절하는 수련을 했어요. 티베트 승려들처럼요. 일상에서 갑자기 초능력을 보이는 경우는….."

반쯤 얼이 빠져 있어 말이 귀에 잘 들어오지도 않는데, 라케시스는 열심히도 떠들었다.

"있어. 주로 자식이 위험에 처했을 때 그 부모가 물리법칙을 넘어서 꿈을 제어하더군. 자동차를 들어 올린 여자도 있어. 티베트 승려 같은 부류를 제외하면 압도적으로 많아. 자식을 구하는 꿈에서."

라케시스의 호기심이 거슬리던 찰나, 아트로포스가 끼어들었다. 마음에 안 드는 자였지만 천진한 취조에 질려 있었던 나는 그치에게 고마움마저 느꼈다. 라케시스는 고개를 갸웃하며 날 처다보았다. 더 할 말이 있지 않으냐는 듯이. 내 세계(아니, 이젠 뭐가 내 세계인지도 모르겠지만)에서라면 역시 엄마는 강하다는 말 정도로 감동하고 넘어갔을 일이 이들에게는 불가해한 미스터리이자 분석 대상이었다. 기가 막혔다. 나는 뭐라도 알아야 할 것 같다는 생각에 인정하고 싶지 않은 것을 물었다. 내 모든 생을 고철덩이처럼 만들어버린 이 상황에 대해.

"내 인생이 다 연구 데이터라고요? 대체 뭘 위한 연구죠?"

어미가 새끼 지키는 것도 이해 못 하는 지성으로 무슨 얼어죽을 연구냐는 말이 목구멍까지 올라왔다.

"이런 것들요. 현상계의 기본 법칙을 어기고 앞으로 나아가는 변화를 만들어내는 이유. 어떻게 인간은 이런 일을 할 수 있을까. 그게 정신문명을 발전케 하는 동력이라는 가설을 가지고 있어요."

"답할 필요 없잖아."

아트로포스가 저지했지만, 라케시스는 개의치 않았다.

"리셋하면 상관없잖아."

그 말에 아트로포스도 입을 다물었다. 아까부터 나온 리셋이란 말에 생리적인 거부감이 일었다. 그건 컴퓨터 따위에나 쓰는 말이 아닌가. 하긴, 저들은 나를 컴퓨터 부품과 다를 바 없이 취급하고 있긴 했다. 신경이 점점 날카로워졌다.

"대체 그 빌어먹을 리셋이 뭐예요?"

"천국 홀로그램을 마치면 우리는 이브의 기억을 지워요. 데이터 오염을 방지하기 위해서죠. 기억을 저장하는 해마를 청소

하고 그다음 드림 데이터를 주입해요. 다른 인생을 꿈꾸러 가는
거예요."

어차피 내가 기억하지 못한다는 뜻인가 보다. 라케시스가 계
속 말을 이었다.

"당신처럼 드림 데이터를 남기고 어떤 일로든 육체적 죽음 상
태가 되면 깨어나지 않게 하기 위한 프로토콜이 작동돼요. 당신
네가 임사체험이라고 부르는 거죠. 유체이탈을 해서 누워 있는
자기 몸을 보고, 빛을 따라가고, 동굴을 통과하고, 천사나 먼저
죽은 가족을 보는 그런 종류의 체험 말이에요. 지구인들이 인종
에 관계없이 비슷한 임사체험을 하는 이유는 그게 우리가 넣어
둔 프로그램이라서 그래요. 꿈으로 다시 돌아갈 이브들만 거치
는 과정이죠. 우리는 그사이에 육체를 회복시켜요. 외부에서 꿈
을 제어하다 보니 생화학 법칙을 살짝 어기기도 해요. 병이 낫
기도 하고. 당신들은 그걸 기적이라고 부르더군요. 아무튼 죽었
다 살았다는 이들은 그들은 드림 데이터를 마저 처리하기 위해
거기 있는 거예요."

충격을 받을 줄 알았는데 너털웃음이 나왔다. 팽팽한 신경줄
을 견디지 못해 미쳐가고 있는지도 몰랐다. 이 와중에 아랫집에
살던 여자가 생각났다. 무슨 영성 단체의 활동가라던 그녀는 신
의 은총으로 죽었다가 깨어난 사람이 강연을 하니 같이 들으러
가야 한다고 하루가 멀다고 초인종을 눌러댔다. 귀찮아서 집에
없는 척한 적도 있고 대놓고 역정을 낸 적도 있었다. 하지만 그
녀의 믿음은 꺾을 수 없었다. 죽었다 살았다는 자는 응급실에 누

워 있는 자기 몸을 보고, 소위 그 긴 터널을 통과해서 빛을 따라 갔더니 고차원의 영적인 존재가 '너는 올 때가 아니다, 돌아가서 사람들에게 알리라'고 해서 눈을 번쩍 떴다고 했다. 사망 선고를 한 의사가 기절초풍을 하고 가족들이 그 이후로 신앙인이 된 것은 너무도 당연한 일이었다. 죽음에서 돌아온 기적의 성자인 그는 열정적인 선지자가 되어 전국을 누비며 강연을 하러 다녔다. 관심이 동해 찾아봤던 어느 다큐멘터리에서도 임사체험자들의 경험이 보편성이 있다는 점을 들어 사후세계의 신빙성을 이야기했다. 그런데 이게 이토록 성의 없이 돌아가는 프로그램이었다니 실소를 금할 수가 없었다. 아랫집 여자에게 이 이야기를 들려주고 그 표정을 봤어야 하는데.

"내가 여기서 깬 건 기적이 일어나지 않아서군요."

나는 자조적인 말투로 중얼댔다. 그 대단한 기적이 내게는 일어나지 않았어.

"우리도 원인을 찾고 있어요. 갑작스럽게 꿈을 제어해서가 아닐까 추측하고 있어요. 데이터가 엉키고 이걸 처리하는 과정에서 임사체험 프로토콜이 지연돼서 작동 전에 깨버린 게 아닐까 하고."

뭔지 몰라도 프로그램 오류, 컴퓨터가 뻑 난다고 하는 그런 것인가. 나는 눈을 아래로 떨구었다. 지금 이 순간도 꿈치고는 지나치게 선명했다. 자세한 건 모르겠지만 내 인생이 데이터 묶음이고 꿈이며, 39년짜리 영화였다는 것은 알 수 있었다. 그게 아니면 이게 다 개꿈일 것이다. 꿈에서 깨기 전까지는 이게 내

현실일 터였다. 정신이 드세요? 같은 진부한 대사와 함께 어스름한 형광등 밑에서 깨어나는 장면을 열심히 떠올려봤지만, 이 꿈을 제어할 수는 없었다. 하지만 주영이, 내 딸 주영이는? 내 꿈이 끝나면 주영이도 연기처럼 사라지나? 꿈속에서 알지도 못하는 연인과 헤어져 슬피 울면서 깨면 어이는 없지만 여운이 남듯이, 그냥 그러고 만단 말인가?

"그럼 내 꿈은 그걸로 끝인가요? 내 딸은 사라지고 없나요?"

아트로포스가 방 안의 철제침대를 눈으로 슥 훑었다.

"여기 이 방 어딘가에 당신 딸의 꿈을 꾸는 이브가 있어. 이브가 깨지 않았으니 이브 꿈속에 당신 딸이 살아 있겠지."

내 딸이 살아 있다. 정신이 번쩍 들었다. 내 딸의 삶은 아직 존재한다. 내가 죽는다고 딸의 삶이 끝나는 것은 아니다. 그 후는 모르겠다. 지금은 주영이가 살아 있다는 게 중요하다. 그 차가운 횡단보도에서 피를 흘리며 울고 있을까? 제 어미가 죽은 모습을 보면서? 구급차가 왔겠지? 온갖 생각이 어지러이 떠돌았다. 할머니 할아버지도 없는데 누가 아이를 키우지? 망나니 남편이 키울 것 같지도 않고, 제정신 아닌 여자에게 구박받고 자랄지도 모른다. 갈 곳이 없어 보육원에 가야 할지도 모른다. 가슴이 미어졌다. 애써 냉정을 찾느라 외면하고 있던 슬픔과 괴로움이 다시 고개를 들었다. 입술이 떨렸고 눈물이 차올랐다. 눈앞은 부옇게 흐려졌지만 감정은 생생하고 진해졌다. 지금의 이 감정은 가짜가 아니다. 저 세상에서 느낀 감정과 다르지 않다. 남편의 외도 소식에 이를 악물며 분노를 참았을 때도, 잠든 아이를 안고 아이

가 깰까 싶어 잇새로 새어 나오는 울음을 참으며 혼자 밤을 지
새웠을 때도 이렇게 가슴이 아팠다. 내 기억, 내 삶이 꿈이고 주
영이의 삶도 꿈이고 또 가짜일지라도, 이 감정만은 실재한다. 대
관절 무엇이 진짜고 무엇이 가짜란 말인가. 나는 거기서도 살아
있었고, 여기서도 살아 있었고, 살아 있다. 그리고 거기서도 사
랑했고, 여기서도 사랑한다.

"그럼 내 딸은 앞으로 어떻게 되죠?"

다시 목이 메었다. 딸이 죽을 운명이었다면(그 망할 드림 데이
터를 운명이라고 부를 수 있다면), 이제부터는 처리할 데이터가 없
을 것이다.

"여기서 깨우면, 그럼 내 딸이 여기로 올 수 있나요?"

"아직 이해를 못 했군. 당신 딸은 존재하지 않아."

아트로포스의 말이 비수처럼 심장에 꽂혔다. 나는 이렇게나
딸이 걱정되는데, 아이가 아플까 봐, 슬플까 봐, 힘들까 봐 마음
이 찢어지는데, 존재하지 않는다니. 이 마음은 어디서 온 것이
란 말인가. 아트로포스는 할 수 없다는 듯 고개를 저었다. 그러
자 사방을 둘러치고 있던 철제침대 창살이 시야에서 사라졌다.
거인이 된 것처럼 내 시야 아래로 방 안의 침대와 그 위에 누워
있는 붉은 옷의 이브들이 좌악 펼쳐졌다. 실제로 몸이 커진 것
도 아니고 몸이 공중에 뜬 것도 아니었지만, 나는 그 광경을 그
냥 볼 수 있었다. 수백, 수천 명의 이브가 달게 자고 있었다. 죽
은 듯이 보이기도 했다.

"찾아봐. 원한다면."

"어떻게?"

나는 고개를 돌려 한 그룹의 이브들을 쳐다보았다. 살펴본다는 생각을 하자 카메라가 줌인되기라도 하는 듯 시야에 그들이 크게 들어왔다. 나는 이동하지 않았지만 내 생각이 가는 대로 주변이 다가오며 반응했다.

"그렇게."

어떻게 할 수 있는지는 중요치 않았다. 나는 딸을, 아니 딸의 꿈을 꾸는 이브를 필사적으로 찾기 시작했다. 똑같이 붉은 원피스를 입은 이브들은 하나같이 말랐고 창백했다. 얼굴이 모두 똑같아 보였지만 미묘하게 다르기도 했다. 어떤 단서로 찾아야 할지도 모른 채 본능적으로 딸과 닮은 구석이 있는 여자를 찾았다. 일어나라고 말을 걸기도 했고 흔들어 깨워보려고도 했다. 손이 닿은 것은 아니었지만 흔들어 깨우고 싶다고 생각하면 상대의 몸이 흔들렸다.

"주영아. 주영아. 엄마야. 일어나."

부질없는 말을 주워섬기며 낯설기 짝이 없는 여자들의 몸을 흔들었다. 몸이 닿은 것도 아닌데 손바닥에 온기가 느껴졌다. 눈물이 차올라 앞을 볼 수가 없었다. 주영이의 따스한 손, 자그마한 등을 만지고 싶었다. 머리를 감지 않을 때면 나던 콤콤한 냄새가 코끝에 맴돌았다. 따스하게 데워둔 시체 같은 이브들을 만질 때마다 주영이가 그리워서 울었다. 닿지 못해 울었다. 몇 명을 깨우려 했는지 얼마나 시간이 지났는지도 알 수 없었다. 그 누구도 깨어나지 않았고 몸뚱어리를 흔드는 팔의 힘이 빠질 때마다 딸의 손을 놓기라도 하는 것 같아 이를 악물고 도리질을 쳤다. 소용없다는 생각이 들었지만 멈추면 안 될 것 같았다.

"주영아, 엄마야. 엄마 여기 있어, 주영아…."

나는 결국 흐느끼고 말았다. 엉엉 울면서, 누구의 것인지 모를 침대를 주먹으로 몇 번이고 내리쳤다. 몸을 꺾고 머리를 감쌌다. 나는 다시 감옥 창살같이 늘어선 침대 다리들 사이로 돌아왔다. 그 안에서 그렇게, 한동안 울부짖었다. 새끼를 떼이고 혼자 우리에 갇힌 어미소가 된 것처럼 울었다. 꿈인지 생시인지, 이승인지 저승인지는 더 이상 중요치 않았다. 나는 딸이 너무나 보고 싶었고 가슴이 천 갈래로 찢기듯 아팠다. 단순히 살고 싶어서가 아니었다. 딸에게 아빠가 있었더라면 순순히 내가 죽었구나 하고 말았을지도 모를 일이었다. 의지할 곳 없는 딸이 아프게 살 것 같아 마음이 아렸다. 딸은 존재했다. 내가 걱정하고 또 그리워한다면, 존재하는 것이 분명했다.

엄마 여기 있어.

머리를 감을 적엔 엄마 여기 있다고 제 입으로 말하며 무서움을 참고 내 눈을 들여다보던 아이였다. 그러면 머리 감는 것이 하나도 무섭지 않다고 했다. 나는 그럴 때마다 가슴이 뭉클했다. 요 작은 녀석이 나 하나 의지하고 살고 있구나 하고, 별 볼 일 없는 나를 세상에서 가장 위대한 사람으로 만들어주는 작은 존재에 한없이 감사했다. 눈물이 하염없이 흘렀다.

"내 딸은 어떻게 되나요."

알아야 했다. 이대로 다음 꿈을 꾼다거나, 천국에 갈 수는 없었다. 그건 아무래도 좋았고 딸의 안위만이 중요했다.

"당신은 아직도 꿈에서 깨지 않은 것 같군요."

라케시스가 신기하다는 듯이 날 쳐다보았다. 그리고 대단한 발견이라도 한 것처럼 눈을 가늘게 떴다.

"당신은 기억 속에서 사는군요. 인간은 기억으로 자기를 정의하는 존재일까요? 아주 흥미로워요. 꿈이 허상이라는 증거를 몇 번이고 보여줬는데도 당신은 그 기억을 놓지 않네요."

그런지도 몰랐다. 저들 말대로 이 모든 기억이 꿈이라면, 나는 어젯밤 꿈에서 만난, 현실에서는 알지도 못하고 존재하는지조차 모를 인물에 사로잡혀 울고 있을 뿐인지도 모른다.

"그건 우리가 주입한 데이터일 뿐인데."

라케시스는 버릇처럼 또 고개를 갸웃했다. 강아지 같았다. 주인이 왜 우는지 몰라 꼬리 치며 고개를 갸웃대는 머리 나쁜 강아지.

"어떻게 되느냐고요."

"선택해야 해요. 어쨌거나 그녀는 꿈속에 있으니까. 드림 데이터를 더 넣든가, 아니면 중단하든가. 지금 그녀는 잠시 저 세계에서 멈춰 있는 상태예요."

"멈춰 있다뇨?"

"말 그대로 무엇과도 상호작용하지 않고, 사건이 일어나지도 않고, 멈춰 있다고요. 비디오를 멈춰둔 것처럼 이브의 꿈이 정지되어 있어요. 우리가 처리를 해야 하죠."

아트로포스가 나와 라케시스에게 다가왔다. 아트로포스는 상황을 정리하겠다는 듯 손가락을 들어 올렸다.

"이제 결정해야 해. 딸 쪽 이브에게 데이터를 더 넣을 수도 있고, 원래대로 여기서 깨울 수도 있어. 하지만 육체가 충분히 손상되지 않아서 죽여야 하고 그 과정에서 무슨 일이 일어날지 몰라. 우리가 일부러 깨운 적은 없었으니까. 안전한 방법은 드림 데이터를 추가로 넣는 거야. 그리고 이 이브는."

아트로포스가 나를 쳐다보았다.

"천국으로 보내봤자 별로 의미가 없을 것 같으니 바로 리셋하고 다음 꿈으로 넘어가는 방법이 있어. 대신 처리하지 못한 드림 데이터로 인해 오류가 날 확률이 높아서 이번 꿈 전체를 다 소거하는 편이 안전해. 아니면 꿈으로 다시 돌아가서 남은 데이터를 처리할 수도 있어. 그러면 데이터가 누락되지 않는다는 장점이 있지. 하지만 깨어났을 때 폐기해야 해. 이브 개체가 오염되었으니 폐기가 원칙이야."

폐기? 그 단어가 귀에 꽂혔다. 리셋도 모자라 이제는 폐기인가. 쓰레기장에 버려지는 고물 TV라도 된 기분이었다. 나는 폐차장에서 너덜너덜해진 자동차를 압착하는 기계 장치를 떠올렸다. 상상하지 않으려 해도 고통스럽게 몸이 으깨지는 그로테스크한 광경이 머리를 스쳤다. 몸서리가 쳐졌다. 조금 전까지만 해도 온몸을 쥐어짤 기세로 울었는데 이제는 생경한 공포가 일어 눈물도 뚝 그쳤다.

"폐…기?"

"고통은 없어."

다행이라고 해야 할까. 고통은 없다지만 영원히 죽는 건가. 가슴이 철렁했다. 그래도 취조하듯 호기심을 채우는 라케시스보다는 차갑게 말하는 아트로포스 쪽이 더 낫다. 그렇게라도 위안을 찾지 않으면 정신을 차리고 서 있을 수가 없었다. 라케시스의 얼굴이 내 앞으로 다가왔다. 무릎을 굽혔는지도 몰랐다.

"당신이 결정하게 해주고 싶어요."

라케시스의 눈동자에는 내가 비치지 않았다. 오닉스처럼 매끈한 눈동자였다.

"에덴에서 리셋하면 새로운 생을 살 수 있어요. 지금의 기억을 가진 채로 딸에게 돌아가면 죽어서 이곳에 왔을 때 폐기할 수밖에 없고요."

남은 생을 사는 대신 죽은 후 폐기되는 것과 지금 기억을 지우고 다음 생의 꿈을 받아 계속 존재하는 것, 내게 주어진 선택지는 그 두 가지였다. 기분이 묘했다. 조금 전까지만 해도 다시 딸 곁으로 돌아가고 싶어서 절박하게 이브들을 흔들어댔고, 돌아갈 수 없을까 봐 울었다. 그런데 이제는 다른 생각이 슬그머니 똬리를 틀고 일어섰다.

'그냥 생생한 꿈이라잖아. 기억이 사라지면 어차피 이 고통도 사라질 텐데. 정말 폐기되어도 괜찮겠어?'

내가 가지 않으면 주영이는 고생하면서 자랄 것이다. 돌봐줄 사람 하나 없는 아이는 행복하기보다 온갖 고초를 겪을 확률이 높다. 저들에게 제발 행복한 드림 데이터를 넣어달라고 사정을 하고 나는 리셋을 하면 어떨까? 그런 타협안도 있을 것이

다. 아니, 생각해보면 설령 딸이 고된 삶을 산다 하더라도 그것
도 꿈일 뿐이다. 죽으면 끝인. 주영이의 꿈을 꾼 이브는 꿈에서
도, 깨어서도 잠시 괴로울지 모른다. 천국이 아니라 지옥을 보
고 나를 평생 그리워하고 원망하다가, '엄마를 다시 만난다'는 거
짓 유혹에 이끌려 다음 생을 갈망하고 다시 꿈꾸러 저 침대에
누울지도 모른다. 하지만 어차피 기억을 지우면? 새 삶을 받으
면 그만 아닐까.

문득 나도 주영이도 모두 리셋을 하면 그다음에 만날 수 있지
않을까 하는 희망이 생겼다. 나도 폐기되지 않고, 지금 주영이가
고생을 하더라도 우리가 또 모녀로, 아니 다른 관계로라도 만날
수 있다면? 윤회가 그런 것이지 않은가. 나는 지푸라기를 잡는
심정으로 입을 열었다.

"그러면, 혹시 그럼요. 리셋을 하면 딸과 다른 생… 아니 꿈에
서 만날 수도 있나요?"

희망이 일었다. 어쩌면 이게 답이 되어줄지도 모른다. 우리를
영속케 할 수 있을지도. 폐기가 두려워 딸에게 돌아가기를 선뜻
택하지 못하고 머뭇댄 나 자신을 구원해줄 수 있을지도.

라케시스는 놀랍다는 듯 눈을 동그랗게 떴다.

"다시 만난다고요?"

"네. 지금처럼 같은 꿈을 공유하는 사이로 다시 세팅하면 되
잖아요?"

나는 최대한 그들의 언어에 맞추기 위해, 거부감이 이는 것을
눌러 참으며 천천히 말했다.

"그럴 확률은 거의 없어요. 당신은 윤회의 개념을 이야기하고 있군요. 지구에는 인연이 있는 자들이 다음 생에도 인연을 맺고 태어난다고 주장하는 종교가 있죠?"

나는 좌절을 예감했다.

"누가 그런 생각을 먼저 했는지는 모르겠지만, 그런 건 없어요. 우리는 이브들이 꾼 꿈을 모두 수집해서 데이터베이스에 저장해요. 그건 일종의 경험 묶음과도 같아요. 우리는 카마로카 시스템이라는걸 가지고 있어요. 이브의 꿈 경험들을 변형해서 되도록 기존 데이터베이스에 없는 경험 묶음을 만들어내요. 여자는 남자로, 군림하던 경험은 굴욕적인 경험으로, 추앙받던 경험은 멸시받는 경험으로 반전시켜서 전체 데이터 풀을 다양하게 만들죠. 커다란 호수에 화학처리를 한 물을 한 양동이 붓는 모습을 생각해봐요. 그러면 모두 섞이겠죠. 우리는 거기에서 다시 한 컵 퍼서 새 드림 데이터를 만들어요. 그리고 무작위로 선정된 이브에게 주입해요. 당신들의 꿈에는 아무런 연속성이 없어요. 임의로 배분되는 데이터 집합이죠. 그러니 당신과 당신 딸이 다시 만난다는 말은 성립하지 않아요. 당신네 그 종교에서 말하는 연속된 자아 같은 개념이 없거든요. 누가 누구의 전생이라거나 내 생이라는 말은 틀렸어요."

예감이 맞았다. 딸과 만나는 것은 이 생, 아니 이 꿈이기에 가능했고, 또 유일했다. 이 세계에서 의미 있는 일이 있기나 할까. 전생의 원수가 부부로 만난다든가, 은혜를 갚기 위해 좋은 인연으로 만난다든가 하는 이야기는 인간 세상의 환상일 뿐이었다.

"전생을 기억하는 사람들은요?"

"그건 이브의 기억이에요. 자기가 꾼 꿈을 일부 기억하는 거죠. 꿈속 인물은 그게 '자기의 전생'이라고 착각해요. 그 외에 달리 설명할 수 없으니까요."

그냥 리셋해버려야 할까. 혼란스러웠다. 나, 나, 나. 나라는 존재의 무게가 훅 다가왔다. 그럴수록 마음 한쪽의 묵직함도 커졌다. 나는 딸을 사랑한다. 이 마음만은 진짜인데, 진짜라고 믿는데, 왜 저울에 올려두고 계산하고 있는가. 자괴감이 밀려왔다. 이도 저도 다 가짜라면, 진짜는 무엇이란 말인가.

딸의 얼굴을 떠올렸다. 보드라운 머리카락, 분홍빛으로 생기 있게 빛나는 뺨, 개구진 눈빛과 오물대는 입, 토스트를 구울 때면 벌름거리며 일부러 돼지 소리를 내던 작은 코. 무엇보다도, 기분 좋아 까륵대는 웃음소리를 떠올렸다. 어느 날은 '엄마!'라고 크게 외쳐놓고 깔깔대고 웃었다. '국자! 냄비!'를 발음하고 웃겨 죽겠다는 듯 온 얼굴로 웃었다. 기가 막혔지만 아이의 웃음에 전염되어 나도 웃음을 터뜨리고 말았다. 무르팍이 까져서 돌아오면 내 가슴이 다 서늘해졌다. 아파서 앙앙 울고 소독솜이 닿으면 자지러지며 엄마를 찾는 통에 나도 눈물을 뚝뚝 흘리면서 소독을 했다. 반창고까지 붙이면 아이는 그제야 안심하고 품을 파고들어 잠이 들었다. 아이의 떼와 말썽에 신경질이 솟구치는 날이 하루 이틀이 아니었지만, 팔베개를 하겠다고 곁을 파고드는 아이를 볼 때면 이 세상에 날 이렇게 사랑해주는 존재가 또 있으랴 싶어 콧날이 시큰해지곤 했다. 지금의 내겐, 주영이 말고는 아무것도 의미가 없다. 모든 것을 기억하지 못한다면, 앞으로도 기억하지 못한다면, 무슨 일이 있어도 다시 만나서 알아볼 수도 없다면, 지금 내게 소중한 것을 지키는 일 외에 무엇을 할 수 있단 말인가.

내가 없는 생에서 딸이 겪을 일들을 상상해봤다. 아무리 낙관적으로 상상해도 엄마 없는 설움을 평생 안고 살아야 할 것이다. 나쁜 인간을 만나면 어찌 될지 모른다. 게다가 여자아이다. 나는 더 이상 나쁜 상상을 하지 않기 위해 고개를 세차게 저었다. 그 가능성을 생각한 것만으로도 기분이 몹시 나빠지고 온몸에 소름이 돋았다. 가슴이 조여들었고 대상도 없이 분노가 치솟았다. 누구든 내가 다 죽여버릴 거야, 내가 지킬 거야. 누구를 향한 것인지 알 수 없는 적개심에 스스로 놀라며, 나는 이 감정만이 나를 설명할 수 있는 전부일지도 모르겠다고 생각했다. 내가 아닌 다른 대상을 향해 품는 감정을 통해 나는 나를 볼 수 있다. 나의 안위만을 생각한다면 내 삶이 동물과 뭐가 다르단 말인가.

정지화면처럼 멈춰 있다고 하는 그곳에서, 딸은 나를 기다리고 있을 것이었다. 나를 애타게 찾는 존재는 전 우주에 지금 주영이밖에 없었다. 가슴 안쪽에서 심장이 펄떡대었다. 나는 결심했고, 그걸 입 밖에 내었다.

"돌아가겠어요."

라케시스와 아트로포스가 동시에 내 쪽으로 고개를 돌렸다.

"딸이 있는 꿈속으로 돌아간다고요."

"그럼 당신은 여기에서 깨어날 때…."

"알아요. 폐기해요."

나는 아트로포스를 흘끗 쳐다보았다.

"안 아프다면서요."

결심을 하니 과감해졌다. 아니, 애초부터 딸을 보러 가겠다는 목적은 명확했다. 내가 감당할 수 없는 사실을 소화하느라 시간이 걸렸을 뿐이었다. 하지만 내가 더 할 수 있는 것이 있을 것 같았다.

"대신 부탁이 있어요."

"무슨 부탁인가요?"

역시나 라케시스가 호기심을 나타내며 냉큼 대답했다.

"딸의 꿈을 꾸는 이브를 보게 해줘요."

라케시스의 얼굴에 알 수 없는 표정이 흘렀다. 다소 흥분한 것처럼 보이기도 했다. 계속되는 의외의 상황이 신나기라도 한다는 듯 라케시스의 입꼬리가 말려 올라갔다.

"그건 호기심인가요?"

그럴지도 모르지. 나는 시니컬하게 웃었다.

"당신들은 이해하지 못할 감정이죠."

라케시스는 허공에 대고 무언가를 조작하는 시늉을 했다. 이브를 찾았을 때처럼 눈앞의 광경이 바뀌었다. 나는 커다란 존재가 된 것처럼 철제침대에 누워 있는 이브들을 내려다보는 위치로 올라갔다가, 곧 다시 훅 내려왔다. 몸이 움직이진 않았지만 시야가 어지러이 바뀌었고, 이브들이 휘몰아치듯 재빠르게 지나갔다. 그러다 한 이브에 이르러 어지럼증이 멈추었다.

창백한 피부, 녹색빛이 흐르는 듯한 검고 긴 머리, 핏빛처럼 붉은 원피스, 가슴 위에 가지런히 모은 두 손, 약간 부른 배, 치마 아래로 뻗은 곧고 가느다란 다리. 다른 이브와 별로 다를 것도 없는 모습인데도, 주영이의 꿈을 꾸고 있다고 생각하니 특별해 보였다. 나는 그녀에게 가까이 다가갔다. 머리를 쓰다듬거나 뺨을 어루만지고 싶은 생각은 들지 않았다. 그녀는 내 딸로 살고 있는 낯선 여자였다. 내가 더 이상 내가 아니듯이, 이 이브도 내 딸이 아니다. 하지만 내가 여전히 주영이를 그리워하듯이, 그녀 역시 언젠가 여기서 깨어나면 리셋되기 전까지는 주영이로 존재할 것이다. 그 얼마 안 되는 시간이 주영이가 실재하는 시간이고, 나와 연결되어 존재하는 시간이다.

나는 내 원피스를 움켜쥐고 한껏 끌어 올렸다. 윗배까지 드러났지만 개의치 않았다. 원피스 천은 면과 비슷했다. 천 끄트머리를 치아 사이에 집어넣고 양손에 힘을 주었다. 투두둑 소리를 내며 치마가 찢어졌다. 깔끔하게 찢기지는 않았지만 나는 얼추 길쭉한 천 조각을 손에 넣을 수 있었다. 붉고 긴 천을 이브의 손목에 감았다. 혹여라도 흘러내리거나 떨어지지 않도록 여러 번 동여맸다. 희고 가는 손목에 팔찌처럼 휘어 감긴 붉은 빛이 선명했다. 이것이 내 진짜 묘비명이 되어줄 것이다. 잠깐 스쳐 가는 인연일지라도 우리가 서로에게 소중했었다는 것을 기억할 수만 있다면 그걸로 되었다. 네가 이곳에서 깨어 잔인한 진실에 휘청이더라도, 이걸 보면 네게 엄마가 있었고 사랑받았고, 이 세계에서도 엄마가 널 사랑했다는 것만 기억하면 살아낼 수 있다. 그 순간 너와 나는 시공을 뛰어넘어 연결될 것이다. 비록 내가 폐차장의 찌그러진 자동차처럼 되어 있을지라도.

"이제 됐어요"

나는 시선을 거두어 철제침대 다리로 된 감옥으로 나를 데려왔다. 이제 이런 식의 이동도 제법 익숙해졌다. 라케시스와 아트로포스는 아까부터 조용했다. 무슨 생각을 하는지 알 수 없었고 알고 싶지도 않았다. 나는 이 악몽에서 깨서 나의 현실로 돌아가고 싶었다. 찰나의 꿈일 뿐인 현실로.

"이제 무엇을 하면 되죠?"

어느새 눈앞에 빈 침대가 생겼다. 주변의 풍경이 바뀌었다. 수백 수천의 이브들이 사라졌다. 처음 이곳에서 눈을 떴을 때처럼 나는 새하얀 방에 덩그러니 놓인 침대와 함께 서 있었다. 침대도 내가 편히 오를 수 있는 높이로 바뀌어 있었다. 나는 침대에 올라 반듯하게 누웠다. 라케시스와 아트로포스의 무르팍이 옆에 보였다. 누워서 올려다보니 그 둘의 얼굴이 잘 보이지 않았다. 볼 때마다 일렁대며 날 정신 사납게 하던 그들의 옷은 이제 성직자의 로브처럼 변해 있었다. 천사의 배웅을 받고 떠난다고 해두자. 그렇게 생각하니 둘의 뒤쪽으로 밝은 잿빛이 섞인 커다란 날개가 보이는 듯도 했다.

"당신은 인상적인 이브예요."

라케시스가 작별 인사처럼 말했다. 아트로포스는 아무 말도 하지 않았다. 나는 대꾸하지 않고 눈을 감았다. 운명의 실을 쥐고 실험을 한다는 둥 헛소리를 해대던 기분 나쁜 마네킨 여신들은 이제 안녕이다. 나의 실은 내가 연결하고, 내가 끊을 것이다.

이 세계에서의 잠을, 그리고 내 세계에서의 깨어남을 기다리며 배 위에 손을 올렸다. 부른 배를 만지며 주영이를 임신했던 때를 떠올렸다. 처음 태동을 느꼈을 때, 배냇저고리와 작은 양말을 바라보며 행복해하던 때를 떠올렸다. 샛노랑 공주 치마도, 캐릭터가 그려진 수저 세트도, 물놀이 오리도 머릿속에 그렸다. 우리 인연이 오로지 이 꿈속에서만 진하고 애틋하다 한들 무슨 상관이랴. 나는 지금 너를 보러 갈 것이다. 귀찮다고 이리저리 피하려 했던 바깥 놀이도 매일 가고, TV를 보모 삼아 일하던 시간을 줄여 네 눈을 맞추고 같이 웃을 것이다. 징징대며 다리에 매달릴 땐, 내게 주는 네 사랑에 감사하며 번쩍 들어 안을 것이고, 언제나 사랑한다고 말할 것이다.

어쩌면 네 아빠를 만나볼 수도 있을 것이다. 치 떨리게 싫었던 감정은 옅어지고 연민이 올라왔다. 그는 욕정에 눈이 멀어 사랑을 잃는 진부한 드라마 속 딱한 주인공일 뿐이었다. 물론 싸대기 한 대쯤은 시원하게 날릴 것이다. 그래도 미워하진 않겠다. 한때 사랑했고, 내 딸의 아빠니까. 아랫집 여자가 또 초인종을 누르고 기적의 성자를 만나러 가자고 하면, 시원한 보리차를 대접하며 저 너머의 구원자를 찾을 수밖에 없는 그녀의 사연을 들어주겠다. 이게 내 선택이고, 내 삶이 될 것이다.

"좋은 꿈을 꾸기를. 다음에 볼 때까지."

누구의 것인지 모를 목소리가 희미하게 들려왔다. 몸이 점점 무거워지기 시작했다. 바닥으로 푹 꺼지는 것처럼 머리부터 발

끝까지 묵직했다. 흰빛이 점점 사라지며 어둠이 밀려왔다. 잠들기 직전의 나른함이 온몸을 감쌌다.

붉은 천, 붉은 실.

나는 마지막까지 있는 힘을 다해 정신을 집중했다. 잊지 않기 위해. 이곳을, 너를, 붉은색을. 쨍한 색깔의 붉은 천이 머릿속에서 너울댔다.

＊

'아주 소중한 사람들끼리는 보이지 않는 빨간 실이 연결되어 있대.'

'엄마랑 나랑도?'

'그럼, 당연하지.'

'그럼 우리는 어어어어어엄청 큰 빨강 리본이겠네!'

'주영아.'

'응?'

'언제 어디서든, 빨간 실을 보면 엄마를 생각해. 엄마가 우리 딸을 사랑한다는 뜻이니까.'

'응! 근데, 엄마.'

'왜, 우리 딸?'

'나 아이스크림 먹고 싶어.'

'그래, 조금 이따가 아빠랑 같이 먹자.'

송은우

서울 출생으로 이화여자대학교 컴퓨터학과를 졸업했다. IT 업계에 10여년 몸 담았으나, 지금 생각해도 천사가 등떠민 것처럼 느껴지는 내면의 소리를 따라 사람의 마음을 치유하는 공부를 하고 글을 쓰는 새 길을 걷고 있다. 사람이 보 이는 글을 쓰고 싶다.

지니어스 프로젝트

———

지은담

종이 치기까지 25분이 남았다.

이제껏 입을 연 학생은 아무도 없었다. 꾹꾹 누른 낮은 숨소리가 슥삭슥삭 펜촉을 따라 잘려나갔다. 오로지 앞만을 향해 가지런히 정렬된 까만 머리통들은 한 치의 미동도 없었다. 오늘도, 어제도, 아니 이번 학기 내내. 나는 그들이 수업 중에 움직이는 모습을 단 한 번도 본 적이 없다. 그저 어깨선 아래의 팔만 따로 떨어진 듯 분주했다. 함께 멈추고, 함께 받아 적고, 함께 책장을 넘긴다. 누군가가 일부러 연출하기라도 한 듯 완벽한 장면이었다.

그 광경은 언제나 안정감을 주곤 했다. 정확히 말하면, 그랬었다. 나는 작년까지만 해도 이 완벽함이 영원할 것이라 전혀 의심하지 않았다. 하지만 지금은 그럴 수 없었다. 무엇 하나 빠지지 않게 똑바르다는 것은, 아주 사소한 오류로도 모든 것이 엇나갈 수 있다는 뜻이다. 꼭 들어맞는 정교함이 오히려 나의 불안을 부추기고 있었다. 금방이라도 무너져 내릴 것 같은 긴장이 다가온다. 이 침묵은 언제 깨어지게 될까, 오늘은 얼마나 오래 버틸 수 있을까.

숨막히는 고요 속에서 눈만 슬쩍 움직여 교실 벽면에 걸린 시계를 확인했다. '시술자'답지 않다고 항상 지적받는 행동이었지만 어쩔 수 없었다. 나는 이 시간만 되면 생겨나는 교실 속 작은 변화를 알고 있었다. 좀처럼 틀릴 일 없는 일종의 규칙처럼, 내 바로 뒤, 아니 그보다 대각선. 그곳에 앉은 누군가로부터 시작되는 미미한 움직임.

그래, 마침 시작되었다.

돌돌돌돌 얕게 울리는 소음이 들렸다. 다리를 떨고 있는 모양이다. 책상이 흔들려 가방걸이가 부딪히는 소리. 뒤이어 살랑거리는 바람이 뒷목을 간질인다. 찌익찌익, 무언가를 찢어내는 기척이 느껴졌다. 조금 더 시간이 지나니 그드드득 무언가를 긁어내는 소리마저 들려온다.

도대체 저기 앉은 녀석은 무슨 짓을 하고 있는 걸까.

거기까지 생각한 나는 고개를 들었다. 지금은 수업시간이다. 주변의 학생들은 여전히 미동 없이 멈추고, 받아쓰고, 책장을 넘기고 있다. 이 대열을 벗어나면 곤란하다. 어느새 칠판에는 내가 적지 못한 필기 한 단락이 남겨져 있었다. 급히 속도를 따라잡으려 펜을 움직였다.

돌아보지 말자. 신경 쓰지 마. 집중해.

딱히 소음의 주인공이 궁금하지도 않았고, 말을 걸 생각조차 없었다. 그러니까, 그럼에도 불구하고.

뚝.

아, 눈이 마주쳐버렸다.

기다렸다는 듯 모든 움직임이 멎는다. 한창 놀리던 손도, 떨고 있던 다리도. 그 아이는 그걸 전부 멈추고서 나를 보았다. 차분히 맞닿은 시선엔 알 수 없는 여유마저 있었다. 혹시 오래전부터 이쪽을 보고 있었던 건 아닐까. 예상치 못한 상황에 어쩔 줄 몰라 굳어 있는데 녀석이 먼저 눈을 접었다. 명백한 웃음이었다.

그 동작에 절로 입이 다물어졌다. 괜히 시선을 내리니 자잘하게 굳은살 박인 손이 눈에 들어온다. 파인 책상과 찢어진 연습장에 그동안의 소음이 묻어 있었다. 재차 확인이라도 해주는지, 마침 멎었던 움직임이 다시 시작되었다. 책상을 긁어 낙서를 하고, 지우개질을 해서 가루를 뭉친다. 그 일련의 과정에 잠시 눈을 빼앗긴 순간.

"장유영! 지금 뭐 하는 거야!"

뒤늦게 녀석에게 선생님의 호통이 내려앉았다. 나는 가까스로 앞을 돌아보았다.

✳

유영. 나는 이미 그전부터 그 아이를 알고 있었다.

"이번에 너희 반에 비시술자인 애가 한 명 있다면서? 어휴,

어쩌니."

"하필 딱 3학년 때 걸리다니. 이제 고등학교 입시도 준비해야 하는 중요한 시기인데… 신경 쓰지 말고, 엮이지도 마라."

'비시술자', 이론상으로 들었을 뿐 실제로 마주친 적은 없었다. 요즘 시대에 시술을 받지 않은 학생은 드물었으니까. '똑똑이 시술', '영재 클리닉', '지니어스 프로젝트'… 사람마다 부르는 이름은 달랐지만, 어쨌든 '시술'은 받기만 하면 성적이 오른다는 간단한 이유로 10년도 더 전부터 대유행을 이끌었다. 물론 지금도 그렇다. 당장 강남의 아무 지하철역만 가도 한 블록에 7개 정도의 간판을 볼 수 있었다. 나는 나를 포함해서, 이제껏 살아오는 동안 그 시술을 받지 않은 또래는 한 번도 마주친 적이 없었다.

그러니까 유영 같은 아이는 처음이었다. 소문대로 특이하거나 부족한, 어쩌면 어른들 말씀처럼 엮여서 좋을 게 없는 인물. 그건 학기의 시작부터 명백하게 드러났다. 나는 그 녀석만큼 선생님을 골치 아프게 하는 학생을 본 적이 없었다.

"죄송해요, 잘 모르겠어요."

"뭐라고요?"

"왜 그렇게 되는 건가요?"

몇 번이고 수업을 놓치고, 이해하지 못하고, 까먹고, 때로는 수업 내용과 관련 없이 쓸데없는 질문도 종종 했다. 그 정도에서 그쳤다면 나도 다른 학생들처럼 신경을 쓰지 않고 넘어갈 수 있었을 텐데, 유영은 온갖 이해하지 못할 행동들을 했다. 체육 시간에 다들 열을 맞추어 서 있을 때 혼자 발로 모래에 자국을 남기거나, 수업을 듣지 않고 졸다가 혼이 난다거나. 아니면 아까처럼 꼼지락거리며 의미 없는 행동을 반복하거나. 여러모로 괴상했다. 그건 '비시술자'이기 때문일까? 비시술자들은 다 그럴까? 나도 시술에 대해 아는 것이 없었기에 딱히 결론을 낼 수 없었다. 무엇보다 유영이 교실에서 어떤 짓을 하든, 다른 학생들은 아무런 관심을 보이지 않았기에 나 혼자 그런 의문을 품는 것도 이상하게 비칠 것이다. 그러니 더 이상 티를 내서는 안 된다.

✳

　하지만 상황은 내 생각대로 흘러가지 않았다.
　"지우개 가루를 뭉치면 찰흙처럼 말랑말랑한 덩어리를 만들 수 있어."
　눈이 마주친 뒤로 며칠간 잠잠하길래 이대로 지나갈 수 있을 줄 알았는데, 착각이었던 모양이다. 나는 내 책상을 침범한 그 애의 손을 물끄러미 쳐다보았다. 갑자기 찾아와서 찰흙 이야기를 하는 그 의도를 알 수가 없다. 필사적으로 시선을 피하려는 노력이 무색하게도, 유영은 집요하게 날 물고 늘어졌다.
　"네가 궁금해하던 것 같아서."
　"안 궁금한데."
　"그래?"
　"그럼 뭐가 궁금해?"
　유영이 손가락으로 책상을 톡톡 건드렸다. 하얀 손가락 사이로 새카만 가루들이 묻어 있는 것이 보였다. 나는 재빨리 고개를 가로저었다.

"그런 거 없어."

"그럼?"

"다리 떠는 게 거슬려서 그랬어. 앞으로 주의해줬으면 해."

이런 상황일수록 단칼에 잘라내야 한다. 나는 유영의 손을 관찰하던 것을 멈추고 고개를 들었다. 이 정도면 알아듣지 않았을까? 하지만 짐작과 달리 유영은 기분이 상한 기색이 전혀 아니었다. 살짝 놀란 표정의 유영이 중얼거렸다.

"너희가… 그런 게 거슬리는 경우도 있어?"

이번에는 내가 말문이 막힐 차례였다. 나는 애써 당황한 기색을 감추며 그 말을 곱씹었다. 여기서 말하는 '너희'는 시술자인 나와 다른 학생들을 가리키는 것이 분명했다. 정곡을 찔렸다. 일반적인 시술자라면 그 정도의 방해로 주의가 흩어지지 않는다. 그러니 이런 불만을 털어놓는 건, 스스로 약점을 내놓는 것과 다를 바 없었다.

"…다들 티를 안 낼 뿐이야."

그럴듯한 변명을 내놓으며 자리를 피했다. 등 뒤로 느껴지는 따가운 시선에 입술을 깨물었다. 혹시 조금이라도 들킨 건 아니겠지, 괜히 불안한 마음이 들었다.

＊

내 대답이 적절하지 못했던 걸까, 아니면 다른 뜻으로 오해했던 걸까. 그날 이후로 유영은 더욱 본격적으로 내 앞에 나타나기 시작했다.

"네가 거슬린다고 해서, 요즘은 많이 노력하고 있어."

처음에는 그 주제로 접근했다. 어떻게 노력하는지, 얼마나 애쓰는지. 묻지도 않았는데 쉬는 시간마다 계속 찾아와서 혼자 털어놓았다.

"나는 내가 다리를 떠는 줄도 몰랐는데, 네 말이 맞지 뭐야. 혹시 다른 건 안 거슬렸어? 아무도 신경을 안 쓰는 것 같아서 조심을 덜 했나 봐. 물론 선생님들께서도 가끔 지적하시긴 하지만…."

당연하게도 나는 그 말을 제대로 듣지 않았다. 유영이 침범한 '쉬는 시간'은 이름과 달리, 떠들거나 휴식을 취하기 위한 시간이 아니었으니까. 당장 우리 교실만 해도 유영을 제외한 모두가 자리에 앉아 무언가를 하고 있었다. 필기 복습이든, 학원 숙제든, 조금이라도 더 생산적이고 도움될 만한 것. 결론적으로 수업시간과 달라진 게 전혀 없는 풍경이었다. 나도 뒤처질 수는 없었다. 유영이 무슨 이야기를 하든 평소처럼 필기 정리에 집중했다. 며칠이 지났을까, 내가 관심이 없다는 걸 드디어 눈치챈 유영이 물었다.

"뭘 그렇게 열심히 하는 거야? 재미있어?"

"그냥 해야 되니까 하는 거지."

재빨리 툭 던지고 다시 다음 장을 넘겼다. 또다시 시선이 느껴졌다. 도저히 돌아갈 기미가 보이지 않아서 나는 나도 모르게 쏘아붙였다.

"너는 복습 안 해? 매일 어려워서 못 따라가겠다고 선생님께 질문하면서."

"아, 기억하는구나."

우리 반에 그런 질문을 하는 건 어차피 유영뿐이다. 기억하고 자시고 할 일도 없었다.

"이러지 말고 너도 가서 뭔가를 해. 수업시간에도 뭘 하는지 모르겠지만, 그럴 시간에 집중하고."

"수업시간? 지우개 가루랑, 낙서랑, 그런 것들 말이야?"

역시 그것도 거슬렸나 보구나. 유영은 미안하다고 말하며 슬쩍 웃었다. 그 태도가 정말 마음에 들지 않았다. 솔직히 말하면 그런 사과는 의미가 없었다. 지금 당장 유영이 날 방해하지 않는 게 더 중요했다. 이번에야말로 어떤 말로 내쫓을지 고민하는데, 유영이 먼저 입을 열었다.

"사실 나도 재미있어서 하는 일은 아니야. 해야 하는 일도 물론 아니겠지. 변명처럼 들릴지 모른다는 것도 알고 있어."

언제나 시선을 맞추던 그 애가 처음으로 먼저 눈을 내리깔았다. 무언가에 쫓기는 듯 움츠러든 유영이 책상 모서리를 툭툭 긁었다.

"근데… 그냥, 이러고라도 있지 않으면 견딜 수가 없어."

책상 위로 파고든 손톱이 나무에 잘게 상처를 남긴다. 이 순간마저도 꼭 저런 행동을 해야 할까, 나는 어쩌면 영원히 이해하지 못할 것이다. 그 생각에 한숨이 나왔다.

*

"너도 그 책 좋아해?"

"아니."

재빨리 표지에 얹은 손을 떼었다. 진득한 가죽의 질감이 손끝을 스치고 지나갔다. 《미하엘 엔데 단편선》. 제목이 보이지 않도록 책장에 몸을 기대었다.

"방금 집어 들다가 다시 꽂는 거 다 봤는데."

도서실까지 따라올 줄이야. 나는 내 등 뒤를 기웃거리는 유영을 밀어내며 고개를 저었다. 괜한 오해를 사기 전에 재빨리 대답한다.

"이건 그냥 이번 달 추천 도서야."

"그래? 그래도 그거 좋더라. 그 작가 다른 작품도 재미있는데 한번 볼래?"

"…아니."

"방금 망설였지?"

유영은 끈질긴 구석이 있었다. 내가 아무리 차갑게 대하고 무시해도 상처받는 법이 없었다. 그에 비해 막상 하는 행동은 유치하고 볼품없었는데, 이리 와보라고 호들갑을 떨어서 따라가보면 대부분 별거 아니었다. 노을 지는 하늘, 우연히 발견한 개미집과 풀꽃, 감상문도 쓸 수 없는 킬링타임용 소설들. 그 어떤 것도 내 흥미를 끌기에는 역부족이었다. 하지만 유영은 멈추지 않았다.

"이제 네 자리에 가서 해."

"아."

몰래 그림을 그리고 있었나 보다. 책상 옆에 쪼그려 앉았던 유영이 화들짝 놀라 일어났다. 나는 그 손에 쥔 것을 보았다. 삐뚤삐뚤 깎인 몽당연필. 다들 볼펜이나 샤프를 쓰는데, 마지막까지 버리지 않는 게 미련했다. 나는 지우개로 책상 표면을 밀었다. 주르륵 미끄러지던 흑연 가루는 이윽고 몇 번의 지우개질에 힘없이 쓸려나갔다. 내가 그 아이를 내버려두는 건 그저 그런 이유였다. 아무리 집요하게 굴어도 겨우 지우개 하나에 깨끗이 지워지는 낙서처럼, 결국 아무 의미도 될 수 없을 테니까. 고개를 들자 유영이 연필을 주머니에 넣고 있었다. 천 위로 삐죽 튀어나온 자국이 지나치게 선명했다.

"오늘은 점심 먹고 시간 돼?"

"아니."

거절에 죄책감은 들지 않았다. 어차피 전교생 중 누구를 붙잡고 물어도 똑같이 대답했을 것이다. 황금 같은 점심시간에 공부 대신 다른 것을 하는 바보는 없었다.

"왜 그렇게까지 하는 거야? 나는 수업만 듣기도 벅차던데, 도대체 다들 언제 쉬는 거야?"

"그건 너만 힘든 거고."

겨우 이 정도로 지치는 학생은 없었다. 나는 그것이 유영의 결함이라는 것을 깨달았지만, 굳이 입 밖으로 꺼내지는 않았다.

"너, 지금 내가 비시술자라서 이렇게 이야기한다고 생각하지?"

하지만 유영은 눈치를 챈 모양이었다.

"아니."

나는 고민 끝에 조금 더 덧붙였다.

"아니… 그래, 어쩌면 맞을 수도 있어. 어쨌든 시술자인 나로서는 계속 공부한다 해서 그리 힘들지 않아. 모두가 다 같은 위치에서 다 열심히 하기 때문에 맞춰서 따라가지 않으면 금방 뒤처질 거야."

'시술'은 대단했지만, 또 그만큼 대단한 것도 아니었다. 사실 시술은 지능을 높여주진 않았다. 그저 공부에 집중하도록 만들어준다. 그러니 초기에는 시술받은 학생들의 성적만 획기적으로 올랐을지도 모른다. 하지만 이제 모든 학생이 시술을 받게 된 이상 다고난 지능이 중요해졌고, 더 좋은 학원에 다녀야 했고, 더 많이 공부해야 했다. 쉬는 시간과 점심시간은 이미 자습에 점령된 지 오래였다. 이제 방학은 물론 통학 시간, 취침 시간까지. 1분이라도 더 시간을 확보하려 애쓰는 판국이었다. 체력만 따라준다면, 시술자는 오래 공부해도 고통스럽지 않았으니까.

"그래도 너무 아깝잖아. 옆에 운동장도 있고 연못도 있는데, 왜 아무도 나가볼 생각을 하지 않는지 모르겠어."

"체육 시간에 쓰잖아."

나는 앞서 길게 대답했던 것을 후회했다. 유영은 내 말을 조금도 이해하지 못한 게 분명했다. 겨우 아깝다는 이유라니. 이건 그렇게 단순하지 않았다. 아무도 '나가볼 생각'을 안 하는 게 아니다. 그게 인생에 아무런 도움이 되지 않는다는 사실을 잘 아는 것뿐이다.

"원래 다 그런 거야. 아무도 연못 같은 것에 흥미를 느끼지 않을걸."

"그렇구나."

고개를 끄덕이는 유영을 보며 나는 이 정도면 알아들었을 거라 생각했다. 하지만 오판이었다. 골똘히 무언가를 생각하던 유영은 몇 분 지나지도 않아 나를 채근했다.

"그럼, 체육 수행평가 연습하는 김에 한번 가보면 안 될까? 이번 학기에 테니스 시험도 보잖아. 내가 상대를 맡아줄게."

정작 본인이 가고 싶으면서 상대를 해주겠답시고 선심 쓰듯 이야기하다니. 뻔뻔한 태도에 말문이 막혔다. 그 어이없는 이유 때문에 나는 거절할 타이밍을 놓치고 말았다.

✳

점심시간의 교실은 침묵으로 가득했다. 수업시간과 별로 다를 바 없이 나란히 늘어앉은 학생들. 각자 알아서 자습을 하는 깔끔한 풍경에 나는 조금 망설였다.

"왜 그러고 있어, 나가자."

일어서는 동안에도, 유영을 따라 교실을 나서는 순간에도, 아무도 돌아보는 사람이 없었다. 다들 자기 자리에 앉아 사각사각 손을 움직인다. 나는 마지막으로 뒤를 돌아보았다. 나와 유영, 그 두 자리만 빈 광경이 이상했다. 어쩐지 잘못을 저지르는 기분이 들었다.

'괜찮을 거야. 어쨌든 테니스 연습도 수행평가 성적에 필요하

니까.'

체육 수행평가라는 명목은 상당히 잘 고른 구실이었다. 나는 새삼 유영을 재평가했다. 여기까지 생각해낸 노력이 가상하니 이 정도는 맞춰줘도 좋을 것이다. 평소에는 선생님이 짝을 지어준 번호와 형식적으로 몇 번 만나 연습을 하는 데 그쳤겠지만, 나는 원래부터 체육 과목이 부족했기에 크게 손해 보는 장사도 아니었다. 그리 생각하니 발걸음이 조금 가벼워졌다. 마침 복도에는 아무도 없었다. 간간이 마주치는 교실 창문으로 줄지어 자습하는 학생들의 모습이 보일 뿐이었다. 운동장도 마찬가지로 텅 비어 있었다. 유영의 말대로, 다들 공부를 하느라 나와볼 생각을 안 하는 모양이었다. 둘 다 멍하니 적막한 모래밭을 내려다보는데, 유영이 먼저 말을 꺼냈다.

"바로 시작할까?"

의외로 우리는 충실하게 테니스 연습을 했다. 심지어 유영은 나보다 테니스를 잘하는 편이었는데, 일부러 나의 수준을 맞춰주려 노력하는 모양이었다. 초반부에는 약하게, 내가 적응을 할 때마다 조금씩 속도와 파워를 높여서. 그 세심한 친절은 내게 많은 도움이 되었다. 게다가 유영의 배려는 거기서 그치지 않았다. 나는 적어도 연습 중간에 유영이 실없는 소리를 하거나 수업시간처럼 모래로 딴짓을 할 줄 알았다. 하지만 그러지 않았다. 유영은, 종종 무언가 하고 싶은 말이 있는 듯 꾹 참는 표정을 짓기도 했지만 이번에는 한 번도 선을 넘지 않았다. 덕분에 나는 매번 유영에 대한 평가를 수정해야 했다.

결국 수행평가 연습이 끝날 무렵, 나는 유영에 대한 약간의 고마움과 더불어, 어쩌면 유영이 꽤 믿을 만한 녀석일지도 모른다는 결론을 내리게 되었다.

"그 정도 의지면 평소에도 충분히 가능할 텐데."

연습 중 휴식시간이었다. 운동장 스탠드에 앉아 무심코 말을 던졌다. 유영이 물을 마시다 말고 나를 돌아보았다.

"뭐가?"

"너는 딴짓을 하지 않고서는 견딜 수가 없다며. 성적이 낮게 나오는 것도 그냥 시도를 안 해서 그런 거 아니야? 노력으로 따라잡을 수 있을지 몰라."

그동안 나를 따라다닌 끈질김과 집요함이라면, 그리고 수행평가 연습 내내 보여준 인내력과 집중력이라면. 해내고도 남았다. 나는 유영이 지금보다 좀 더 나아지기를 바랐다. 하지만 돌아온 반응은 부정적이었다.

"아니야. 그게 말처럼 쉬운 게 아니라니까. 뭘 보고 그런 이야기를 하는지는 알겠는데, 나는 내가 좋아하는 일이 아니면 이렇게 열심히 할 수 없어."

설마 나를 따라다닌 것이 '좋아하는 일'의 범주에 속한다는 건 아니겠지. 어떤 의미로 해석해야 할지 고민에 빠져 있는데, 유영이 말을 이었다.

"난, 음, 믿어줄지는 모르겠지만… 그동안 나름대로 노력도 했어. 아주 오래전부터, 매 순간 다른 아이들을 따라가려고 무척 애쓰고 있는걸. 정말 내가 할 수 있는 만큼은 열심히 하는데, 그냥 정신을 차려 보면 딴생각을 하고 있어. 몇십 분씩 제자리에 앉아 있다 보면 점점 지쳐가다 나도 모르게 집중력을 잃어버려."

"그럼 너도 시술을 받아."

짧게 뱉은 내 말에 유영이 웃음을 터뜨렸다.

"말했잖아. 생각처럼 쉬운 게 아니라니까."

혹시 비용이 문제가 되나, 부모님이 반대하시는 걸까. 나름대로 유영이 시술을 받지 못한 이유를 추측하는데, 한창 이어지던 유영의 웃음소리가 멎었다.

"나는 지금이 좋아."

드물게 떨리는 목소리였다.

"아니, 사실은 싫기도 해. 뭐라고 이야기해야 할지 모르겠다. 앞날이 캄캄하고, 현실은 벅차고. 정말 끔찍한 것들 투성이인데… 아직은 좋아."

유영은 주섬주섬 무언가를 펼쳤다. 언제 가져왔는지도 모를 조그만 연습장이었다.

"이런 거 그리는 사람 이젠 나밖에 없잖아."

유영의 그림 실력은 형편없었다. 평소에 꾸준히 그리는 건 알았지만, 그 정도로는 예고는커녕 대학 진학에도, 직업을 가지기에도 턱없이 부족했다. 내 시큰둥한 반응을 눈치챈 유영이 덧붙였다.

"학교 연못에 개구리가 산다는 것도 나만 알걸. 도서관에서 《사라진 열쇠》 시리즈를 읽는 것도 나뿐일 거야."

《사라진 열쇠》는 유영이 무척 좋아하는 판타지 소설이었다.

매일 내게 추천했던 책이었지만 나는 항상 외면했다. 그런 부류의 책은 읽어봤자 독후감이든 학생기록부든, 아무 데도 쓸 곳이 없었으니까.

"별관 4층에 식충식물 화분 있는 알아? 몰래 밥 주는 것도 나뿐일걸!"

"그래. 수업시간에 지우개 가루 같은 걸 모으는 것도 너뿐이겠지."

"그렇지!"

그건 진심으로, 아무 도움이 안 된다. 몇 마디 더 쏘아붙이려던 나는, 그게 지나친 오지랖이라는 것을 깨닫고 입을 다물었다.

"…맞아. 네가 무슨 말을 하고 싶은지 알아. 나도 내 주제를 잘 아는걸. 내가 아무리 그림을 그려도, 좋아하는 책을 읽고, 주변에 관심을 가져도, 정작 내 진로에는 아무런 도움이 되지 않을 테니까. 이것들은 그저 내가 좋아서 하는 일에 지나지 않아. 하지만 나는 계속 이걸 좋아하고 싶어. 쓸모의 여부와 상관없이. 그게 과분한 욕심일까?"

응. 나는 기다릴 것도 없이 고개를 끄덕였다. 유영은 그걸 보며 또 웃었다.

"아, 진짜 너무하다. 내가 널 만난 것도 비시술자여서 가능한 일이었을지도 몰라! 우리 둘 다 시술자였으면 서로 마주치기나 했겠어? 저기 앉아서 단어나 외웠겠지!"

유영이 학교 건물을 가리켰다. 나는 이번에도 대답하지 않았다. 유영은 여전히 큰 착각을 하고 있었다. 우리의 만남은, 오로지 유영에게만 일방적인 의미가 있을 뿐이었다. 이 논리로는 내게 아무런 설득을 할 수 없다.

"나는 지금의 내가 좋아. 낙서든 글이든 또 어떤 사소하고 쓸모없는 것이든, 그걸 좋아할 수 있는 지금이 좋아."

그렇게 말한 유영은 슬쩍 연습장으로 얼굴을 가렸다. 표정을 감추고 싶은 걸까. 괜히 두꺼운 종이표지만 물끄러미 바라보는데, 툭 질문이 날아왔다.

"궁금한 게 있어. 그때, 왜 돌아본 거야?"

언제인지 설명하지 않아도 충분했다.

"말했잖아. 네가 다리를 떠는 게 거슬려서."

바로 대답할 줄은 몰랐는지, 유영의 입이 당황한 듯 살짝 벌어졌다. 잠깐의 침묵 끝에 유영은 다시 물었다.

"아니, 그때 말고."

"언제?"

"체육 시간에, 내가 발로 모래 그림 그리던 거."

설마, 아니겠지. 내 우려에도 불구하고 유영의 목소리는 담담하게 이어졌다.

"연습장 찢어서 종이비행기 접는 거, 지우개 가루 뭉치는 거, 졸다가 선생님께 혼나는 거."

마침내 얼굴을 가리던 연습장이 떨어진다. 나는 시선을 피하지 못한 채 그 자리에 굳었다.

"나랑 눈 마주치기 전부터 보고 있었잖아."

"아닌데."

재빨리 대답했지만, 목이 쉰 듯 갈라진 목소리가 나왔다. 무슨 표정을 지어야 할지 모르겠다. 여전히 마주친 눈에 숨이 막혔다. 천천히 물러서자 유영도 고개를 내렸다. 하지만 유영이 다음에 던진 말은 더 최악이었다.

"너도 원래는 그림 그리는 거 관심 있었지?"

더는 들어줄 수 없었다. 나는 곧바로 자리에서 일어났다.

"점심시간 끝났어."

"잠깐만."

"그리고 이거, 앞으로는 안 해도 될 것 같아. 수행평가 연습은 이만하면 충분해. 그동안 고마웠어."

나는 라켓을 집어 든 채 뒤를 돌아보지 않고 걸었다. 뒤늦게 유영이 뭐라고 소리치는 게 들렸지만 무시했다. 진작 이랬어야 했다. 진작, 처음부터. 너무 늦게 깨달은 내가 그저 한심했다.

✳

그토록 지치지 않던 유영의 공세도 그 일 이후로 주춤했다. 몇 번 더 기분 나쁜 기색을 내비치자 이제는 내 눈치를 살피기만 할 뿐 더 이상 다가오지 않았다. 예기치 못한 큰 수확이었다. 나의 삶은 한순간에 유영을 만나기 이전으로 돌아갔다. 자투리 시간과 등하굣길 모두 자유로웠다. 믿기지 않아서 가끔 집에 가는 길에 뒤를 돌아보았다. 이제 정말로 따라오지 않는 모양이다. 그 사실을 매번 확인해도 이상하게 실감이 안 났다.

"요즘 따라 조금 늦네? 무슨 일 있어?"

현관을 들어설 때였다. 엄마의 목소리가 들렸다.

"네?"

"항상 정각에 들어왔잖아. 요 며칠간 늦어진 것 같아서."

티브이를 보고 계시던 모양이었는지, 리모컨을 쥔 엄마가 소파에 앉아 있었다. 나는 영문을 몰라 그저 눈만 깜빡였다.

"평소처럼 그냥 다니는데요."

"그래?"

별일 아니라 여겼는지 엄마는 다시 티브이 화면으로 고개를 돌렸다. 뉴스 채널이었다. 화면 속에는 한창 토론이 이어지고 있었다.

'도를 넘은 지니어스 시술, 규제되어야 하는가?'

큼직하게 쓰인 글자에 나도 모르게 그 자리에 멈춰 섰다. 곧이어 티브이 소리가 흘러나왔다.

'의원님께서는 지금 문제의 본질을 놓치고 계십니다. 단순히 학력 수준과 경제적 생산성이 올라갔다는 이유만으로 이 모든 논란을 정당화할 수는 없습니다.'

'방금도 논란이라고 하셨지요. 검증되지 않은 논란은 아직 논란일 뿐입니다. 시술이 학생들의 창의성을 떨어뜨린다고요? 잠재력을 가로막는다고요? 이제껏 그 의혹을 제대로 확인한 사람이 있습니까? 정작 시술이 시행된 이후로 직업군별 취업자의 비율은 크게 달라지지 않았습니다. 오히려 앞서 말씀하신 대로 전체 학력 수준만 큰 폭으로 증가했습니다. 무엇보다, 현재까지 시술의 안전성은 충분히 검증되어왔습니다.'

'시술을 받는 아이들의 평균연령은 고작 10세입니다! 날개를 채 펼치기도 전에 시술부터 받는 판국인데 이 상황에서 어떻게 그 잠재력을 증명하란 말입니까? 대조군 자체가 거의 없다고요!'

'궤변입니다.'

'궤변이라고요? 의원님이야말로 지금 위선을 떠시는 게 아닙니까? 지금 유학 중인 두 자제분 모두 비시술자라고 들었습니다. 그렇게 좋은 시술이면 왜 자기 자식한테는 안 시키십니까?'

'도대체 무슨 소리를 하시는 겁니까? 그건 개인적 사정입니다. 제 사적인 가정사와 이 주제는 아무 관련이 없습니다! 논지를 흐리지 마십시오!'

"…요즘 시술 규제 때문에 말이 많더라."

"전에도 몇 번 그랬는걸요."

매년 대두되는 문제였고, 항상 흐지부지 끝났다. 나는 이번에도 다를 바 없을 거라고 이야기했는데, 엄마의 생각은 다른 모양이었다.

"아니야. 분위기가 심상치 않아. 이대로라면 몇 년 안에 진짜로 규제될 것 같다."

작년과 똑같은 말씀이었다. 나는 대답 없이 방문으로 향했다. 천천히 거실을 가로지르는데, 등 뒤에서 엄마가 물었다.

"너, 그냥 올해 재시술받을래? 받을 거면 미리 받는 게 좋을 것 같아. 규제 시작되기 전에."

이것도 매년 하는 말씀이었다. 이미 시술을 받았음에도 불구하고, 엄마는 여전히 내게 결함이 있다며 자주 걱정을 늘어놓았다.

'시술을 받았는데도 애가 가끔 안 받은 것처럼 굴어요. 평소에는 괜찮은데, 종종 예전과 같은 모습을 보인다니까요. 얘는 감추려고 하는 것 같은데… 제대로 된 거 맞아요? 시술 말이에요. 네, 네.'

언젠가 병원 실장과 나누던 통화를 들은 적이 있었다. 나는 조금 억울해졌다. 엄마가 걱정하는 부분은 정말로 별것 아닌 것들이었다. 가끔 특이한 것이 있을 때 돌아보는 것, 수업 중에 간혹 시계를 보는 것. 아주 사소한 일일 뿐이다. 내가 조금만 주의하면 완전한 시술자처럼 굴 수 있다. 이제껏 잘해왔다.

"안 받아도 되겠어? 정말 문제없어?"

하지만 그 순간 유영이 떠오른 건, 정말 어쩔 수 없는 일일 것이다.

"네. 괜찮아요. 이제껏 잘해왔는걸요."

대답을 기다리지 않고 재빨리 방으로 들어왔다. 나는 거짓말에 재주가 없었다. 엄마의 불안은 정확히 들어맞았다. 이미 문제가 생겼다. 내게 남은 조금의 결함은 벌써 불청객을 끌어들였다. 나는 거의 모든 것을 그 아이에게 들킬 위기에 처했다.

'너도 원래는 그림 그리는 거 관심 있었지?'

아직도 귓가에 그 소리가 선명히 들렸다. 문이 닫힌 걸 확인한 나는 천천히 침대 매트리스 아래에 손을 집어넣었다. 빛바랜 종이 몇 장이 끌려 나왔다. 나조차도 기억하지 못하는 시절의 것이었다. 어쩌면 시술을 받기 전이 아닐까. 그냥 오래전에 그렸다는 것만 알고 있는 서툰 낙서들. 애정을 품고 있는 것도 아니었고 미련이 남은 것도 아닌데, 이상하게 버릴 수 없어 숨기기만 급급했던 것. 도대체 유영은 어떻게 알았을까. 혹시 그 아이의 낙서에 너무 자주 눈길을 주었었나, 아니면 내가 읽던 책 목록에서 단서를 얻었나? 단지 미술 수행평가 성적이 높아서 그랬던 건가. 한번 떠오른 생각은 계속해서 이어졌다. 내가 일방적으로 유영을 떠나고 난 뒤, 시무룩해 보이던 뒷모습. 그럼에도 불구하고 나를 배려할 마음이었는지 여전히 수업시간에 딴짓을 안 하려 노력하던 태도. 거기까지 생각이 미친 나는 종이들을 다시 쑤셔 넣었다. 그동안 단단히 착각하고 있었다. 나는 유영을 만나기 전으로 돌아온 게 아니었다. 여전히 그 아이를 너무 신경 쓰고 있었다.

기계적으로 책과 공책을 펼쳤다. 애써 책상에 앉았지만 먹먹한 기분은 좀처럼 가라앉지 않았다. 밑줄을 치고, 동그라미를 그리고. 어떻게 할까. 다음 장, 또 중요한 부분에 밑줄을 다시. 어떻게 하면 좋을까. 몇 번 넘기니 마침내 깨끗한 페이지가 나왔다. 오늘의 복습은 이걸로 끝이었다. 공책을 덮어야 한다는 걸 알았다. 그래도 괜히 필통을 뒤적였다. 볼펜, 볼펜, 볼펜, 컴퓨터 사인펜. 나는 유영과 달리 몽당연필 같은 게 없었다. 아무 펜이나 집어 들었다.

오랜만이다 못해 생전 처음 긋는 것처럼 느껴지는 첫 선.

손에 스윽 감긴 진동에 땀을 쥐었다. 어디부터 어떻게, 무엇을 그려야 하는지도 너무 어려웠다. 겨우 완성된 끄적임은 너무

나도 볼품없어서, 부끄러운 마음에 꾸깃꾸깃 찢어버렸다.

두 번째는 더 쉬웠다. 처음 그렸던 소재 그대로, 지난 실수를 고쳐 가며 그렸다. 그 아이라면 어떤 결과물이든 좋아할 게 분명했지만 나는 부족한 모습을 보이고 싶지 않았다. 그냥, 창피하니까. 조금 더 멋지게, 더 완벽하게. 그렇게 생각하다 보니 어느새 세 장, 네 장째를 넘어가고 있었다. 나는 그쯤에서 그만두고 조심스럽게 마지막 그림을 공책에서 찢어냈다. 사실 이 그림은 유영이 즐겨 그리던 장면을 따라 한 것이었다. 밤하늘을 바라보는 사람의 뒷모습. 끝없이 펼쳐진 까만 배경을 향해, 어떤 얼굴을 하고 있을지 모를 조용한 반짝임. 어쩐지 외로워 보여서 달을 덧붙인다. 꽃을 끼워 넣는다. 동물 친구들을 그렸다. 어느새 와글와글 모인 풍경을 바라본다.

'연습장 찢어서 종이비행기 접는 거, 보고 있었잖아.'

사실 그건 못 봤는데. 나는 그렇게 생각하면서도 완성된 그림을 집어 착실하게 삼각형을 접었다. 다 접은 비행기는 너무 작아서 교복 주머니에도 쏙 들어갔다. 다시 꺼내 본다, 다시 넣는다, 다시 꺼낸다.

정말로 이래도 되는 걸까.

마지막 망설임을 삼키며 다시 넣었다. 정 그러면 내일 아침에 고민해도 될 것이다. 그렇게 몸을 돌리던 순간이었다.

"뭐 해?"

별안간 문이 벌컥 열렸다. 나는 의자에 앉지도 못한 채 그 자리에서 굳었다.

"그냥, 공부… 복습요."

말이 제대로 나오지 않았다. 어물어물 대답하는 나를 본 엄마의 시선이 단번에 책상으로 향했다. 아직 치우지 못한 낙서 쪼가리가 굴러다녔다. 성큼성큼 들어온 엄마가 그것을 집어 들었다.

"너, 이거 뭐야."

뭐냐고 묻잖아. 날 선 목소리에 저절로 몸이 움츠러들었다. 내가 대답이 없자 엄마는 하, 하고 숨을 내뱉으며 죽죽 구겨진 종이를 펼쳤다. 미완성된 첫 번째, 두 번째, 세 번째… 그림들이 차례차례 바닥으로 굴러떨어졌다. 나는 차마 보지 못하고 눈을 감았다.

"역시 그럴 줄 알았어. 널 믿었던 내가 바보지. 어쩐지 요즘 분위기가 수상하더라니."

아니라고, 정말로 그동안 잘해왔었다고, 그냥 오늘만 그랬을 뿐이라고. 수많은 변명이 목구멍까지 올라왔지만 말할 수 없었다. 스스로도 그 변명에 확신이 서지 않았다. 이제껏 유영을 받아준 것도 사실이었으니까.

"무슨 생각으로 거짓말을 했니? 끝까지 숨길 수 있을 것 같았어? 아니, 내가 계속 몰랐으면 어쩔 뻔했어! 이렇게 중요한 시기에…."

분노에 차 소리를 높이던 엄마는 몇 차례 심호흡을 내쉬었다. 어깨의 떨림이 조금씩 가라앉는 게 보였다. 조금 진정이 되었는지, 엄마는 천천히 몸을 숙이고 내 표정을 살폈다.

"그래. 네 잘못만은 아니지. 내가 더 잘 알았어야 했는데… 엄마가 너무 안일했어."

뻗어 온 손이 다정하게 머리를 쓰다듬었다. 가라앉은 목소리는 무척 부드러웠다. 방금까지 화가 났다는 걸 믿을 수 없을 정도로 극적인 변화였다.

"재시술받자, 응? 그럼 괜찮을 거야."

"그럴까요?"

"그래. 그나마 일찍 알아서 다행이야."

그럴까요.

물음도 대답도 아닌 애매한 답을 조심스레 삼켰다. 엄마의 눈은 확신으로 가득 차 있었다. 나는 이 의미를 알고 있었다. 내게 동의를 구하는 게 아니었다. 맨 처음, 기억나지 않을 정도로 어렸을 때 시술을 받았을 때처럼. 이번에도 이미 정해진 일이다. 나는 바닥에 떨어진 낙서와 종이와 마지막으로 보았던 그 아이의 쓸쓸한 뒷모습을 생각했다. 뒤로 숨긴 손바닥을 꼭 그러쥐었다. 엄마의 말처럼, 정말로 일찍 알아서 다행일지도 몰랐다. 애매한 희망을 전하기 전에, 유영을 다시 만나기 전에. 어차피 이렇게 끝날 일이었다면 더더욱. 나는 엄마의 굳게 다물린 입술과 내 하나뿐인 방을 눈에 담았다. 어차피 답은 정해져 있었다. 천천히 고개를 끄덕였다. 기다렸다는 듯 귓가에 안도의 한숨이 들려왔다.

✳

등굣길의 아침 공기는 유난히 더 차가웠다. 하얗게 핀 입김, 줄지어 선 까만 아이들의 뒤꽁무니에 슬쩍 끼어들어 본다. 평소처럼 단어장을 꺼내려 주머니에 손을 넣고 뒤적였다. 바스락 손에 걸리는 게 있었다. 무심코 집어 든 나는 그대로 걸음을 멈추었다.

종이비행기.

엄마가 다 정리한 줄 알았는데. 바닥에 떨어진 다른 그림들과 달리 주머니에 든 것만은 몰랐나 보다. 나는 비행기를 길에 버리려다가, 그냥 교실 쓰레기통에 넣자고 생각하며 그만두었다. 고개를 드니 경사진 언덕 너머 새파란 하늘이 보였다. 학생들의 물결 사이로 혼자 이리저리 움직이는 익숙한 뒤통수도. 몰라볼 수가 없었다. 일부러 입김을 후후 불어 하얀 김을 수차례 만들고, 손을 휘젓는 학생, 그게 유영이 아닌 다른 사람일 리 없으니까. 하지만 이제는 정말 모른 척을 해야겠지. 머지않아 저절로 그렇게 될지도 몰라. 그동안 수없이 마주쳤던 시선임에도 불구하고, 이번만은 유영이 나를 발견하지 못했다. 아무것도 모른 채 교문을 들어서는 뒷모습이 낯설어서, 한참 바라보았다.

그날 하루는 유독 느리게 흘러갔다. 1교시의 유영은 웬일로 멀쩡했다. 2교시의 유영은 선생님 몰래 핸드폰을 만지작거렸고, 3교시에는 졸았다. 언제부터 그런 걸 일일이 관찰하고 있었을까. 나는 내가 생각보다 더 초조해하고 있다는 걸 깨달았다. 스스로도 무엇을 바라는지 알 수가 없었다. 자연스럽게 멀어지려던 계획이었는데. 그러니 그냥, 이대로만 두면 될 텐데.

4교시가 시작되기 전 마지막 쉬는 시간. 나는 마침내 자리에서 일어섰다. 유영의 책상으로 다가갔다. 무심코 주머니에 손을 넣으니 여전히 구겨진 종이비행기가 만져졌다. 왜 아직도 안 버렸는지 모르겠다. 이제 전해줄 수도 없는데. 유영이 나를 발견하고 의아한 표정을 지었다. 그 얼굴이 어쩐지 기뻐 보여 나는 첫마디를 떼기가 무척 어려웠다.

"나, 이번 방학에 재시술받을 거야."

굳이 알려줄 필요는 없었다. 하지만 혹시 모르는 일이니까. 나중에 알면 더 충격받을 수도 있으니까. 속으로 별 이유 같지도 않은 이유를 대며 나는 재차 입을 열었다.

"그러니까… 혹시라도 다음에 나와 다시 친해질 생각을 하고 있다면 포기해."

아마 재시술 후에는 그럴 일이 없을 것이다. 어쩌다 유영에게 관심을 가지는 것도, 흔들리는 것도. 그건 나의 작은 결함이 우연과 맞물려 일어난 실수였다. 두 번 다시 그런 기적을 바라기는 어려울 것이다. 내 이야기를 들은 유영의 얼굴이 점점 어두워졌다.

"네가 선택한 거야?"

물어오는 목소리가 떨렸다. 유영은 나를 한 번, 아래를 한 번 바라본 뒤 천천히 고개를 들었다. 꿀꺽 침을 삼키는 소리가 크게 들렸다.

"솔직히 말해. 네가 하고 싶어서 하는 건 아니지?"

유영은 가끔 이렇게 핵심을 찔렀다. 겨우 여기서 무너질 수는 없었다. 나는 바로 고개를 저었다.

"아니, 내가 하겠다고 했어. 당연하잖아."

"진심이야?"

"응. 항상 말했는걸. 너 때문에 요즘 주의가 많이 흐트러지기도 했고, 계속 신경 쓰여서 불편했다고."

그래서 그랬어. 유영이 믿을 수 없다는 듯 재차 물었다. 희게 질린 얼굴이었다.

"정말로? 너한테는 정말 그게 아무것도 아니야?"

재시술받는 게 아무렇지도 않으냐는 뜻일까, 앞으로 서로의 관계가 어떻게 되어도 상관없느냐는 뜻일까, 아니면 그동안 유영과 함께했던 시간이 아무것도 아니었느냐는 질문일까. 어느 쪽이든 이제 아무런 의미가 없었다. 망설임 없이 고개를 끄덕였다. 유영의 표정이 마침내 일그러졌다.

"왜… 그럼 왜 그랬어?"

일말의 희망이라도 잡고 싶었던 걸까. 아니면 원망하고 싶은 걸까. 점점 격앙되는 유영의 질문은 갈수록 악을 쓰는 것에 가까워졌다.

"그때는 왜 돌아봤던 거야? 그동안 내가 그렇게 너를 귀찮게 해도 왜 가만히 있었는데?"

"내가…."

내가 부족해서. 그걸 잘라낼 정도로 강하지 못해서. 아니다. 이 정도 거짓말은 아직 약했다. 마지막에 말을 좀 더 고쳐본다.

"네가 불쌍해서."

쌕쌕거리던 숨이 잦아들었다. 순식간에 내려앉은 정적에 뒤늦게 정신이 들었다. 조심스럽게 고개를 드니 유영은 피가 날 정도로 세게 입을 악물고 있었다. 발개진 눈가에 시선이 닿은 순간, 그 아이는 말없이 휙 돌아섰다. 타박타박 멀어지는 발걸음 소리가 이어졌다.

어디 가.

무심코 꺼내려던 말을 삼켰다. 힘이 풀려 책상 위에 손을 짚었다 눈앞이 핑 도는 기분이었다. 갑자기 빈혈이라도 찾아온 것처럼 시야가 깜깜해져 아무것도 할 수가 없었다. 그대로 얼마나 있었을까, 앞문이 드르륵 열렸다. 누군가가 교실에 들어온 모양이었다. 천천히 고개를 들어 그쪽을 보았다.

"종 쳤다. 앉아라."

하지만 들어온 사람은 유영이 아니었다. 다음 수업을 맡은 선생님이 앞문을 지나 교탁으로 걸어오고 있었다. 나는 눈을 깜빡였다. 내가 지금 서 있는 곳, 여전히 유영의 자리는 비어 있었다.

"뭐 해, 앉으라니까. 또 한 명은 어디 갔어?"

선생님의 목소리가 서늘하게 뒷골을 울렸다. 나는 주변을 둘러보았다. 여전히 유영은 돌아오지 않았다. 그럼에도 불구하고 아무도 신경 쓰는 학생이 없다. 다들 똑같은 자세였다. 미동 없이 평온하게, 책상에는 모두 방향으로 놓인 같은 책과 같은 노트. 어쩐지 소름이 돋았다. 천천히 손을 떼고 자리로 돌아가려는데 손가락에 우둘투둘한 감촉이 느껴졌다. 그제야 나는 손바닥에 닿은 차가운 나무책상을 내려다보았다. 유영의 자리, 유영의 책상. 책상 위는 온갖 검은 낙서로 뒤덮여 있었다. 고개를 들어 변함없이 정돈된 교실을 한 번, 다시 어지러운 유영의 책상을 한 번. 쳐다봤다.

'나도 재미있어서 하는 일은 아니야.'

언젠가 유영이 했던 말이 떠올랐다. 새카맣게 칠한 낙서에 다시 손이 갔다. 왜 그 말을 새겨듣지 않았을까. 유영은 이미 말했었다.

'그냥, 이러고라도 있지 않으면 견딜 수가 없어.'

책상 윗면을 가득 채운 낙서는 수많은 이야기를 담고 있었다. 화살표와 함께 덧붙인 '멍청이' '눈치 없음' 따위의 유치한 뒷담. 옆에는 형편없는 솜씨로 그린 초상화들. 나는 그중 몇몇을 알아보았다. 게임 캐릭터, 만화 주인공, 유영 자신, 그리고 나를 닮은 우스꽝스러운 낙서. 바로 시선을 옮기니 배고프다는 불평, 밤하늘과 꽃과 나무의 그림, 즐겨 읽는다던 소설의 구절도 보였다. '아주 오래도록 별을 뿌릴 거야.' 이건《사라진 열쇠》에 나오는 대사였다. 마지막으로 눈이 닿은 곳은 책상 한가운데를 차지한 시커먼 자국이었다. 아무 의미 없이 그저 강하게 반복해서 그은 낙서, 언젠가 지워지고 말 흑연의 필사적인 몸부림. 나는 종종 들었던 '그드드득' 소리의 원인을 그제야 깨달았다. 방금 손끝에 스쳤던 굴곡은, 기어코 낙서가 나무를 파고든 부분이었다.

생각할 틈도 없이 몸이 먼저 움직였다.

"야! 넌 또 뭐 하는 거야! 이리 안 돌아와?"

뒤늦게 선생님의 화난 외침이 들렸다. 나는 텅 빈 복도를 지나 재빨리 계단을 내려갔다. 한 층을 다 내려가기도 전에 아까 힘이 풀렸던 다리가 절뚝거렸다. 난간을 부여잡고 저린 다리를 추슬렀다. 너무 늦은 건 아니겠지. 이러고 있을 시간이 없는데. 마음이 급해져 필사적으로 머리를 굴렸다. 도대체 어디로 갔을까. 숨죽여 책을 읽던 도서실 구석. 개구리를 보겠다며 쪼그려 앉았던 연못가. 조금 더 천천히 가자며 옷깃을 잡아끌던 구름다리 통로. 어디에 있어도 너무나 그 아이다웠다. 지나칠 수가 없었다. 다리에 감각이 돌아오자마자 정신없이 그곳들을 향했다. 하나씩 확인할 때마다 유영의 그림자가 아른거려 숨이 막혔다. 도서실에서는 책을 같이 읽자고 좇아오던 목소리가. 구름다리에서는 굳이 점심을 일찍 먹을 필요는 없다며 산책이나 하자고 웃던 모습이. 2층 창가에선 벚꽃이 피었다며 손을 뻗어 꽃을 따던 옆모습이 선명했다. 연못가, 옥상 앞문, 야외 테이블, 스티커를 붙인 나무 옹이와 복도 기둥, 구석구석 물을 주던 작은 화분들까지. 유영이 남긴 흔적은 학교 곳곳마다 끊임없이 이어졌다. 우리가 함께 알던 장소가 이렇게 많았나. 나는 이렇게나 많은 순간에 그 아이를 혼자 남겨두려 했던 걸까. 거기까지 생각이 미치자 예전의 기억들을 제대로 떠올릴 수가 없었다. 지금의 유영은 어디에 있어도 쓸쓸해 보일 것 같았다. 그렇게 즐겁던 모습 대신 혼자 울고 있을 것 같았다. 멈추지 못하고 걸음만 재차 놀렸다. 일부러 지나쳤던 그 아이의 부탁과 장난과 혼잣말을 뒤늦게 찾았다. 마지막으로 돌아본 곳은 운동장이었다. 테니스 연습을 하던, 그날의 내가 섣부르게 도망쳤던 곳.

　멀리 비치는 인영에 숨을 삼켰다. 이번에도 몰라볼 수가 없었다. 이 와중에도 모래를 발로 차며 낙서를 하는 건 여전히 유영다웠으니까. 지금 교실에 있지 않을 사람이라면 그 아이밖에 없는 게 당연했으니까. 나는 곧바로 유영을 부르려다 말고 그대로 멈추었다. 텅 빈 운동장에 홀로 선 그 아이의 뒷모습이 어쩐지 낯설지 않았다.

밤하늘을 배경으로 홀로 선 사람.

유영이 그리던 그림. 그리고 내가 그렸던 풍경. 문득 그 모습이 겹쳐 보였다. 새하얀 모래밭이, 조용한 학교가 막막한 우주의 배경을 닮았다. 닮을 수밖에 없었다. 바로 그 순간, 그 위로 유영의 발자국이 조용하게 별을 그리고 있었으니까. 모래 속 사소한 발장난이 새긴 하늘. 여전히 가늠할 수 없는 표정, 유독 작아 보이는 어깨. 고요한 수업시간이라서였을까, 물끄러미 내려다본 그곳은 이미 그림보다도 더 그림 같았다. 나는 그제야 비로소 내가 무엇을 하고 싶은지 깨달았다. 이번에도 이 풍경에 달을 덧붙이고 싶었다. 꽃을 그려 넣고 싶었다. 와글와글 모일 그림을 완성하고 싶었다. 멈추었던 다리를 다시 움직였다. 언젠가 처음으로 내려그은 낙서처럼, 남은 힘을 다해 운동장에 발을 디뎠다. 스탠드에 늘어선 등나무 그림자를 밟고, 모래로 이루어진 하얀 우주를 넘어. 점점이 찍히는 발자국이 첫 번째 선을 그린다. 가까워진 거리에 유영이 나를 돌아보았다. 예상하지 못했다는 듯 놀란 눈이 커졌다. 마주친 시선에 뭐라 말을 하고 싶은데, 숨이 가빠서 웃음조차 지을 수가 없었다. 닿기도 전에 먼저 손을 내밀었다. 어느새 새까맣게 가루가 묻은 손. 책상을 쓸었을 때 묻은 흔적. 이번에야말로 마주 잡을 수 있을까. 하지만 서툰 뜀박질은 속도를 이기지 못하고 그보다도 더 빨리, 더 가까이 몰아붙였다. 순식간에 자세가 무너진다. 빙글빙글 도는 하늘 아래, 모래 자국과 먼지 구름 속 맞잡은 손보다도 더 가까운 거리. 유영에게서는 짙은 흑연의 향기가 났다. 바람에 번져 흩날리는 머리카락에도, 채 삼키지 못한 숨소리에도, 별처럼 선명하고 따뜻한 탄내가.

나는 마침내 그 향기를 꼭 끌어안았다.

지은담

1996년 경남 거제 출생으로, 홍익대학교에서 교육학과 국어교육을 전공했다. 어렸을 적부터 유난히 과학에 관심이 많아 과학자의 진로를 꿈꾸기도 했다. 학생 시절부터 쌓은 습작들과 교육현장에서 만난 학생들의 이야기를 모아, 청소년의 시각에서 바라본 문제들을 차근차근 쓰고 있다. 카카오 이모티콘 작가로 활동하며 웹툰을 연재하고 있다.

가시박 넝쿨 사이로

이멍

1

삑!

삐익!

삑! 삐이익!

삐이이이이익!

높게 울리는 호루라기에 소리에 현정은 급히 고개를 돌렸다. 현정이 서 있는 전봇대에서 얼마 떨어지지 않은 창고 앞에서 방호복 차림의 할머니 한 분이 깃발을 흔들며 호루라기를 불고 있었다. 깃발 색은 빨강, 비상사태라는 뜻이었다. 현정은 전지가위를 내려놓고 황급히 창고를 향해 발을 옮겼다. 빠른 걸음으로 걷다가 작업반장이 사색이 된 얼굴로 뛰어오는 걸 보고는 속도를 높여 달렸다.

작업반장을 따라 들어선 주차장은 말 그대로 아수라장이었다. 할머니와 금실이 좋아 보이던 할아버지가 지금은 타르 칠한 주차장 한가운데 드러누워 목을 움켜쥔 채 컥컥대고 있었던 것이다. 눈은 획 뒤집혔고 입에서는 악취와 함께 게거품이 올라왔다. 하얗게 질린 얼굴과 달리 오른쪽 손등이 시뻘겋게 부어 있었다. 다시 보니 장갑을 끼지 않은 맨손이었다.

작업반장은 재빨리 몸을 낮춰 할아버지의 상태를 살폈다. 마지막으로 할아버지의 손등을 유심히 본 작업반장은 혀를 차며 현정에게 소리쳤다.

"에피네 펜! 빨리!"

현정이 주머니에서 유성매직처럼 생긴 에피네프린 펜을 꺼내 뚜껑을 뽑는 동안, 작업반장은 커터칼로 노인의 방호복 허벅지 부분을 찢었다. 현정에게 에피네 펜을 건네받자마자 찢어진 방호복 사이로 펜을 찔러 박았다.

10초. 20초. 30초.

작업반장의 옷깃을 잡고 있던 할아버지의 손이 파르르 떨렸다. 길고 얕은 숨이 게거품 사이로 흘러나왔다. 하얗게 셌던 얼굴에 발간 핏빛이 오르기 시작했다. 할머니는 바닥에 주저앉아 할아버지의 어깨며 등을 팡팡 치며 울었다. 이게 뭐하는 짓이냐고, 서방놈 장례 치르는 줄 알았다면서.

작업반장은 식은땀을 닦아내며 낮은 목소리로 또박또박 말했다.

"제가, 무려, 다섯 번이나 말씀드렸잖습니까. 네? 어르신들 잘 알아들으시라고, 제가, 무려, 다섯 번이나 말했다고요! 무슨 일이 있어도 절대, 절대로 장갑은 벗으면 안 된다고 했잖아요! 돈 많이 벌어 간다고 좋아하면 뭐해, 황천 가서 그 돈 쓸 거예요? 현정 씨도 기억하지? 사람 죽어도 정부도 나도 책임 못 진다고 그랬잖아, 기억하지?"

기억하다마다. 현정은 주머니에 남은 에피네 펜의 개수를 헤아리며 고개를 끄덕였다. 작업반장이 매일 아침 하는 말이 바로 그거였다. 첫째도 안전, 둘째도 안전, 셋째도 안전. 운이 좋아도 병원행, 운이 나쁘면 화장터 들어가는 거라며, 그는 주먹을 꽉 쥐고 새된 목소리로 강조하곤 했다.

할머니는 어딘지 모르게 억울한 얼굴이었다.

"아니, 이 양반이 장갑을 답답해하는 걸 어떡해. 우리 옆집 사는 노인네도 쩔린 적이 있었는데 그때는 그냥 붓고 말았단 말이여."

"그 옆집 노인 같은 분이 정말 드물다고요. 보통은 다 영감님처럼 꺽꺽대다가 골로 가버린다니까? 그렇지, 현정 씨? 우리 시체 본 적도 있잖아. 그때 기억하지?"

기억하다마다. 다만 그때는 단순한 심장질환으로 사망한 경우였는데, 경찰 조사 중 작업반장이 에피네 펜 몇 개를 빼돌렸다는 사실이 드러나면서 큰 곤욕을 치렀다. 작업반장은 그 일로 잘릴 뻔했으나 작업원 중 제일 젊은 현정에게 약품 관리를 넘기면서 해고는 면하게 되었다. 하지만 이들 앞에서 자세하게 얘기할 필요는 없어 보여 현정은 대충 고개를 끄덕였다.

"더 도와드릴 거 없으면 저는 제자리로 돌아갈게요. 반장님은 그분 데리고 병원으로 가실 거죠?"

"영감님 죽으면 나도 목이 잘리게 생겼는데 어쩌겠어, 뭐. 저녁까지 못 오면 현정 씨가 대신 작업 마감해줘."

현정은 고개를 끄덕이기도 피곤해서 네, 네, 하며 몸을 돌렸다. 무슨 구경이라도 났는지 방제 작업원들은 물론 근처 창고에서 일하는 직원들도 나와 주차장을 힐끔거리고 있었다. 현정은 그들에게 제자리로 돌아가라고 손사래 치며 전봇대 앞으로 돌아왔다. 조금 놀란 마음으로 주변을 둘러보았다. 분명 조금 전까지 무성하던 초록이 지금은 흔적도 보이지 않았다. 풀물 하나 없이 말끔하다. 전봇대에 기대놓았던 마대 자루도 깨끗이 비어 있었다. 현정은 잎사귀 하나 남기지 않고 마대 자루를 털어간 이를 찾아내 따지는 대신 기지개를 켰다. 쭈욱, 깍지 낀 손을 하늘 높이 뻗으면서.

날이 맑았다.

요 며칠 새 미세먼지 수치가 '좋음' 수준을 맴돌고 있었다. 중국이 자기네 나라에서 열리는 박람회 때문에 화력발전소 가동을 중지해 그렇다는 소문이 있는데, 뉴스를 보지 않는 현정은 그게 사실인지 아닌지 확인할 겨를이 없었다.

중요한 건 공기가 아주 산뜻하다는 것이었다. 구름 한 점 없는 하늘의 파란색이 창고 단지 맞은편 야트막한 동산의 초록색과 어우러져 보기 좋았다. 눈이 시리도록 시원해지는 풍경이지만, 계절에 어울리지 않았다. 지금은 가을 한복판이었다. 침엽수와 몇몇 수종을 제외하면 모두 단풍으로 갈아입었을 시기지만 저 동산은 초록색만 감돌았다.

기실 저 동산만 초록색인 게 아니었다. 고개를 조금만 돌려도 전봇대, 나무, 건물, 심지어 도로 위까지 담쟁이 넝쿨처럼 팔을 내뻗은 그것을 찾아볼 수 있었다. 그러니 마대 자루 하나 비었다고 화낼 필요도 없었다. 세상천지가 저 초록, 가시박으로 둘러싸인 마당에 아쉬울 게 뭐가 있다고 그러겠는가.

호박처럼 넓은 잎과 넝쿨, 장미처럼 억세게 돋아난 가시, 옻처럼 강력한 알레르기를 유발하는 독소, 작약처럼 아름답고 탐스러운 꽃, 박주가리처럼 바람에 흩날리는 홀씨, 이 모든 요소를 가지고 있는 풀을 사람들이 가시박이라 부르는 이유는 단 하나였다.

가시박처럼 번식력이 좋으니까. 그래서 가시박.

처음에는 변종, 이라는 단어를 붙였던 것도 같은데 정부와 몇몇 지자체를 제외하고는 사용하지 않는 죽은 말이 되었다.

하지만 간혹 그 명칭을 쓰는 사람이 있었다. 지금 현정의 핸드폰으로 전화를 걸어온 이도 그랬다.

요란한 진동과 함께 여섯 글자가 핸드폰 액정에 떠올랐다. 박승채 변호사. 자루를 다시 채워야 하는 데다 어쩐지 예감이 좋지 않아 무시했는데, 얼마 지나지 않아 다시 전화가 걸려왔다. 전화를 안 받으면 문자를 보냈을 사람이 저러니 심상치 않았다. 현정은 작업반장이 노부부를 자동차에 태우는 것을 보다가 바로 옆 창고 뒤편으로 몸을 숨겼다. 한참 망설이던 끝에 통화 버튼을 누르니 박승채의 목소리가 날쌔게 튀어나왔다.

"지금 어디예요? 어디 있어요, 집이에요?"

"어디긴요, 당연히 일하고 있죠. 파주 근처에서 방제 작업 중인데…." 현정은 창고와 맞닿은 텃밭 너머로 방제 작업원 한 명이 자신을 주시하고 있는 걸 알아채고 목소리를 낮췄다. "…그나저나 선생님은 무슨 일이시길래 그러시는 건데요. 굳이 전화까지 할 필요 있어요?"

"문자로 못 할 소리니까 그러지요. 잘 들어요, 현정 씨. 이건 검찰에서 일하는 제 친구가 알려준 정보인데…."

박승채는 뜸을 들이더니 소리 나게 숨을 몰아쉬었다.

"…제주 경찰이 백희주로 의심되는 것을 발견했어요. 오후가 넘어가기 전에 기자회견 들어갈 예정이라더군요."

처음 들었을 때는 무슨 말인지 전혀 이해가 가지 않았다. 울렁거리는 배 위로 손을 올린 채 박승채의 말을 곱씹고 나서야 무심한 시선으로 자신을 내려다보던 얼굴 하나가 뇌리에 떠올랐다. 그 기억에 단어와 단어가 결합되어 극적인 뜻이 만들어졌다.

"희주로 의심되는 것, 이라고요."

의심되는 것, 그건 어떻게 봐도 살아 있는 사람을 가리키는 말이 아니었다.

"지금 희주의 시신이 발견되었다고 말씀하시는 거예요?"

"아직 확실한 건 없어요. 변종 가시박 넝쿨 사이서 변사체를 발견한 모양인데, 시신 근처에서 백희주의 신분증이 나왔다고 해요. 그게 전부예요. 경찰은 백희주가 다른 사람을 살해한 뒤 시신을 자신으로 변장시키고 해외로 도피한 게 아닌지 생각하고 있다더군요.”

현정은 자기도 모르게 실소를 흘렸다.

“자기네들이 못 찾아놓고 해외 도피설 운운하는 건 여전하나 보네요. 하지만 희주가 사람을 죽였을 리 없잖아요. 걔가 무슨 사람을 죽여 시신을 자기인 척 위장하고 그럴 애가 못 된다고요. 바퀴벌레 한 마리에도 벌벌 떠는 애가 무슨….”

“그래요. 현정 씨 말대로 바퀴벌레를 죽일 용기는 없어도 테러를 일으켜 한 나라의 농업 기반과 생태계를 완전히 박살 낼 깡은 가지고 있죠. 절친을 엄한 일에 끌어들일 정도로 얍삽하기도 하고요. 대체 언제까지 백희주가 유약해 빠진 인간이었다고 변호할 생각이에요?”

박승채는 현정의 말문이 막혔나는 사실을 알아채고 거침없이 말을 이어갔다.

“아무튼, 전 더 이상 현정 씨 담당 변호사는 아니에요. 하지만 현정 씨가 제게 들였던 돈이나 함께한 시간을 생각해서 사후 처리, 그거 하려고 전화한 거예요. 오늘 당장 언론이 현정 씨를 물어뜯으려 난리를 치겠죠. 아직도 현정 씨를 공범이라고 여기는 놈들 천지잖아요. 그다음으로 뜬소문에 넘어간 사람들 차례일 테고요. 밤낮으로 달려들어 사람 미치게 하는 족속들 말이에요.”

굳이 박승채가 말해주지 않아도 예상하던 바였다. 반지하 방 현관문에 칠해진 빨간 페인트를 현정은 여태껏 반절도 지우지 못했다.

"다행인 점은 올해 폐업한 언론사가 한둘이 아니라는 거죠. 소문에 휩쓸릴 인구수 자체도 많이 줄었고요. 작년과 달리 상대할 수가 적어졌다는 뜻이에요. 그러니 한 가지만 명심해줘요. 노코멘트. 행동하지 말고, 대답하지 말고, 반응하지 말아요. 시간이 지나면 저절로 잊히는 거 알잖아요. 그러니 그때까지 제발, 아무 짓도 하지 말고 쥐 죽은 듯 조용히 살아요."

박승채는 몇 가지 더 당부했다. 당분간 집에 들어가지 않는 게 좋겠다고, 모텔이나 친구 집에서 일을 다니는 게 좋을 거라고, 그리고 무슨 일이 있어도, 본인이 백희주와 관련된 인물이라는 사실을 절대 드러내지 말라고.

현정은 통화가 끝난 뒤 창고 벽에 등을 기대고 숨을 죽였다. 온몸에 힘이 쭉 빠져 제힘으로 서 있기 힘들었다. 작년의 악몽이 도돌이표처럼 현정을 휩쓸어버릴지 모른다는 사실보다 희주로 의심되는 것, 그것 하나 때문에 정신을 차리기 힘들었다.

변호사의 말대로 희주가 정말 누군가를 죽인 거라면….

차라리 그런 거라면 얼마나….

누군가가 현정의 어깨를 툭툭 건드렸다. 흠칫 놀라며 한 발짝 뒤로 물러서니, 현정을 주시하던 방제 작업원이 주름 가득한 얼굴로 현정을 내려다보고 있었다. 요 며칠 연달아 작업장에 나오던 사람으로 이름이 특이해 기억에 남았다. 어딘지 모르게 흔들리는 시선으로, 안색이 좋지 않은데 무슨 일이라도 있느냐 물어왔다. 친절하기도 하시지. 현정은 애써 웃으며 대답했다.

"별거 아니에요. 그냥 속이 안 좋아서요."

그날 저녁, 새로운 소식이 포털 사이트와 텔레비전, 라디오를 수놓았다.

제주의 한 콜라비 농원에서 발견된 변사체의 신원이 3년 전, 변종 가시박을 살포하고 종적을 감춘 백희주로 잠정적 결론이 났다는 소식이었다.

2

경찰이 주요 용의자의 사망으로 변종 가시박 살포 사건을 종결 처리하겠다고 밝혔다. '백희주 사망'과 '가시박'과 '백희주 공범'이 각각 실시간 검색어 1, 2, 3위를 차지했다.

백희주의 부검 결과가 언론에 공개되었다. 부검을 주관한 국립 법의학연구소는 사망 추정 시각을 작년 겨울부터 올해 봄 사이로 보았다. 시신이 미라화되어 그보다 더 자세한 시기는 파악할 수 없다고 했다. 사인은 두개골 골절에 의한 외상성 뇌출혈로 의심된다고 밝혔다. 두개골이 골절된 형태로 보아 둔기로 가격 당했을 가능성이 크다고 했다.

유명 시사 프로그램이 백희주에 대해 잘 아는 분들의 제보를 기다린다고 밝혔다.

경기도청이 가시박 위험 지역에 거주하는 1,830가구에 실내용 텃밭 세트를 무상으로 지급하기로 했다. 해당 텃밭 세트는 고추, 강낭콩, 가지, 방울토마토, 상추 및 씨앗 5종과 배양토, 영양

제, 스티로폼 화분으로 구성되어 있다.

백희주를 살해한 용의자가 자수했다. 용의자는 백희주가 발견된 해당 농원의 주인으로, 농원 근처에서 산책하던 백희주를 발견하고, 농원 파산 후 자살한 아내가 생각나 우발적으로 살해했다고 증언했다. 피의자를 향한 동정 여론이 쏟아졌다. 백희주를 살해한 피의자를 사면해달라는 국민청원이 청원 시작 2주일 만에 100만 명을 넘겼다.

특정 유전인자를 지닌 인간이 가시박 수액과 접촉할 경우 정신착란을 일으킬 가능성이 크다는 내용의 논문이 발표되어 큰 논란이 일었다.

백희주 사망 사건의 현장 사진이 온라인에 유출되었다. 경찰은 해당 사진을 유포한 사람을 찾아내 처벌할 계획이라고 밝혔다.

현정은 오랜만에 집에 돌아왔다. 대문에 스프레이 낙서와 함께 가시박이 걸려 있었다. 현정이 낙서를 지우는 동안, 윗집에 사는 노인이 내려와 현정에게 소포를 건넸다. 주소는 맞지만 이름이 다르다고, 혹시 당신 물건 아니냐면서.

소포는 제주도의 야외 예식장에서 보낸 것이었다. 송장에 적힌 전화번호로 전화를 걸었지만 없는 번호라는 안내음성만 맴돌았다.

그리고 백희주의 가족이 부검이 끝난 희주의 시신을 인도받지 않겠다고 밝혔다.

모두 희주가 죽고 한 달 만에 벌어진 일이었다.

＊

토마토가 먹고 싶어.

현정은 옥수수 통조림을 한술 뜨며 생각했다. 신선한 토마토
와 생 모차렐라, 바질을 겹쳐 늘어놓은 카프레제 샐러드가 먹
고 싶었다.

아니면 사과. 현정은 또 한술 뜨며 생각했다. 엄마가 보내주
던 사과가 참 맛있었지. 단맛과 신맛이 절묘한 조화를 이루어 하
루 세끼 다 챙겨 먹어도 질리지 않는 그런 신선한 사과였는데.
그 맛이 그리웠다. 정말 절실하게 먹고 싶었다.

그것도 아니라면 브로콜리. 현정은 통조림 바닥을 긁고 국물
까지 마시며 생각했다. 소금친 끓는 물에 살짝 데쳐 은은한 단
맛이 배어나는 브로콜리를 먹고 싶었다. 아니면 생배추, 아니면
파프리카. 뭐든 가공되지 않은 채소와 과일이 먹고 싶었다. 싱
그러운 달콤함과 사각거리는 식감이 살아 있는 그런 것들이 먹
고 싶었다.

현정은 마지막 옥수수 한 알을 건져 먹은 뒤 빈 통조림 캔을
비닐 봉투에 집어넣었다. 먹을 수 있는 것과 먹을 수 없는 것, 먹
고 싶은 것과 먹기 힘든 것에 대해 생각했다. 뭐든 신선한 물자
가 귀해진 터라 수도권이 아닌 이상에야 푸릇한 채소는 직접 키
워 먹는 수밖에 없었다. 상추 같은 건 한번 싹을 틔우면 알아서
잘 자란다지만, 아무래도 현정은 텃밭을 들이고 싶지 않았다. 그
시커먼 흙 속에서 뭐가 자랄 줄 알고.

현정은 트렁크 문을 열고 밖으로 나갔다. 기지개를 켜며 깊게 숨을 들이마셨다. 하늘이 잿빛이었다. 주차장에 널리 스미는 햇빛도 채도가 낮아 탁한 주황색으로 보였다. 핸드폰으로 검색해 보니 전국적으로 미세먼지 농도가 최악이라고 했다. 그 때문인지 길쭉한 장의차 위로 점점이 잔 흙먼지 따위가 쌓여 있었다. 군데군데 흠이 나고 파인 자국이 역력한 이 장의차는 장례업체에 문의해 직접 빌린 놈이었다.

업체 직원은 작년에 비해 이런 식으로 장의차만 빌리는 사람들이 늘었다고 말했다. 특히 농촌 지역에서 그런 성향이 강하다고 했다. 그쪽 분들에게는 특별히 싸게 해드리고 있어요. 사정을 알고 있으니까요. 상복도 빌려드릴까요? 여성, 남성, 각각 한 벌씩 무료로 대여해드리고 있어요. 현정은 보이지 않을 걸 알면서도 수화기 너머 상대에게 고개를 저었다. 괜찮아요. 약식으로 치를 예정이라서요.

하지만 아무리 그래도 이런 옷차림은 너무하지 않았을까. 현정은 구겨진 티셔츠 주름을 손으로 늘리며 생각했다. 검은 티셔츠와 청바지가 상복이라 부를 수 있는 옷차림일까. 회색 카디건은? 빨간 운동화는 더 말할 것도 없겠다. 뉴스와 신문에서 자신을 어떻게 내보낼지 훤히 눈에 보였다. 상상만 해도 속이 뒤틀릴 지경이었다.

하지만 가야 한다.

가야 한다.

현정은 슬슬 운전석으로 자리를 옮겼다. 시동을 걸고 라디오

주파수를 FM에 맞춰놓았다. 아침을 반기는 클래식 음악을 들으며 영종대교 휴게소 주차장을 빠져나갔다. 영종대교 한복판에 다다랐을 무렵 음악이 끝나고 기상정보가 나오기 시작했다. 기상캐스터는 DMZ 지역의 가시박 위로 하얀 서리가 깔리기 시작했다고, 파주를 중심으로 이상저온이 이번 주 내내 계속될 예정이니 옷을 따뜻하게 입고 가시박 홀씨 유입을 주의하라고 말했다. 현정은 히터를 조정하며 시선을 바로 했다.

영종도의 거주민이 모두 내륙으로 빠지고 공항도 폐쇄되었다는 소식을 전해 듣긴 했지만, 설마 이 시간이 되도록 영종대교에 자동차가 한 대도 안 보일 줄은 몰랐다. 영종도 시내로 들어서고 난 뒤에야 이유를 알 수 있었다. 가시박이 뒤덮은 시내는 문을 연 곳이 한 곳도 없었다. 죄다 불이 꺼지고 셔터가 내려간 상태였다. 도로는 온통 파이고 갈라져 조금만 속도를 높이면 차체가 위아래로 흔들렸다. 표지판도 가시박이 들러붙어 제대로 보이는 곳이 하나 없었다.

현정은 GPS를 마음의 지표 삼아 핸들을 돌렸다. 길을 제대로 찾기는 했는지 얼마 지나지 않아 푸르게 가라앉은 시야 너머로 거대한 건축물이 보이기 시작했다. 인천공항이었다. 현정은 폐쇄된 공항 정문으로 들어가는 대신 화물용 주차장과 연결된 후문 방향으로 향했다. 오는 길에 보지 못했던 자동차들이 거기 몰려 있었다. 각기 다른 로고를 차체에 박아넣은 언론사와 방송사 차량이 다들 힘을 모아 주차장 입구를 에워싸고 있었다. 현정을 만나기 위해, 이야기를 듣기 위해.

그 광경을 보고 있자니 손에 식은땀이 배어들었다. 입안이 바싹 말랐다. 뜨거운 피가 울컥울컥 머리로 솟구쳤다. 현정은 심호흡을 반복하며 선글라스를 찾아 꼈다. 장의차를 알아보고 달려드는 기자와 카메라맨을 비집고 천천히 조심스레 후문으로 다가갔다. 입구에 다다랐을 무렵 무장한 군인이 운전석 창문을 두드렸다. 현정은 창문을 조금 열고 신분증과 대리인 위임장을 내밀었다.

"백희주의 가족을 대신해 왔습니다. 시신을 인도받으려고요."

이 서류를 받아내는 게 얼마나 간단했는지 눈앞의 군인은 꿈도 못 꿀 것이다. 단 한 번의 통화, 4분 37초. 희주의 아버지는 그마저 버거웠는지 두 번 다시 전화하지 말라고 했다.

군인은 서류를 살핀 뒤 어딘가로 무전을 날렸다. 얼마간 시간이 흐른 뒤, 장의차로 향하던 스포트라이트가 잦아들었을 무렵, 군인은 현정에게 신분증과 서류를 돌려주었다. 쇠가 긁히는 소리와 함께 닫혀 있던 후문이 양쪽으로 열리기 시작했다. 현정을 따라 안으로 들어가려다 군인에게 제지당한 기자가 사이드미러에 비쳤다.

현정은 어디로 가는지 짐작도 못 하고 무작정 길을 따라 차를 몰았다. 주차장을 다 지나고 나니 이윽고 너른 대지가 눈에 들어왔다. 활주로였다. 비행기는 보이지 않았다. 피곤한 기색이 역력한 군인 몇이 활주로를 침범해 뿌리 내린 가시박을 전지가위로 잘라내는 모습만 보였다.

그때 활주로 저 너머, 주먹만큼 작고 작은 무언가가 눈에 띄었

다. 가까이 차를 몰고 보니 주황색 로고가 박힌 제주항공 소속 항
공기였다. 앞에 승용차 한 대와 두 사람이 서 있었는데, 누가 봐도
공무원으로 보이는 사람들이었다. 현정은 그들에 못 미쳐 장의차
를 세운 뒤 옷매무새를 가다듬고 밖으로 나갔다. 두 사람 중 여성
이 현정을 향해 손을 내밀었다. 현정은 악수 대신 위임장을 건넨
뒤, 바지 뒷주머니에 찔러넣었던 봉투를 꺼냈다.

"선금은 저번 주에 지불했어요. 이건 잔금이에요. 확인해봐요."

여자는 액수를 확인한 뒤 무전기를 꺼내 말했다.

"확인했어. 지금 가지고 내려와."

바람 빠지는 소리와 함께 항공기 문이 열렸다. 건장한 체격
의 남자가 무언가를 품에 안고서 비행기 밖으로 나왔다. 비닐팩
이었다. 한가운데 길게 지퍼가 나 있어 무언가 길쭉한 것을 담
기 좋은 비닐팩.

희주가 담긴 비닐팩이었다.

남자는 마치 고양이나 강아지를 안는 것처럼 자연스러운 자세
로 시신을 안고 계단을 내려왔다. 어디에 실을 생각이냐고 묻기
에 현정은 트렁크를 가리켰다가 후회했다. 관을 가져오지 않았
다. 당연히 정부에서 준비해줄 거라고 생각했으니까. 희주가 한
짓을 생각하면 어림도 없는 짓인데, 여기까지 오며 현정은 정부
가 그 정도 선의는 보여줄 것이라 착각하고 있었다.

현정은 관이 들어가는 자리와 조수석 사이에서 망설이다가
뒷좌석 문을 열어 가리켰다. 운전석과 대각선 위치였다. 남자는
좌석에 희주를 앉힌 다음 안전벨트를 매줬다. 얼굴을 확인할 생

각은 없느냐고 물어왔다.

"신원 확인은 끝마쳤지만 만약이라는 게 있으니까요."

현정은 희주의 윤곽대로 달라붙은 비닐팩을 보다가 고개를 저었다.

"아니요. 괜찮아요. 그럴 필요 없어요. 그냥 이대로 데려가겠습니다."

현정은 마지막으로 확인서에 서명한 뒤 장의차에 올랐다. 그 사이 차 안은 소독약 냄새로 가득했다. 희주가 섞인 냄새였다. 활주로를 지나 주차장으로, 후문으로 향하는 동안 걷잡을 수 없이 속이 울렁거렸다. 신물이 올라왔다. 결국 출구를 지척에 두고 장의차를 세울 수밖에 없었다. 현정은 운전석 문을 열자마자 고개를 내밀어 바닥에 토했다. 다 소화되지 못한 옥수수 낱알이 바닥에 그대로 흩어졌다. 찰칵대는 카메라 셔터음과 불빛, 기자들의 말소리가 장의차로 한꺼번에 쏟아져 내렸다. 보다 못했는지, 군인 한 명이 현정을 차 밖으로 데려가 등을 두드렸다. 그 틈을 타 기자 한 명이 철조망을 넘어왔다. 열려 있는 운전석 문 너머로 희주를 찍는 데 성공한 기자는 군인들에게 양팔이 붙들려 밖으로 끌려 나갔다.

현정은 그 광경을 보며 다시 토했다. 모든 걸 쏟아낸 줄 알았는데 신물은 계속해서 입 밖으로 흘러나왔다.

3

영종대교에 진입할 무렵 조수석에 올려둔 핸드폰이 울리기 시작했다. 현정은 액정에 떠오른 이름을 확인한 뒤 핸드폰을 뒤집어놓았다. 세 번째로 진동이 울릴 때는 어지간히 끈질기네 싶었고 여섯 번째에 이르러서는 미칠 지경이 되었다. 현정은 다리 끝 차선에 멈춰 섰다. 장의차를 따라오던 차량 여럿이 현정을 앞질러 인천으로 빠져나갔다. 현정이 어디 가서 무엇을 할지 알고 있으니 멈춰서 살필 필요가 없다는 태도로 속도를 높였다. 그래도 사진은 필요했는지 지나가는 차량마다 모두 창문을 열고 카메라를 내밀고 있었다.

일곱 번째 진동. 현정은 핸드폰을 집어 들었다. 또다시 박승채 변호사였다. 어젯밤부터 이어진 진동과 부재중 전화를 생각하면 스무 번도 넘게 전화를 준 것 같은데 현정은 모두 무시해버렸다. 무슨 말을 할지 뻔했으니까.

하지만 여덟 번째 진동을 느끼며 예의상 전화를 받아야 할 것 같다는 생각이 들었다. 이렇게까지 현정을 생각하는 사람은 방송국 PD 말고는 없었다.

예상했던 대로 통화 버튼을 누르자마자 박승채는 무섭게 화를 터뜨렸다.

"지금 미쳤어요? 아주 돌아버린 거냐고요! 사람이 유도리 있게 살아야지, 그냥 입 싹 닦고 아무것도 모른 척 조용히 살았어야지! 미쳤다고 그걸 왜 데려와, 그걸! 내가 한 말은 죄다 까먹은 거야, 아니면 들은 척만 한 거야!"

"선생님, 일단 진정하시고요."

"지금 진정하게 생겼어요? 인터넷에 무슨 사진이 올라왔는지 알기나 해요, 현정 씨가 토하는 거랑 비닐팩 사진으로 죄다 도배되었다고요! 어제 인터넷에 기사 떴을 때만 해도, 현정 씨가 아주 미치지 않고서야 그럴 리 없다고 생각했는데 정말이지 이건⋯."

흥분을 가라앉히려는지 물을 마시는 소리가 핸드폰 너머로 들려왔다.

"⋯말해봐요, 저한테 들인 돈이 한두 푼이 아니었잖아요! 수천을 들여 겨우 기소유예로 돌려놨더니만 이런 식으로 내 뒤통수를 쳐요? 이제 사람들이 나를 어떻게 생각하겠어요? 저는요, 저는 뭐가 되냐고요!"

"선생님이야 전보다 훨씬 능력 좋은 변호사로 보이겠죠. 저는 여전히 희주의 공범인 것처럼 보일 테고요. 시신까지 수습해줄 정도로 사이좋은 공범요. 제가 검찰에 뒷돈 찔러서 무죄 뜬 거라고 말하는 인간이 얼마나 많았는지 아시잖아요. 그리고 따져 말하면, 제가 희주와 같이 가시박을 키웠던 것도 사실이고요."

"따져 말하면, 이라고요? 조금도 위험해 보이지 않는 풀떼기, 그것도 여러 개도 아니고 고작 한 개체! 기껏해야 물 주고 가지 치고 그걸로 끝이었는데 그걸 공범으로 집어넣겠다는 게 말이나 되냐고요! 경찰도 생각이 있으면 검찰에 넘기지를 말았어야 해요. 혐의없음으로 처리되었어야 한다고요!"

어느 한 지점을 콕 짚어 부정하고 싶었지만 긁어 부스럼이 될 것이다. 현정은 쓰라린 배를 문지르며 대답했다.

"선생님. 제가 말씀드리고 싶은 건요. 사람들 보기에 다 거기서 거기라는 거예요. 이제 와서 시신 하나 수습한다고 사람들이 절 보는 시선이 달라지지는 않을 거예요. 걱정해주시는 건 정말 감사하지만…"

현정은 고개를 돌려 뒷좌석에 앉아 있는 희주를 보았다. 불투명한 비닐팩 위로 유출된 사진 속 희주의 얼굴이 겹쳐졌다.

"이러신다고 제 마음 안 바뀌어요. 아니, 못 바꿔요. 이해를 바라고 한 짓도 아니거니와 선생님이 절 나무란다고 해도 이미 늦었어요. 희주가 제 뒤에 앉아 있어요. 어떻게든 마지막 갈 길을 정리해줘야 한다고요."

핸드폰 너머가 조용해졌다. 전화를 끊을까 말까 망설이던 찰나, 훌쩍이는 소리가 낮게 귀에 들어왔다. 맙소사, 정이 많은 사람인 줄은 알았지만.

"…그러면 현정 씨의 인생은요? 지금껏 백희주 하나 때문에 충분히 고통받지 않았어요? 여기서 더 떨어져 내릴 생각이에요?"

현정은 보는 사람이 없는 줄 알면서도… 아니, 아니, 희주가 있다. 시선이 느껴졌다. 말라붙어 움푹 팬 눈구멍으로 비닐팩을 관통해 현정을 보고 있었다.

"선생님. 저 여기서 더 나아질 생각 없어요. 미리 말씀 못 드린 점은 정말 죄송하고요. 지금까지 정말 감사했습니다. 잘 지내

시길 바랄게요."

통화를 끊자마자 다시 전화가 걸려왔다. 현정은 박승채를 스팸 처리한 뒤 아예 핸드폰의 전원을 꺼버렸다. 까맣게 가라앉은 액정 위로 현정의 얼굴이 비쳤다. 어지럽게 흔들리는 동공이, 피로와 초조함에 물든 눈 밑이, 스트레스로 경련하는 입가가 보였다.

박승채의 목소리까지 듣고 나니 비로소 실감이 되었다.

이건 미친 짓이야.

아주 단단히 미친 짓. 제정신으로는 절대 못 해먹을 그런 짓을 저지르고 만 것이다.

하지만 박승채에게 말했듯 늦은 후회였다. 희주는 여기 있고, 어떻게든 수습해야 한다. 어떻게든 그곳까지 데려가야 한다. 그곳. 주소와 명칭을 떠올리자마자 막막한 마음에 눈앞이 흐려졌다. 속도 쓰렸다. 설상가상 목도 말랐다. 아까 군인이 건넨 물을 조금이라도 마실 걸 그랬지.

현정은 텅 빈 물통을 뒤로 내던지고 운전대를 잡았다. 느린 속도로 영종대교를 지나가 휴게소 방향으로 차선을 바꿨다. 입이라도 적실 요량으로, 어젯밤 머물렀던 영종대교 휴게소의 상행선 지점으로 들어섰다. 주차장에 들어서기 무섭게 기시감이 끼쳤다. 저 흉물스러운 건물을 보라. 현정은 어젯밤, 매점도 식당도 하물며 커피 자판기까지 죄다 불이 꺼진 저 시멘트 덩어리를, 가로등마저 꺼져 막막하게 가라앉은 어둠 속에서 보았다. 그때와 다른 점이 있다면 지금은 색이 있었다. 마치 인류가 멸망한 뒤 미래를 보여주는 다큐멘터리 속 건물처럼 유리창이 깨진 자리마다 가시박이 피어 있었다.

현정은 문득 고개를 돌려 묻고 싶었다. 이게 정말 네가 바라던 세상이야? 정말 이따위 걸 원했어?

희주의 마른 입은 대답하지 않았다. 굳게 닫혀 있을 뿐.

주차장에는 버려진 트럭과 자동차 여럿이 띄엄띄엄 세워져 있었다. 차체 위로 담요처럼 두껍게 쌓인 먼지, 적막, 엷은 오전의 햇빛이 쏟아졌고, 차창을 내리기 무섭게 짙은 풀냄새가 콧속으로 밀려들었다. 현정은 화장실 앞에 차를 세웠다. 이곳은 인천공항으로 출퇴근하는 군인들이 들르는 탓인지 화장실이 아주 못 써먹을 정도는 아니었다. 전기는 들어오지 않아도 물은 제대로 나왔다. 현정은 시큼한 맛이 배어버린 입안을 헹군 다음 물통에 물을 받았다. 염소 특유의 비린 맛이 입안에 감돌지만 집에서 나오는 녹물에 비하면 마실 만했다. 현정은 마지막으로 기지개를 켠 다음 화장실을 나섰다. 휴게소에 사람이 한 명이 서 있었다. 야구모자를 쓰고 있는 키가 큰 젊은 남자였다. 뒷모습이 어딘가 눈에 익다 싶더니만, 옆얼굴을 보는 순간 현정은 어안이 벙벙해 헛웃음을 터뜨리고 말았다. 하지만 어색하게 뒤틀린 입가와 달리 등줄기에 한기가 서렸다.

연호였다. "연호야." 하고 부르니 남자가 현정을 향해 고개를 돌렸다. 3년 만에 마주한 연호는 마지막으로 보았을 때보다 키가 한 뼘 넘게 자라 있었다. 어깨는 딱 벌어지고 근육이 붙었다. 고등학생티를 못 버리던 어린놈이 어느새 완연한 성인 남자가 되어버린 것이다. 반가운 마음이 들어야 마땅한데 더 이상 웃음이 나오지 않았다. 연호 역시 언제나 익히 보던 웃는 낯 대신 정색하고 있었다. 이를 악물었는지 턱 근육이 부자연스럽게 튀어나왔고 양 주먹을 꽉 쥔 품새가 심상치 않았다.

"난 안녕 못하겠으니까 인사는 생략할 거야. 누나는 대체 자기가… 뭔 짓을 저질렀는지 알기나 해?"

좋은 뜻으로 찾아온 건 분명 아니었다. 현정은 한 발짝 뒷걸음쳤다. 장의차와 연호를 일직선에 두지 않으려 몸을 틀었다.

"나한테 훈계나 늘어놓으려고 여기 온 거라면 이미 늦었어. 더 얘기하기 귀찮으니까 그냥 꺼지기나 해."

"내가 누나 말만 듣고 꺼질 생각으로 여기 온 줄 알아?"

"당연히 아니겠지. 근데 나 정말 너랑 할 얘기 더 없거든? 더 다가오면 경찰 부를 테니까 그렇게 알아."

현정은 연호에게 시선을 떼지 않고 천천히 계단을 내려왔다. 연호는 따라오지 않았다. 심기가 불편하다는 걸 여실히 드러내며 현정을 내려다볼 뿐 발을 옮기지 않았다. 저렇게 싱겁게 굴 거라면 왜 여기까지 왔나 의아해하던 것도 잠시, 현정은 장의차에 가까이 다가서자마자 납득하고 말았다.

하얗게 센 머리를 아무렇게나 묶어 넘긴 할머니 한 명이 장의차 운전석 옆에 서 있었다.

이상하게 낯이 익은 사람이었다. 처음에는 기자인가 싶었지만 분위기가 영 이상했다. 가죽점퍼에 가죽장갑까지 끼고 있는 건 그렇다 쳐도, 동공이 약간 풀린 것처럼 넋이 나간 시선을 보자마자 기억이 났다. 머리부터 발끝까지 작업복으로 싸맨 사람이었다. 그 나잇대 노인치고는 이름이 특이했지. 윤나나.

이름이 특이한 늙은 여자는 현정을 마주하고도 반갑게 인사하거나 알은체하지 않았다. 반대편을 향해 고개를 까닥일 뿐이었다. 현정의 시선도 자연스레 그쪽으로 향했다. 앞범퍼가 살짝 우그러진 은색 다마스 한 대가 세워져 있었다. 무수히 버려진 다른 차량과 달리 몸체에 먼지 하나 들러붙지 않아 말끔했다. 운전석에 사람 그림자가 언뜻 비쳤다.

윤나나가 입을 열었다. "김현정, 맞지?" 현정을 향해 꺼낸 말이 아니었다. 연호가 어느새 지척에 다가와 있었다. 그는 현정의 시선을 피하며 고개를 끄덕였다.

"그냥 여기 내버려두고 가도 되잖아요. 여기서 더 뭐가 필요한데요."

"야, 강연호, 너 지금 그게 무슨 소리…."

"여기 두고 가면 신고 말고 더 하겠어. 당연히 끌고 가야지."

"잠깐만요, 그쪽이야말로 지금 뭔 말을…."

"신고가 걱정되면 핸드폰만 뺏으면 그만이잖아요! 어차피 사람도 잘 안 오는 곳이고요."

"무슨 짓을 하려고…."

"이 여자는 내 얼굴을 알아. 네 얼굴도 알고. 그럼 얘기 끝난 거 아닌가."

그 말을 듣는 순간 현정은 소름이 돋았다. 날이 그리 추운 것도 아닌데 뼛속부터 한기가 돌았다. 연호는 현정의 안색이 창백해진 걸 눈치채고 변명하듯 덧붙였다. "그런 거 아니야, 젠장! 우린 그냥 그 인간 시체를…." 현정은 연호의 말을 더 듣지 않고 어깨로 윤나나를 세게 밀쳐 넘어뜨렸다. 윤나나가 바닥에 넘어진 틈을 놓치지 않고 운전석에 열쇠를 꽂아 돌리고 문을 열어서… 바로 그 순간 찌릿한 통증이 옆구리를 타고 흘렀다. 외마디 비명이 입으로 길게 샜고 의식도 하기 전에 몸이 앞으로 고꾸라졌다. 팔과 다리가 멋대로 경련하는 바람에 몸을 제대로 가눌 새도 없었다. 깜빡깜빡 경련하며 떨리는 눈꺼풀 사이로 윤나나와 그를 말리는 연호의 모습이 보였다. 그런 건 왜 가져 왔느냐고, 처음부터 이럴 생각이었냐고 말하는 연호를 물리고, 윤나나는 현정을 향해 몸을 숙였다.

"가만있어. 그래야 안 아퍼."

윤나나는 현정의 주머니에서 지갑을 꺼냈다. 신분증 속 사진과 현정의 얼굴을 번갈아 보다가 그새 또 살이 빠졌군, 하고 중얼거리고는 신분증을 주차장 바닥에 던져버렸다. 가까스로 경련이 잦아든 현정이 바닥에 손을 짚고 일어나려 애를 썼지만 소용없었다. 윤나나가 능숙하게 현정의 몸을 뒤집어 올라탄 것이다. 팔이 꺾이는 통증 너머로 무언가가 현정의 손을 묶었다. 풀어보려고 애를 써도 살이 패는 감각만 더해질 뿐이었다.

연호는 모든 광경을 지켜만 보고 있었다. 현정이 꼬인 혀로 야, 강연호, 야, 이 시발 놈아, 시발, 하고 말을 걸어도 못 들은 척 눈을 질끈 감고 있다가 운전석 문을 열고 들어가버렸다. 윤나나가 현정을 강제로 일으켜 세워 조수석에 구겨 넣을 때도 연호는 말이 없다가 잠깐 윤나나가 시야에서 사라졌을 때, 이렇게 말했다.

"미안하다고 말 안 할 거야. 이건 누나가 자초한 거야."

고개도 돌리지 않고 양 주먹을 눈가에 갖다 댄 모습으로, 쥐어짠 목소리였다. 바로 뒤에 앉아 있던 희주도 알아들었다는 듯 몸을 오른쪽으로 기울였다.

4

고속도로가 텅 비어 있어서 그런가, 가끔 보이는 덤프트럭이나 버스는 속도를 높여 과속하는 경향이 있었다. 눈앞에서 달리고 있는 은색 다마스 역시 그러했다. 시속 90킬로미터를 준수하라는 표지판을 무시하고 120킬로미터에 가까운 속도로 내달리고 있었다. 운전대를 잡은 연호는 다마스를 뒤쫓는 게 버거웠는지 긴장한 얼굴로 입술을 물고 있었다. 현정은 아직도 얼얼한 자신의 옆구리와 연호를 번갈아 보다 룸미러로 시선을 옮겼다. 희주의 오른쪽에 앉아 있는 윤나나를 곁눈질했다.

연호는 그렇다 쳐도 저 여자까지 여기에 같이 탈 줄은 몰랐다.

주차장에서 윤나나는 허락도 구하지 않고 뒷좌석에 올랐고, 현정에게 조용히 있을 것을 '명령'했다. 사람을 부리는 일에 능숙한 태도와 목소리였다. 윤나나는 애초부터 이럴 생각으로 방제 작업을 했던 걸까, 날 감시하려고? 대체 저 전기충격기는 어디서 가지고 온 거지? 연호는 또 어떻게 데리고 온 걸까, 나와 친분이 있는 사이라 여겨 그랬던 걸까? 하지만 연호와 가까이 지냈던 건 과외교사로 일했던 때와 대학 생활까지 합쳐 고작 2년 남짓이었고, 그 일이 벌어진 후로는 연락을 끊어버린 상태였다. 그런 걸 친하다고 할 수 있을까.

현정은 미안하다고 말하지 않겠다는 연호의 목소리를 떠올렸다. 성낼 줄 몰랐던 녀석이 현정에게 대놓고 화를 냈다. 그 사실 하나 때문에, 현정은 연호에게 말을 걸고 싶지 않았다. 속이 상하고 분한 마음이 일어 무슨 말을 하든 시비를 걸게 될 것 같았다. 그렇다면.

현정은 이봐요, 하고 고개를 돌려 윤나나에게 말했다.

"우리 구면이죠? 일주일 전에도 얼굴 봤었잖아요. 작업장에서요. 누구 말마따나 옛정을 생각해서라도 지금 이게 뭐하는 짓거리인지 제대로 설명해줬으면 좋겠거든요?"

현정이 기억하는 윤나나는 말수는 적어도 맡은 일은 확실히 해내는 성격이었다. 괜한 이유로 이런 짓을 벌이지는 않았을 거라 생각하고 대답을 기다리는데 정작 윤나나는 다른 얘기를 했다.

"텔레비전에 나오고 나서 다이어트를 했던 건가, 아니면 알아서 빠진 건가. 몸이 그때보다도 더 마른 것 같은데."

아마 작년 일을 말하는 걸 테다. 현정은 작년 생각에 치가 떨려 비아냥댔다.

"그야 매일같이 기자가 문을 두드리고 전화하고 마이크와 카메라를 들이밀고 촬영하는 판에 살이 안 빠지고 배기겠어요?"

"그거 말고." 윤나나는 희주가 담긴 비닐팩을 향해 고개를 까닥였다. "가시박 전에 사건이 하나 더 있었잖아. 그 사람 이름이 뭐였지. 정제영? 백희주의 애인이랬나, 아니면 약혼녀랬나…. 아직 중학교도 졸업 못 한 남자애를 구석에 밀어붙이고 욕하고 뺨을 때렸다지? 백희주는 그걸 지켜만 보고 있었고. 그쪽이 종편 채널에서 얼굴에 모자이크하고 음성 변조해서 인터뷰했던 게 기억나. 두 사람이 괜히 그랬을 리 없다고 했지, 아마?"

예상치 못한 대답에 숨이 턱 막힌다. 그 이름을 여기서 듣게 될 줄 꿈에도 몰랐다. 정제영이라니.

그게 벌써 몇 년 전 일이었나.

가시박이 한창 꽃 피기 전이었으니 4년 전이었나.

연호도 윤나나의 말을 듣고 당황했는지, "지금 그런 얘기는 왜 꺼내는 거예요. 아무 상관 없는 일이잖아요." 하며 짜증을 냈다. 현정은 가까스로 마음을 다잡았다. 얕잡아 보이면 끝난다는 생각에 윤나나를 쏘아보았다.

"나이 드신 것에 비하면 눈이 아주 밝으시네요. 치매로 골골 댈 나이로 보이는데 기억력도 나쁘지 않아 보이고요. 그 사건 기억하는 사람이 아직 남아 있을 줄 저는 몰랐지 뭐예요."

정작 현정은 그 사건을 제대로 기억하지 못했다. 친척들이 온종일 전화를 해대고, 그래서 전화번호를 바꾸고, 학교에 휴학계를 제출했다가 결국 자퇴하고 말았던 것까지는 기억나는데 세부 사항은 하나도 모르겠다. 정제영의 목소리는커녕 얼굴조차 제대로 기억나지 않았다. 희주가 항상 가지고 다니던 사진 속 얼굴만 흐릿하게 떠올랐다. 퀴어 퍼레이드에서 찍었는지 얼굴에 무지개 스티커를 붙이고 환히 웃던 정제영. 그제야 갸름한 얼굴선이 가까스로 뇌리에 떠올랐다.

반면 윤나나는 명확히 기억하는 모양이었다.

"그런 건 잊는 게 더 힘들지. 동성애자와, 남자도 여자도 못 된 인간이 커플인 것도 모자라 남의 엄한 자식을 때렸잖아. 전형적인 아동학대였잖냐."

"뉴스 내용은 기억 못 하시나 본데, 말싸움 좀 하다가 열 받아서 뺨 좀 때린 게 전부였다고요. 그걸 아동학대라고 확대해석한 경찰이나 검찰이나 죄다 미친놈인 거고요."

"별게 학대인가. 성인이 어린애랑 싸우는데 손찌검까지 하면 그게 바로 아동학대지."

"걘 애도 아니었어! 열다섯 살짜리가 무슨 어린애야, 걘 나보다도 키가 컸다고!"

현정은 목소리를 높였다가 이내 희주를 의식해 입을 다물었다. 희주는 현정이 이 말을 정제영의 재판 증인석에서 해주길 바랐었겠지만, 너무 늦었다.

"그때 맞았던 남자애가 자네랑 친척이었다고 뉴스에서 봤어. 가족이 맞았다는데도 남의 편이나 들어주는 꼴이 우습군그래. 어디 더 말해봐. 어차피 죽은 사람 변명이나 대신하는 꼴이지만 말이야."

"그쪽이 알고 있는 것처럼 그렇게 간단한 얘기가 아니야. 제대로 알지도 못하면서 함부로 말 얹지 마." 현정은 연호를 흘겨보며 쏘아붙였다. "야, 강연호. 나 진짜 네가 무슨 생각인지 조금도 모르겠거든? 네가 희주 좋다고 따라다니던 게 눈에 훤한데 지금은 저 인간이 헛소리를 지껄이든 말든 신경도 안 쓰고 있잖아."

연호 역시 예상 밖의 대답을 돌려줬다. 벌겋게 달아오른 얼굴로 현정은 보지도 않고 이렇게 말한 것이다.

"그러면 지금 이 상황에서 저걸 편들어주는 누나는 정상이라고 생각해?"

"저거? 너 지금 저거라고 했어? 시발 놈아, 쟤는 사람이고 이름은 백희주야, 희주라고. 이름으로 부르지 못해?"

"그러면 뭐! 이미 죽있는데 사람이고 이름이고 무슨 소용이 있어!"

"죽었어도 예의는 지켜야 할 것 아냐!"

"제영 누나 장례식에도 안 온 누나가 할 말은 아니지 않아, 그거? 자기도 안 했으면서 지금 나한테 예의 차리기를 기대해?"

듣다 못한 윤나나가 현정과 연호 사이에 끼어들었다. "그만 작작 시끄럽게 좀 굴지그래. 연호 넌 제대로 쫓아가지도 못하면서 운전대를 잡겠다고 한 거냐. 대체 우리를 어디로 데려갈 생각이야."

앞서 달리던 다마스는 이미 고양 IC 방면으로 빠져나가는 상태였다. 연호는 혀를 차며 황급히 차선을 변경했다. 이윽고 마름모꼴로 넓어진 도로 위로 톨게이트가 보이기 시작했다. 다마스는 옆 차선에서 통행비 정산을 끝마치고 방제 작업을 받고 있었다. 연호가 속도를 줄여 톨게이트로 진입할 때 현정은 윤나나와 다마스를 번갈아 보았다. 윤나나는 보란 듯이 무릎 위에 전기충격기를 올려놓은 상태였다. 알아서 조심하라는 뜻이겠지. 안전벨트는 엉덩이 아래 깔려 있었다. 생각해보면 윤나나는 지금껏 안전벨트를 매지 않았다.

한편, 제초제를 뒤집어 쓴 다마스가 느릿한 속도로 톨게이트를 빠져나갔다.

연호가 톨게이트 창구에서 통행비를 정산하기 무섭게 방호복을 입은 직원 여럿이 나타나 장의차 표면과 구석진 자리로 고압 공기를 쏴댔다. 에어샤워가 끝난 뒤 톨게이트 천장에서 희뿌연 제초제 용액이 쏟아져 내렸다. 현정은 제초제 때문에 흐릿해진 시야 너머로, 은색 다마스가 고속도로 영업소 옆 갓길에 차를 세워둔 것을 발견했다. 지금이다. 차들이 멈춰선 지금이 탈출하기에 최적의 타이밍일 것이다. 이대로 문을 열고 나가 직원들에게 도움을 요청하면 그만이다.

하지만 그렇게 되면 희주는 저들 손에 넘어가겠지, 두 번 다시 찾을 수 없겠지.

현정은 다시 윤나나를 살폈다. 윤나나는 여전히 안전벨트를 매고 있지 않았다.

희뿌연 빛깔의 제초제가 마저 창문 아래로 흘러내렸다. 그게 신호였다. 현정은 이제 가도 좋다는 직원의 수신호를 보자마자 잽싸게 정수리로 연호의 턱을 가격했다. 왼발을 운전석으로 집어넣어 엑셀을 밟았다. 차체가 총알처럼 도로 한복판으로 튕겨 나갔다. 혀를 씹었는지 입에서 피를 흘리는 연호가 급히 핸들을 잡아 돌렸고 그 탓에 윤나나는 외마디 신음과 함께 희주 위로 나뒹굴고 말았다. 무릎에 올라가 있던 전기충격기도 바닥으로 떨어졌다. 현정은 연호의 어깨와 몸을 밀치며 핸들을 자기 쪽으로 돌리려 노력했다. 쓰레기 수거차를 아슬아슬하게 비켜 간 장의차의 몸체가 이쪽저쪽으로 기우뚱댔다. 희주가 안전벨트 아래서 애처롭게 흔들렸다.

한 번만 더 털어내자, 한 번만 더.

현정은 이번엔 일부러 핸들에서 몸을 떼 연호의 뜻대로 차가 돌아가게 만들었다. 차체가 왼쪽으로 크게 기울었다. 놀란 연호가 핸들을 급히 오른쪽으로 돌리자 중심을 잃은 차체가 빙글 돌았다. 어지러이 돌아가는 시야 너머서 현정은 갓길 너머, 초록으로 뒤덮인 공터를 보았다. 가시박 넝쿨이 연석 위까지 드리워진 곳이었다. 저기에 처박힐 수만 있다면. 현정이 다시 핸들을 밀치려던 찰나, 머리 뒤에서 팔 하나가 불쑥 튀어나오더니 현정의 목을 졸랐다.

"목 부러뜨리기 전에 가만있어."

연호가 그 틈을 타 현정의 왼발을 들어 조수석으로 밀어 넣었다. 가까스로 브레이크를 밟아 속도를 줄였다. 비명 같은 끼이익 소리와 함께 차는 갓길에 멈춰 섰다. 뒤에서 따라오던 다마스가 간발의 차로 장의차를 피해 앞에 차를 세웠다.

다마스에서 사람이 나오고서야 윤나나는 팔에 힘을 풀었다.

그대로 밖으로 나가 조수석 문을 연 뒤 현정을 밖으로 끌어 내쳤다. 현정은 목을 붙잡고 거칠게 기침했다. 눈물 때문에 시야가 번져 공터의 초록빛과 현정을 둘러싼 사람들의 몸뚱어리가 경계 없이 섞여 보였다. 무슨 일이었냐는 나이 든 남자의 목소리에 윤나나는 성의 없이 대답했다. 별거 아니야. 연호가 다가와 현정의 등에 손을 올렸다. 위로나 걱정하는 게 아니라, 움직이지 못하게 하려고 그랬다. 현정은 악다구니를 쓰며 발버둥 쳤지만 연호는 체중을 실어 현정을 바닥에 눕혔다. 그리고 케이블타이로 현정의 발을 묶었다.

윤나나는 현정이 고개를 떨군 것을 보고는 누군가에게 고개를 끄덕였다. 안경을 쓴 중년 남자였다. 그 역시 어딘가 낯이 익었지만, 윤나나처럼 명확히 기억나는 수준은 아니었다. 남자는 등에 메고 있던 백팩에서 덕 테이프를 꺼내 찢은 다음 현정의 입에 테이프를 붙였다. 현정은 절박한 심정으로 전봇대 곳곳에 설치해놓은 CCTV를 올려다보았지만 소용없는 짓이었다. 얼마나 높은 곳이든 아무 거리낌 없이 타고 올라 잎사귀를 펼치는 저 망할 것 때문에 그랬다.

남자는 이어 테이프를 길게 뜯어냈다. 미안하다고 말한 것도 같은데 확실하지 않았다.

현정의 시야는 윤나나가 장의차의 운전석에 오르는 것을 기점으로 끈적한 어둠 속으로 가라앉았다.

5

이건 꿈이야.

아주 오랜만에 꿈을 꾸고 있다고, 현정은 막막하고 답이 없는 깊은 어둠 속에 서서 생각했다. 꿈이라고 자각했으니 자각몽인가, 그러면 내 마음대로 할 수 있고 내가 원하는 것도 볼 수 있나.

그래서 현정은 희주야, 하고 불러보았다.

뭉클한 공백 속에서 화훼학원 앞치마를 입은 남자애 한 명이 나타났다. 쭈뼛대며 현정의 눈치를 살피고는 작게 손을 흔들었다. 희성이었다. 찌질하고 유약해 빠진 모습이 기억 속 모습과 별로 달라진 게 없었다. 현정은 희성이 너 말고 희주를 찾는다고 말했다. 희성이 알았다는 듯 고개를 끄덕였다. 잠깐 기다리라며 현정의 눈 위로 손바닥을 올렸다. 열까지 세. 그러면 내가 희주를 불러올게. 그래서 현정은 천천히 숫자를 읊었다.

하나… 둘… 셋… 넷… 다섯… 여섯… 일곱… 여덟… 아홉…, 그리고 열.

현정이 눈을 떴다. 희성은 온데간데 보이지 않고 바닥에 비닐팩만 덩그러니 놓여 있었다. 희주가 담긴 비닐팩이었다. 꽉 다물려 있던 지퍼가 서서히 내려가며 그 사이로 탐스러운 하얀 꽃망울이 가시박 넝쿨과 함께 밖으로 퍼져나가기 시작했다. 넝쿨은 뒷걸음치는 현정의 발목을 붙잡고 몸 위로 타고 올랐고… 가시가 옷을 뚫고 피부에 박히면서 그때와 같은 현기증이 물밀 듯이 쏟아지고… 호흡이 가빠지며… 눈앞이 흐릿해지면서… 현정은 눈앞이 아주 초록으로 물들기 전에, 잎사귀 사이로 비닐팩에서 희주가 걸어 나오는 것을 보았다. 부검을 끝마친 상태니 알몸이어야 할 텐데 희주는 옷을 입고 있었다. 마지막으로 만났을 때 입고 있던, 빗물 자국이 밑단에 남아버린 베이지색 코트 차림이었다.

현정은 다시 희주야, 하고 불러보았다.

자신이 담겨 있던 비닐팩을 내려다보던 희주가 고개를 돌렸다. 눈구멍에서 부패한 눈이 흘러내려 마치 눈물처럼 보였다. 하지만 현정이 기억하는 희주는 단 한 번도 운 적이 없었다. 그렇게 유약하고 나약한 성품에도 불구하고 희주는 슬퍼 운 적이 없었다.

아니, 희주는 유약하지도 나약하지도 않아. 그건 내 착각이지. 얘는 마냥 선인이 아니야. 이곳을 이 모양 이 꼴로 만들어놓은 장본인이고 내 인생을 파탄 낸 천하의 개자식이야. 너 때문에 내 인생이 이 지경이 되었어. 네가 싫어. 널 증오해. 네가 그딴 식으로 어이없게 죽지만 않았어도 내 손으로…. 그러나 늘어놓은 모든 말들이 현정 본인에게도 적용되는 말이었으므로 현정은 희주와 시선이 마주친 순간 입을 다물 수밖에 없었다. 세상 사람들이 어떤 꼴을 당할지 알면서도 방임한 장본인, 희주의 인생을 파탄 낸 천하의 쌍년, 현정 때문에 희주의 인생이 저 지경이 되었다.

마침내 눈앞이 가시박 잎사귀로 완전히 가려진다.

넝쿨이 현정의 목을 졸라 비튼다. 그게 희주의 손처럼 느껴져서 현정은 울고 싶었다. 실제로 흐느낌이 새기도 했지만 꿈결은 아니었다. 작은 말소리가 귀에 들어온다. 우리 엄마가 글쎄 가시박으로 김치를 담갔다는 거 아니겠어요, 하는 개그맨의 새된 목소리에 정신을 차린다. 이어지는 웃음소리가 어딘가 피곤하게 들린다.

까무룩 잠이 들었던 것 같았다.

아니면 기절했던가.

정신을 차리고 보니 머리가 차창에 기대어져 있었다. 평탄치 않은 길을 건너가는지 엉덩이가 들썩대고 허리가 아팠다. 창문이 조금 열려 있는지 옅은 풀냄새가 느껴졌다. 머리 뒤쪽에선 라디오 프로그램이 한창이었다. 현정이 기억하기로는 오후 2시에서 4시 사이에 방송되는 프로그램이었다. 어느새 시간이 그렇게 되었나. 현정은 뻑뻑하게 마른 두 눈을 껌뻑이려 노력했다. 테이프에 눈꺼풀이 들러붙어 쉽지 않았다. 테이프 한쪽이 들떴는지 조각난 빛이 시야에 아주 조금 잡혔다. 속이 답답해 크게 숨을 들이쉬는데 먼지 때문에 기침이 절로 나왔다. 막힌 입 대신 코에서 콧바람만 나왔다. 눈앞에서 목소리가 들려왔다.

"이봐요, 아가씨. 정신 좀 차렸어요?"

현정은 무시할까 하다가 고개를 끄덕였다. 남자는 한숨을 푹 내쉬더니 말했다.

"우리 도착하려면 몇 시간이나 남았지?"

남자보다 더 먼 거리에서 발음이 불분명한 연호의 목소리가 들렸다.

"…1시간 정도 남았어요."

"그러면 저거 잠깐 떼줘도 되지 않을까. 계속 저러고 있으면 답답할 거 아닌가."

"하지만…."

"윤나나가 뭐라 그러면 내가 책임질 테니까 그쪽은 걱정 말고."

그 말과 함께 눈 주변 피부에 통증이 일었다. 눈앞이 밝아졌다. 제일 먼저 눈에 들어온 건 창밖이었다. 회색 차광막을 깔아 놓은 비포장도로 양쪽이 온통 가시박으로 물들어 있었다. 넝쿨이 높게 드리워진 걸 보면 산이나 숲 한가운데인가 싶었는데, 다시 보니 가시박이 무리 지은 곳은 나무가 아니라 비닐하우스 위였다. 넝쿨 사이로 굽은 철제 프레임이 보였고 찢긴 비닐이 바람에 날렸다. 한둘이 아니었다. 빼곡히 열을 맞춰 늘어선 비닐하우스가 가시박이 드리운 그늘 아래서 천천히 죽어가고 있었다. 현정은 운전석 앞에 달린 내비게이션으로 시선을 옮겼다. 그들은 강원도 한복판을 내달리고 있었다. 가시박 피해를 제일 처참하게 입은 지역이었다.

연호는 윤나나에게 그렇게 타박을 받고도 여전히 운전대를 잡고 있었다. 운전대 구조로 보아 그들이 끌고 온 다마스인 성싶었다. 맞은편에 앉은 남자는 등산용 폴로셔츠 위에 정장 재킷을 걸친 차림새였는데, 머리를 쓸어넘기는 동작을 보고서야 현정은 그가 작년에 자신을 쫓아다녔던 기자 중 한 명이었다는 사실을 알아차렸다. 남자는 현정의 안색을 살피더니 걱정하는 티를 냈다.

"눈 봐라. 짓무르기 직전이네. 우리가 무식하게 군 건 사과를 할게요. 워낙 정신없이 하다 보니 일을 치렀네. 혹시 목 안 말라요? 소리 지르지 않겠다고 약속하면 물을 줄 수도 있어요. 그럴 수 있어요?"

현정은 다시 고개를 끄덕였다. 남자는 조심스레 현정의 입에 붙여놓은 테이프를 떼고 생수병을 열어 현정에게 물을 먹였다. 몇 시간 만에 마신 물이었으니 달아야 마땅한데 아무 맛도 느껴지지 않았다. 남자는 현정의 입가에 묻은 물까지 소매로 닦아준 뒤 제자리에 등을 기대고 앉았다.

현정은 숨을 돌리고 창문에 뺨을 댔다. 얼음장같이 차갑고 시원해 머리를 식히기 충분했다.

여기서 난동을 부려봤자 뭐가 어떻게 될 것 같지 않았다. 더 최악의 수를 생각하자면 이 모습 그대로 여기 어딘가에 집어 던져질지도 몰랐다. 한눈에 보아도 인적이 드문 곳이었다. 그렇게 넝쿨 위로 던져진다면 제대로 움직이지도 못하고 밤을 새우다 저체온으로 죽기 십상일 것이다.

하지만 저 남자는 사람을 죽일 놈팡이처럼 보이지 않았다. 연호나 윤나나보다는 말이 통할 것 같았다. 현정은 자세를 바로 하며 입을 열었다.

"당신이 누구인지 알아요. 기자였죠. 어디서 일하는지는 모르겠지만."

"나도 아가씨가 누구인지 알아요. 본인도 알다시피 워낙 유명인이었잖아, 그렇죠?"

"그러면 이건 특집기사라도 실을 생각인가 봐요. 타이틀은 뭐예요? 백희주의 장례식 현장 잠입취재, 이런 거예요? 아니면 희주 사진이라도 찍어서 팔아넘기려고요?"

"무슨 말을 그렇게 섭섭하게 하고 그래요. 이걸 뭐라고 해야하나…." 남자는 입가를 엄지손가락으로 쓸어내며 창밖으로 시선을 돌렸다. "기자 그만둔 게 언제인데 유치하게 그런 짓을 하겠어요. 못 믿겠다면 내 이름을 밝힐게요. 난 최민준이고, 아가씨 생각대로 기자일 좀 했더랬죠. 애초에 사람까지 납치할 생각은 없었는데 어쩌다 보니 일이 좀 꼬여서."

"아저씨 눈에는 제 모습이 제대로 안 보이나 봐요?"

"미안하다니까. 원래 계획은 말이에요, 시신만 데리고 튈 생각이었다고. 근데 윤나나 이 양반이 가끔 홱 돌아버리는 경향이 있어서."

"그 사람이 주도한 거죠? 맞죠?"

최민준은 어깨를 으쓱여 보였다.

"주도했다기보다는 그냥 여기여기 모여라, 하고 윤나나가 엄지손가락 내밀었고 나랑 저 친구가 달라붙은 거지. 알다시피 아가씨 친구가 엄청난 짓을 했잖아. 그러니까, 저것들 말이야. 쥐새끼가 따로 없지, 조금만 방심해도 수가 확 불어나니까 감당을 못하지. 게다가 찔리면 얼마나 아파. 잘못하면 골로 가잖어. 더군다나 노인들은 어휴, 손댈 엄두를 못 낸다니까."

현정은 방제 작업반에서 일하는 노인들을 떠올렸다가 이내 침묵을 지켰다. 그들이 아무렇지 않게 가시박을 뜯어 마대 자루에 집어넣을 수 있는 건 특수처리된 장갑과 방호복 덕분이었다. 전직 기자의 말대로 아무것도 없는 민간인이 가시박을 뜯어내려면 목숨을 걸어야 했다.

"내 와이프랑 부모님도 그랬어. 시신 확인할 때 보니 손이 통통 부어 있더라고. 뉴스에도 떴는데 못 봤어요? 몇 달 되었는데."

"…미안해요. 원래 뉴스를 잘 안 봐요."

"뭐, 그러면 어쩔 수 없고." 최민준은 재킷에서 뭔가를 꺼내려다 이 난리에 무슨 담배를 찾는다고, 중얼거리며 말을 이었다.

"아무튼 우리 와이프가 한 달에 한 번씩 시골로 내려갔거든. 우리 부모님 좀 설득하려고. 내가 필리핀으로 같이 가자고 그렇게 난리를 쳤는데도 안 들어먹는 걸 어떡해. 며느리 말은 듣겠지 싶어 보낸 날에 하필이면 온실이 폭삭 무너진 거지. 눈이 쌓여서 무너졌다고 하면 이해를 해요. 강원도에서 그런 일이 어디 안 흔해요? 근데, 고작 풀떼기 때문에 무너졌다니까 이게 말이 되나 싶은데. 장례 마치고 내가 얼마 전에 집 정리하려고 거기에 가보니까… 집이 없어. 저것들 때문에 집이 그냥 흔적도 없이 덮여버린 거야."

남자는 세차게 입가를 문지르고는 운전석을 향해 고개를 돌렸다.

"연호 넌 이 아가씨랑 친하잖아. 그러면 네 사정은 어련히 알고 있지 않을까."

"그딴 거 말해도 소용없다는 거 알잖아요. 그만해요."

"여기까지 와버린 참에 변명거리는 준비를 해놔야 하지 않겠냐." 최민준은 이렇게 말한 후 현정을 향해 고개를 기울였다.

"박호수 교수 알죠? 같은 대학 다녔잖아, 아마 얼굴은 보고 그러지 않았을까."

현정은 잠시 할 말을 잃고 무릎을 내려다보았다. 알다마다. 너무 잘 알아서 미칠 지경이지. 현정은 고개를 주억거렸다.

"제 은사셨죠. 돌아가신… 줄은 몰랐지만요. 연락도 못 받았어요."

박호수 교수는 연호의 큰어머니로, 현정에게 연호의 과외 일을 주선한 은인인 동시에 정제영의 담당교수였다. 그리고 또한… 학대 사건이 언론에 일파만파 퍼진 뒤 불구속 상태였던 정제영을 연구팀에서 내쫓은 장본인이기도 했다.

현정은 연호를 의식하며 고개를 들었다. 연호는 아무 말이 없었다. 손등의 힘줄이 튀어나오도록 핸들만 꽉 잡고 있었다.

"그 사람 인생도 참 기구하지. 자기가 내쫓은 제자 연구나 훔쳤다는 얘기나 듣고 말이야. 근데 그게 또 하필이면…."

최민준은 말을 잇는 대신 창밖을 향해 고개를 까닥였다. 현정은 그가 말하고 싶은 바를 잘 알았다.

"저게 원래 교수님 연구실에서 나왔다는 건 알아요. 제영이가 실험하던 종자인 줄도 알고요. 희주가 직접 말해줬으니까요."

"작년에 조사결과 나왔을 때 그런 얘기는 없던 것 같은데. 어디서 난 건지 모른다고 잡아뗐었잖아요."

"그쪽 말대로 여기까지 와버린 마당에 더 이상 숨길 필요가 있나 싶어서요."

최민준은 그 말을 듣고는 그렇긴 하지, 하며 입가를 매만졌다. 서글서글하던 눈빛이 차게 식어 있었다.

"아가씨는 물론이고 백희주를 죽이고 싶어 하던 사람이 한둘이 아니었어. 그건 알죠."

현정은 손에 차오른 식은땀을 등에 아무렇게나 닦아내며 고개를 끄덕였다. 이제 최민준은 미안해하지 않는다. 미안해할 필요를 느끼지 못하는 것인지도 모른다. 더 이상 현정에게 우호적일 수 없다는 뜻이겠지만, 현정은 이것만은 꼭 물어봐야 했다.

"희주를 대체 어쩔 생각이죠."

최민준은 자조하듯 웃으며 말했다.

"그러게. 저거를 이제 어떻게 해야 하나…."

6

출입금지 팻말이 다마스 바퀴 아래서 우그러졌다. 활짝 열린 철조망 문 너머로 짙다 못해 검게 물든 수면이 일렁거렸다. 사방이 가시박 숲으로 둘러싸인 작고 아담한 규모의 저수지였다. 수면 위로 낚시용 간이 오두막이 여러 채 떠 있었는데, 가시박의 영향을 받지 않아 제 색은 지켰지만 거미집이나 마찬가지인 꼴이 되었다. 오두막으로 낚시꾼을 태우고 다녔을 통통배는 부품이 다 드러나고 녹슨 모습으로 죽어 있었다. 주변에 남은 것이라고는 매점으로 썼을 법한 컨테이너뿐이었다. 그마저 문을 제외하고는 온통 가시박이 올라탄 상태였다.

현정도 내비게이션을 훔쳐 봐서 대략 알고 있었지만, 최민준은 이곳이 강원도 언저리라고 했다. 어쨌든 대한민국에서 최북단에 위치한 곳이라고, 지금도 쌀쌀한데 밤이 되면 아주 추워질 거라며 남는 담요를 꺼내 현정에게 덮어주었다. 처음에는 호의라고 생각했으나 주차장으로 썼을 법한 공터에 멈춰 섰을 때는 그저 예의를 지킨 것에 지나지 않는다는 사실을 깨달았다. 최민준이 현정의 팔과 안전벨트를 단단히 묶어버린 것이다. 문을 연 채로 시동이 꺼진 차는 급격히 식어갔다.

그사이 최민준과 연호는 다마스 트렁크에서 무언가를 꺼내놓았다. 캠핑에서 쓰일 법한 흰색 접이식 테이블과 접이식 등산의자였다. 최민준은 뭐 이런 것까지 가지고 왔느냐며, 아주 살림을 다 차리겠다고 윤나나에게 농을 던지며 냄비에 불을 올렸다. 그가 즉석밥을 덥히는 동안 윤나나는 쇼핑백에서 작은 밀폐용기 여럿과 참치캔을 꺼냈다. 나무젓가락과 플라스틱 숟가락, 이제는 귀해서 함부로 입에도 못 대는 소주와 맥주 따위를 테이블에 가득 늘어놓았다. 너무나 비현실적인 풍경이었다. 자신과 희주를 납치한 사람들이 마치 저수지로 놀러 온 사람처럼 밥을 지어 먹고 술을 마신다는 게 너무 이상하게 느껴져 현정은 웃음도 나오지 않았다. 그런데 뚜껑 사이로 스며 나오는 따끈한 밥 냄새에, 밀폐용기의 뚜껑을 열자마자 올라오는 신김치 냄새에, 참치캔 특유의 비릿하면서도 짭조름한 냄새에 자기도 모르게 입에 침이 고이기 시작했다. 속이 너무 헛헛해 눈시울이 붉거질 정도였다. 그들은 각자 차려놓은 것들로 밥을 먹고 술을 마셨다.

한참 혼자 떠들고 혼자 들던 최민준이 갑자기 등을 돌려 현정을 보았다.

"나도 참, 저 사람을 깜박했네그래. 한창때 젊은이인데 밥을 굶기면 쓰나."

그러고는 윤나나를 향해 고개를 까닥였다. 하지만 윤나나가 별말도 없이 입에 소주를 들이붓는 걸 보고는 새 숟가락을 뜯어 종이 접시에 이것저것 담기 시작했다.

"연호야. 아무래도 우리보다는 네가 더 편하지 않겠냐."

현정은 연호가 떠주는 푸슬푸슬 날리는 즉석밥과 참기름에 볶은 신김치와 집에서 키웠는지 줄기가 짧은 콩나물 무침과 참치캔을 게걸스레 먹었다. 말도 걸지 않고 숨도 제대로 내쉬지 못하고 정말 잘 먹었다. 연호는 조금 질린 눈치였다. 이런 상황에서 밥이 잘도 넘어가느냐는 말이 입에 걸린 것처럼 보였다. 현정은 연호가 마지막으로 따라준 물까지 허겁지겁 마시고는 길게 트림했다. 배가 차니 온몸이 노곤해졌다.

연호는 밥을 다 먹였는데도 제자리로 돌아가지 않았다.

현정은 그걸 대화를 나누자는 뜻으로 받아들였다. 연호의 턱에 푸르스름하게 올라오기 시작한 멍을 보며 입을 열었다.

"…저 사람들은 어디서 만난 거야."

연호는 화를 참는 사람처럼 이를 악물었다가 길게 숨을 내뱉었다.

"…모바일 메신저에 자조모임 같은 게 있어. 거기서 만났어."

"그러면 너는… 너도 저치들이랑 같은 생각이야? 그래서 같이 다니는 거야?"

"윤나나 어르신이 시신을 훔치겠다고 얘기했을 때 설마 싶었던 것뿐이야. 저 아저씨까지 진짜 나설 줄은 몰랐다고!"

"그러면 제대로 좀 막아주지 그랬냐, 도와주지도 않을 거면서 나서기는 왜 나서서 ….." 현정은 말꼬리를 흐리며 저수지 건너로 시선을 옮겼다. "…저거 때문에 좆되지 않은 사람이 없다지만 설마 교수님까지 그렇게 되신 줄은 몰랐네."

"그 여자가… 그러니까… 백희주가 연구소를 털었잖아…. 큰 엄마는 도둑맞은 거 쉬쉬하며 넘기려다가 이 꼴이 나버렸고 말이야. 근데 정부도 그걸 알고 있어서 댁이 책임을 져라, 저걸 방제할 수 있는 박테리아든 전염병이든 뭐든 만들어 와라, 그래서 무리하게 연구를 하다가…."

"지병이 있으신 줄은 몰랐는데."

"아파서 그런 거였으면 차라리 나았겠지."

연호는 그렇게 말하며 저수지 건너편을 손가락으로 가리켰다. 눈을 가늘게 뜨고 보니, 가시박 넝쿨 사이로 누런 테이프 따위가 날리는 게 보였다.

"알레르기도 아녔어. 그냥 발이 걸려 넘어진 것 같다더라. 망할 새끼들, 수사도 제대로 않으면서 경찰 소리 듣는 건지."

분명 슬퍼 눈물이라도 흘려야 할 텐데 아무 감흥이 없었다. 그저 자업자득이라는 생각밖에 들지 않았다. 연호도 현정의 심상을 알아챘는지, 미간을 찌푸리며 말했다. 어떻게 누나는 화나지도 않아?

"난 누나가 시신을 양도받는다고 할 때 깜짝 놀랐어. 미친 줄 알았다고! 큰엄마가 누나한테 얼마나 잘해줬는데, 그걸 다 망친 게 바로 저 인간이었는데, 화도 내고 슬퍼해야 정상 아니냐고!"

"하나만 물어보자. 제영이 장례식에 너 혼자 갔니, 아니면 교수님이랑 같이 갔니?"

"그야 같이 갔지! 제영 누나도 큰엄마 제자였으니까! 누나는 안 갔지만 우린 갔어. 그게 도리니까."

실소가 흘러나왔다. 연호의 표정이 굳어지는 게 한눈에 들어왔으나 현정은 웃음을 멈출 수 없었다.

"대체 무슨 염치로 내가 거길 가. 소금 처맞고 쫓겨나면 그나마 다행이지. 교수님도 그래, 대체 무슨 염치로 거기에 가서 절을 올린 거래? 약혼녀도 내친 장례식장에 가서 참 좋으셨겠네. 자기가 죽인 제자 부모님께 맞절도 받고 그랬을 거 아냐."

연호가 주먹으로 자동차 시트를 내리쳤다. 뜨겁게 달아오른 낯빛으로 으르렁거렸다.

"자살이었어. 제영 누나가 알아서 떨어진 거지, 큰엄마가 밀친 게 아니었다고. 사람 함부로 모함하지 마."

"모함이라고? 제영이가 자살하기 직전에 교수님 만난 걸 다들 뻔히 알면서 무슨 모함이야! 박 교수님, 자기가 직접 내쫓은 제자 논문이나 뺏어 먹는 인간이었어. 네 큰엄마 그런 사람이었다고."

"잘잘못을 따지려면 누나가 더하지! 애초에 누나가 사촌동생이랍시고 아끼는 척 그 애자식을 제영 누나 집에 보내지 않았으면 소송 같은 것도 없었을 테고, 큰엄마도 제영 누나를 그딴 식으로 내보내지는 않았을 테니까! 큰엄마가 아니라 누나가 죽인 거야. 제영 누나도 백희주도. 다른 사람들도 모조리 다!"

차마 할 말이 없었다. 연호는 어금니를 악문 채 현정을 노려보다 그대로 몸을 돌려 나가버렸다. 사람들이 있는 곳, 이제는 술상이 파해 뒷정리를 하는 그들 사이를 파고들었다.

현정은 혼자 남아 멍하니 자기 발만 내려다보았다.

누나가 죽인 거야. 제영 누나도 백희주도. 다른 사람들도 모조리 다.

한번 귀에 박힌 연호의 목소리는 고개를 털어도 떨어지지 않았다. 누나가 죽인 거야.

그걸 내가 어떻게 모르겠니.

발소리가 가까워지기 시작했다. 최민준이 차례차례 테이블과 가스버너와 냄비와 남은 반찬을 모아 트렁크에 다시 싣고 있었다. 윤나나는 의자에 앉아 넋이 나간 시선으로 저수지 건너편을 내다보고 있었다. 뒷정리를 끝마친 최민준이 그에게 다가가 무언가 속삭였다. 시선과 고개가 장의차로 향하는 걸 보면 희주 때문인 것 같았다. 새도 모두 떠나고 없어 바람 부는 소리만 가득한 이곳에서 두 사람의 목소리가 전혀 들리지 않았다. 한참 얘기를 나누던 윤나나는 갑자기 자리에서 일어나 저수지로 향했다. 조금의 거리낌도 없이 성큼 물 안으로 발을 디뎠다. 최민준은 막아서지 않았다. 그저 뒷짐 진 채 윤나나의 허벅지가 물에 젖는 광경을 지켜보았다. 바로 그때 윤나나가 몸을 돌려 연호를 불렀다. 건너편에서 왜요, 하는 연호의 짧은 대답이 들려왔다.

윤나나는 분명 이렇게 말했다. 현정의 귀에 또렷이 들렸다.

"여기 어때."

최민준이 고개를 숙여 마른세수했다. 연호는 한참 대답이 없다가 잠깐 얘기 좀 해요, 하며 윤나나를 물 밖으로 이끌었다. 다시 현정의 귀에 들리지 않는 대화가 이어졌다. 연호는 거의 울 것 같은 얼굴로 고개를 저어댔고 최민준은 담배를 꺼내 입에 물었다. 윤나나는 팔짱을 끼고 연호의 말을, 아마 변론에 가까울 어떠한 말을 들어주다가 현정과 눈이 마주쳤다. 현정은 시선을 피하지 않고 소리를 질렀다. 욕을 섞어 내가 다 보고 있다고, 몸을 달싹이며 대놓고 티를 냈다. 윤나나가 최민준을 향해 고개를 까닥였다. 그가 담배를 바닥에 내리고 현정에게 다가왔다.

"자꾸 그러면 저 양반 심기가 불편해질 거야. 몸 보전하고 싶으면 고개도 좀 깔고 그래야지."

현정은 최민준을 힘껏 노려보며 말했다.

"심기가 불편하면 뭐요. 희주를 대체 어쩔 거예요, 돌이라도 집어넣어서 물에 가라앉히려고요? 아니면 땅에 파묻을 거예요? 그것도 아니면 뭐, 배수구에요? 그런다고 뭐가 해결될 것 같아요? 이미 죽은 사람이잖아요! 죽은 사람 가지고 이게 뭐하는 짓거리인데!"

"아이고. 죽은 사람도 사람 나름이어야지."

최민준은 안전벨트를 풀고 현정의 팔을 붙들었다. 손아귀 힘이 아플 정도로 강했다.

"저게 한 짓을 알잖아요. 무슨 생각으로, 어떤 짓을 한 건지 알잖아. 사정은 이해하지. 하지만 도가 지나쳐. 저건 스스로 사람 노릇 받을 자격을 저버린 거예요. 근데 그쪽은 저걸 사람 취급하려고 하잖아. 사람처럼 장례를 치르려 하고, 사람처럼 명복을 빌어주려 하고. 그게 더 이상하지 않아?"

"사람이 맞으니까 그러는 거잖아요! 사람이고 인간이었어요. 말도 하고 숨도 쉬고 웃고 우는 그런 애였다고요! 그게 사람이 아니면 뭔데! 내가 아는 희주가 사람이 아니면 뭔데!"

최민준은 쓰게 웃으며 대답했다.

"짐승도 그 정도는 해."

현정이 최민준에게 끌려가는 동안 윤나나는 지포 라이터를 가지고 장난치고 있었다. 달각, 달각, 소리가 들릴 때마다 불꽃이 일었다가 꺼지기를 반복했다. 날이 어두워지고 있었다. 윤나나의 얼굴이 석양에 벌겋게 번들거렸지만, 눈은 노을을 보고 있지 않았다. 장의차를, 그 안에 고이 앉아 있는 희주를 보고 있었다. 현정은 애타는 마음으로 연호를 부르짖었지만 연호는 귀를 틀어막고 저수지 건너편만 보았다. 연호의 시선이 닿는 끝에 노란색 출입금지 테이프가 바람에 나부끼고 있었다.

컨테이너 문이 열렸다. 최민준이 컨테이너 안에 현정을 던져 넣었다.

현정은 황망한 마음으로 굳게 닫힌 문을 노려보았다.

7

한동안 그렇게 문고리만 노려보았다.

척척하게 젖던 눈이 바싹 마르고 시큰거리던 코가 건조한 공기를 들이마실 때까지, 그렇게 애매한 어둠 속에서 현정은 문을 보고 있었다. 완전히 버려진 기분이었다. 답이 없었다. 이대로 포기할까 생각했다. 모두 끝날 때까지 얌전히 기다리고 있으면 연호가 와서 문을 열어줄 것이다. 집으로 돌려보낼 것이다. 그래, 집. 현정은 집이 사무치게 그리웠다. 여름이면 벽 한 면이 척척히 젖어 곰팡내가 집 안을 가득 메우던 반지하 자췻집을 사무치게 그리워하다 보면 은근슬쩍 여자 하나가 상념 사이로 끼어들었다. 그 날, 창고방을 가리키던 희주의 눈빛은 싸늘하게 식어 있었다. 무릎을 꿇은 현정에게 대답을 요구하던 목소리는 대나무처럼 곧았고 제영이를 입에 담을 때 언뜻 눈에 비쳤던 회한을… 현정은 모두 기억하고 있었다. 정제영과 달리 살아생전 희주의 모습은 세세한 것 하나까지 모두 기억이 났다.

그랬던 희주가 저 밖에 있다.

저 밖에 있다.

현정은 퍼뜩 몸을 비틀어 문을 향해 엉덩이로 뒷걸음질 쳤다. 몸을 돌려 바닥에 눕고 무릎을 굽혔다가 두 발에 힘을 모아 문을 세게 찼다. 둔탁한 소리와 함께 오른쪽 발바닥과 무릎에 통증이 일었지만 열리지 않았다. 두 번, 세 번 반복해도 마찬가지였다. 잠기지도 않은 문이 이상하게 열리지 않았다. 밖에 뭐라도 문고리에 받쳐놓은 걸까. 그러니까 각목이나 의자 프레임 같은 것. 현정은 다시 한 번 걷어차 봤지만, 문은 쇠가 긁히는 소리만 내고 답이 없었다.

현정은 숨을 몰아쉬며 빈 소주 궤짝에 엉덩이를 붙였다. 컨테이너 한편에 뚫려 있는 창문으로 보랏빛 석양이 흘러들어와 내부를 비췄다. 매점으로 사용할 때의 흔적이 남아 있었다. 직접 조립했을 철제 선반과 궤짝, 종이박스 따위가 석양색으로 번들거렸다. 흐릿한 어둠 사이에서 현정은 고민할 시간이 없었다. 당면한 문제부터 해결해야 했다. 손발부터, 이 지긋지긋한 케이블타이부터.

흐릿한 시야로 낚싯줄을 자르는 가위나, 하물며 다용도 칼 같은 게 남아 있지 않을까 찾아봤지만 소용없었다. 쓰다만 가짜 미끼나 빈 떡밥 통, 하물며 낚싯대 같은 것도 있는데 현정이 필요로 하는 것만 보이지 않았다. 날카로운 것, 무엇이든 케이블타이를 끊어낼 만한 것. 그렇게 엉덩이를 바닥에 질질 끌며 찾아다니다 현정은 철제 선반에 귀를 찧고 말았다. 날카로운 통증이 이상하게 가시지 않아 어깨에 귀를 비볐더니 카디건에 붉은 핏자국이 들었다. 마감 처리가 미흡했는지 선반 모서리가 날카로웠다. 현정이 찾던 바로 그것이었다. 현정은 엉거주춤 일어나 선반에 몸을 기대고 모서리에 열심히 케이블타이를 긁기 시작했다. 창문 너머서 날 선 목소리가 들렸다. "잠깐만 기다려보라고 했잖아!" 최민준이었다.

현정은 창문으로 다가갔다. 장의차 헤드라이트 불빛이 최민준과 윤나나와 그 아래 누운 무언가를 환히 비추고 있었다. 윤나나와 최민준이 알 수 없는 이유로 옥신각신하는 동안 현정은 바닥에 누운 무언가에 시선을 빼앗겼다. 하얀 비닐팩 위에 가지런히 손을 모으고 누워 있는 나무뿌리 같은 것.

희주였다.

움푹 들어간 광대뼈 위로 머리카락이 다 빠진 채였고, 꿈결에 봤던 것처럼 눈알이 있었을 자리가 오목하게 파여 있었다. 옷 한 벌 입지 않은 맨몸이었다.

경찰은 당초 백희주가 가시박 종자를 살포한 뒤 제주도를 경유해 태국으로 넘어간 다음, 그곳에서 성전환 수술을 받고 또다시 다른 나라, 이를테면 필리핀이나 베트남 같은 곳으로 도망쳤을 거라 예상했지만 헛소리였다. 희주는 수술을 받지 않았고, 그 흔적은 말라비틀어진 몸에 고스란히 남아 있었다.

현정은 손에 밴 식은땀을 등에 닦으며 몸을 돌렸다. 구경할 틈이 없었다. 어떻게든 이 케이블타이부터 끊어내고 밖으로 나가야… 그 순간 마른 장작 부서지는 소리가 들렸다. 창문을 향해 고개를 돌리니 희주의 머리가 윤나나의 발밑에 깔려 있었다. 현정이 무어라 외치기도 전에 윤나나는 다시 희주의 머리를 짓밟았다. 두개골과 마른 살점과 눈두덩과 뒤와 코와 입술과 턱뼈와 이빨이 발에 날려 여기저기 흩어졌다.

최민준은 얼굴을 감싼 채 윤나나를 등지고 있었다. 마치 못 볼 꼴을 보았다는 듯이 고개를 떨군 채 움직이지 않았다.

현정은 윤나나가 희주의 반으로 부서진 머리통을 저수지로 차버리는 것까지 보고 바닥에 주저앉았다. 신물이 올라와 바로 그 자리서 토했다. 창문을 닫고 가라고 말했어야 했다. 제발, 반의 반절이라도 닫고 가라고 말했어야 했다. 늦은 후회는, 부수고 으스러뜨리고 으깨고 밟는 소리와 함께 돌아왔다. 윤나나는 아무 말이 없었다. 최민준 역시 마찬가지였고, 심지어 연호조차… 현정은 그들의 적막에 오염되어 소리 없이 흐느꼈다. 눈물이 바닥에 떨어져 토사물과 섞였다.

최민준의 말대로 희주는 스스로 사람 노릇 받을 자격을 저버렸다. 이 모든 걸 자처한 건 희주였다. 죽어서도 결코 편해질 수 없을 그런 짓을 했다. 희주 역시 제대로 된 마지막은 생각도 않았겠지만….

하지만 그렇다 해도….

마지막 온정도 기대하지 못할 만큼….

현정은 눈물을 멈추지 못하고 몸을 일으켰다. 울음을 삼키며 선반 모서리에 다시 케이블타이를 긁어대기 시작했다. 손목에 어리던 뜨거운 감각이 날카로운 통증으로 변했지만 신경 쓰지 않았다. 얼마간 시간이 흐른 뒤 뚝, 하는 소리와 함께 케이블타이가 끊어졌다. 반나절 만에 본 손목은 케이블타이를 끊느라 생긴 상처로 처참했다. 현정은 차마 눈물도 훔치지 못하고 발에 묶인 케이블타이까지 풀었다. 곧장 자리에서 일어나 문을 향해 몸을 날렸다. 역시 꼼짝도 하지 않았다. 방범창의 쇠창살이 생각보다 약할 수도 있겠다는 데 생각이 미칠 즈음, 희주를 부수던 소리가 잦아들었다. 창밖으로 고개를 돌리니 최민준은 어디 가고 윤나나만 보였다. 윤나나는 주머니에서 무언가를 꺼내더니 희주였을 잔해에 뿌렸다. 보다 못한 연호가 다가섰지만 윤나나가 전기충격기를 꺼내 든 탓에 가까이 접근하지 못했다. 무언가 설득하는 것 같기도 하고, 애원하는 것 같기도 했지만 확실한 건 하나도 없었다. 아무 확신도 없이 현정은 창문 아래 궤짝을 가져다 놓고 창살을 있는 힘껏 발로 찼다. 어깨로 밀어내고 다시 차고 밀어내고 찼다. 쇳소리 섞인 소란에 윤나나와 연호가 고개를 돌렸다. 최민준이 엉거주춤한 자세로 시야에 들어왔다. 우두둑하는 소리와 함께 창살이 컨테이너 외벽에서 뜯겨나가고 현정의 다리도 창문 밖으로 빠졌다. 현정은 중심을 잃고 그대로 자갈밭에 나뒹굴었다. 바닥을 잘못 디뎠는지 발목이 아팠지만, 참고 일어났다. 구부러진 쇠창살을 한 손에 들고 희주를 향해 걸었다. 차갑게 가라앉은 얼굴로 현정을 바라보는 윤나나를 향해 걸었다. 전기충격기를 휘두르려고 하기에 잡고 있던 쇠창살로 쳐냈다. 전기충격기는 창살과 함께 저수지로 날아갔다.

희주는 잔해로 남아 있었다.

시신 아래 깔아놨던 비닐팩은 찢어졌고 자갈 아래 흰 뼈만 드문드문 남았다. 저게 시신이긴 했는지 알아보기도 힘들 정도였다. 희주를 담을 게 어디에도 보이지 않아 현정은 입고 있던 카디건을 벗어 펼쳤다. 희주를 담기 위해 몸을 낮췄다. 그때 무언가가 현정의 이마를 세게 밀었다. 중심을 잃어 한 손을 바닥에 짚고 나서 보니, 윤나나가 손목을 움켜쥔 채 현정을 내려다보고 있었다. 현정은 자세를 고쳐 희주를 향해 손을 뻗었다. 윤나나가 현정의 팔을 발로 쳤다. 이번에는 강하게, 아플 정도로 쳤다. 현정은 아예 넘어졌다가 일어났고, 다시 손을 뻗었다. 그리고 넘어졌다. 윤나나가 현정의 옆구리를 있는 힘껏 걷어찬 것이었다. 숨이 막히면서 신물이 입 밖으로 샜다. 손목이 긁힐 때와는 차원이 다른 통증이 옆구리에 서서히 퍼져나갔다. 윤나나는 현정이 제대로 엎드리지도 못하는 것을 보고는 라이터를 켰다.

"우리 아들이 작년에 죽었어. 미쳐버리는 바람에 농장 한복판에서 저거에 목을 매서 죽었지. 난 잘됐다 싶었어. 빚은 산더미인데 파산신청은 막힌 터라 그냥 같이 죽어야지, 죽어야지, 하고 있었거든. 적어도 내 손으로 죽이지는 않게 되었잖아. 그게 다행이더라고. 근데 장례를 치르려니 돈이 없어. 주변 친척은 죄다 아들놈처럼 자살하거나 나라를 뜨든가 해서 돈 빌릴 곳도 없고. 그래서 장례식장도 못 빌리고 화장만 했어. 알겠나. 장례를 못 치렀다고. 그런데 자네는 욕먹을 거 뻔히 알면서도 저걸 데려와서는, 감히 남들 보는 앞에서 어떻게…."

작은 불빛이 윤나나의 장갑 낀 오른손에서 꺼졌다 켜졌다를 반복했다.

"자네가 명복을 빌어줄 상대는 내 아들이고, 저 인간의 부모와 아내이고, 그쪽 친구의 큰어머니지, 저게 아니야. 저게 아니라고. 자네가 볼 건 저게 아니라 우리고, 죽은 사람들이지, 저건 시신도 뭣도 아니고 추모할 가치도 없는 그런 부스러기에 지나지 않아."

현정은 옆구리를 잡고 고개를 들었다. 윤나나의 말대로 최민준과 연호와 희주를 보았고 윤나나를 보았다. 식은땀과 눈물로 번들거리는 뺨과 얼굴, 그리고 환한 빛을 맞으면서도 동공이 넓게 확장된 윤나나의 눈을 보았다. 저게 미친 사람의 눈인지 아니면 자식 잃은 설움에 인간만도 못한 놈의 장례를 막으려다 기어코 화를 터뜨리고 만 사람의 눈인지 분간이 가지 않았지만 한 가지는 확실했다. 윤나나는 절대로 희주를 놔주지 않을 것이다. 남은 것마저 모두 잿더미로 만들어버릴 것이다.

그럼에도 현정은 마지막으로 애원했다. 채 으스러지지 않은 희주의 오른손을 꼭 붙잡고, 희주 앞에서 그랬던 것처럼 무릎을 꿇고 애원했다.

"제발… 무슨 말을 하고 싶은지 알지만 제발… 많은 건 바라지 않을 테니 화장만 하게 해주세요. 이렇게 빌게요. 무슨 일이 있었는지 아무 말도 안 하고 쥐죽은 듯 살 테니, 제발, 제발 그러지 마세요."

"경찰 같은 게 무서웠으면 애초에 자넬 살려두지도 않았어."

"그냥 마지막 도리라도 하게 해달라고요. 내가 사람 도리 할 수 있게 좀 도와달란 말이에요. 사람 대 사람으로 그 정도 부탁도 들어줄 수 없겠어요? 정말…."

현정의 뒤편으로 연호가 몇 걸음 다가왔으나 오래가지 않았다. 윤나나가 연호를 향해 고개를 돌렸고, 그 찰나의 순간 연호는 조금의 연민조차 현정에게 내보일 수 없다는 사실을 깨달았을 것이다. 자신을 보는 윤나나의 시선에 담긴 적의와 분노, 혐

오와 애환, 고통과 불안을 모두 읽어냈을 것이다.

모두 현정 혼자 감당해야 할 것들이었다.

결심은 섰다.

그래서 현정은 바지 주머니에 욱여넣었던 가시박 넝쿨을 움켜쥐었다. 몸을 일으켰다. 연호를 보느라 한눈을 팔고 있는 윤나나의 목덜미에 넝쿨을 찔러 넣었다.

8

연구결과에 의하면 가시박에 함유된 알레르기 유발 요소는 식물성 식품 중 땅콩을 비롯한 견과류보다 위험했다. 가시에 찔리는 것만으로도 해당 부위가 부어오르고 두드러기가 일어난다. 더군다나 윤나나처럼 젓가락질을 하는데도 장갑을 벗지 않는 사람은 어련할까.

호루라기를 불며 현정을 찾았던 할머니의 남편처럼 윤나나도 가시박에 민감한 사람답게 하얗게 질린 얼굴로 바닥에 주저앉았다. 쌕쌕 가쁜 숨을 몰아쉬며 현정을 노려보았다. 놀란 최민준과 연호가 가까이 다가왔지만 현정이 손바닥을 펼치며 막았다. 피로 젖은 손바닥에는 에피네 펜이 들려 있었다. 설마 하는 마음으로 작업반장 몰래 하나를 빼돌렸는데 설마 이런 식으로 쓰게 될 줄은 몰랐다.

현정은 에피네 펜의 뚜껑을 엄지손가락으로 날렸다.

"지금 당장 나와 희주를 보내주겠다고 약속해. 안 그러면 이 여자는 죽어."

윤나나가 도리질 치는 게 곁눈질로 보였다. 헤드라이트에 환히 비친 최민준과 연호의 얼굴 위로 망설임이 스쳐 지나갔다. 무언의 시선이 오가는 것을 보며 현정은 자신의 발목을 움켜쥔 윤나나의 손을 떼냈다. 현정의 그림자 아래 윤나나는 한없이 창백하고 무력했다.

결국 최민준이 먼저 입을 열었다. "그래. 그만하자. 이만하면 됐지, 끝내자고." 그는 양손을 늘어뜨리고는 망연한 눈으로 현정을 내려다보았다. "애초에 제대로 될 일도 아니었어. 시체 가지고 무슨 복수를 한다고. 난 이제 손 놓을 테니 좀 봐줘요. 여기서 사람 하나 더 죽는 꼴은 보고 싶지 않아."

현정은 헐떡이는 윤나나의 숨소리를 귀에 담으며 연호를 향해 고개를 돌렸다. 연호가 윤나나를 말리려던 모습을 떠올리며 그래도 희주가 아주 헛살지는 않았구나 생각하다가, 이내 마음을 돌렸다. 연호의 눈 안에 스민 감정을 엿보았기 때문이다. 실망과 참담함이 뒤섞인 감정이었다. 대체 뭐에 그렇게 실망할 게 있느냐고, 날 이렇게 궁지에 몰아놓은 건 바로 너희들이지 않느냐 말하려다가 입을 다물었다.

문득 너무 멀리 왔다는 생각이 들었다.

현정은 윤나나의 허벅지에 에피네 펜을 주사했다. 서서히 경련이 잦아드는 윤나나의 몸을 연호가 수습했다. 두 사람이 멀어지는 동안 현정은 희주를 수습했다. 부스러진 살점 하나, 뼛조각 하나 남겨놓지 않도록 바닥에 코를 박고 줍고 저수지에 발을 들여 꺼내왔다. 마저 담고 자리에서 일어서니, 지친 기색이 역력한 최민준이 핸드폰과 자동차 열쇠를 건넸다. 미안하다는 말도 없이 고개만 까닥였다. 현정 역시 아무 말도 없이 그들을 지나쳐 장의차에 올랐다. 헤드라이트 불빛이 자갈밭에 누운 윤나나와 그 옆에 앉아 있는 연호를 스치며 비췄다. 윤나나는 눈을 감은 채 울고 있었다. 현정은 일부러 속도를 높여 단숨에 산길을 벗어났다. 가시박 냄새로 한없이 진득해진 어둠 속을 내달렸다.

산을 완전히 벗어난 뒤 목적지도 없이 운전하던 현정은 유일하게 가시박이 매달리지 않은 가로등 아래 장의차를 세웠다. 온몸이 떨려 더는 운전할 수 없었기 때문이다. 시야가 눈물로 흐렸고 침을 삼킬 때마다 목에 경련이 일었다. 콧물이 줄줄 턱을 타고 흘러내렸다. 깨질 듯이 아픈 머릿속으로 현기증이 쉼 없이 오갔다.

현정은 핸들에 머리를 기대고 깊이 심호흡했다. 죽을 것 같지만, 차라리 죽고 싶을 정도로 괴롭고 아프지만 죽지 않는다. 아나필락시스 쇼크에도 급이 있다면 현정은 양호한 측에 속했다. 쉬면 낫는다. 어차피 쉬어야 한다. 정제영이 안치된 화장터가 문을 여는 시각은 오전 9시다. 아직 멀었다. 그때까지 버티려면 어떻게든 쉬어야 한다.

현정은 가까스로 고개를 들어 물을 조금 마셨다. 남은 힘을 쥐어짜 조수석으로 건너간 다음 등받이를 끝까지 젖히고 글러브박스 위에 발을 올렸다. 눈 위로 팔을 올렸다. 카디건 한 겹만큼 열어진 희주의 냄새가 가시박 풀냄새와 뒤섞여 콧속으로 훅 끼쳐들었다. 현정은 입으로 숨을 내쉬며, 맥박에 따라 머릿속을 내려치는 두통을 무시하며, 뇌리에 박힌 연호의 시선, 금방이라도 이 불쌍한 사람에게 그럴 수 있느냐고 말하려던 게 분명한 연호를 잊으려 노력하며 눈을 감았다. 잠이 찾아오기를 기다렸다.

무수한 상념과 두통과 저릿저릿 옆구리에서 올라오는 통증을 지나쳐 찾아온 잠결에 현정은 희주야, 하고 이름을 불렀다. 역시나 희주 대신 희성이 나타나 손을 흔들었고, 현정은 자신이 꿈을 꾸고 있다는 사실을 알아챘다.

✳

희주가 아직 백희주이기 전.

그러니까 희성이라고 불렀을 적에.

희성은 현정이 다녔던 화훼학원의 유일한 남자 학생으로, 말수가 적고 조용한 데다 왠지 모르게 유약한 면모가 있어 성인반 수강생들이 모두 아들처럼 아끼던 녀석이었다. 17살. 고등학교 1학년 2학기 때의 일이었다. 여름방학이 끝나기도 전에 학원에 들어온 희성을 원장은 또래끼리 어울리라며 현정의 옆자리에 붙여놓았다. 한 학기를 그렇게 붙어 지내다 보니 자연스레 안면이 트이고 말도 트였다.

처음 인상처럼 희성은 좋게 말하면 소심했고 나쁘게 말하면 자기 의지가 조금도 없는 아이였다. 누가 말을 걸지 않으면 입도 벙긋하지 않았고 언제나 꼿꼿이도 강사가 가르치는 대로, 딱 그만큼 창의성도 뭣도 없이 만드는 수준이었다. 반면 현정은 썩 괜찮게 했다. 그때 당시 현정은 스스로 재능이 있다고 믿던 시기였다. 뭘 해도 칭찬을 받고 대회에 나가 입상을 할 정도도 되었으니까. 게다가 사춘기였다. 자기보다 약한 사람을 귀신같이 알아내 부려먹기 좋은 때였다. 현정은 희성의 실기를 봐준다는 명목으로 희성을 심부름꾼으로 부려먹었다. 희성도 싫은 눈치는 아니었다고, 17살 현정은 믿고 있었다.

희성의 손목에 멍이 피어오르기 시작한 건 춘추복에서 동복으로 교복이 넘어갈 때였다. 멍이 며칠 만에 얼굴로 번지고서야 희성은 자기 얘기를 했다. 대형 교회에서 목사로 일하는 아버지와 담판을 벌여 2학기 동안만 학원에 다니게 되었다던가, 목사 사모 일로 정신없는 어머니가 신경을 쓰지 않아 방학이 끝난 뒤에야 하복을 샀다던가 하는 유쾌하지 못한 가정사에 대해 말했다. 남의 불행만큼 재미있는 얘기도 없어서, 현정은 그때만은 희성의 말을 잘 들어주었다.

그리고 희주.

희주는 가족 중 유일하게 아버지에게 대적할 수 있는 존재였다. 날 때부터 동성애자였던 희주는 아버지와 연을 끊고 외국으로 건너가 아내와 함께 꽃집을 차려 잘 살고 있다고 했다. 희성은 희주 이야기를 할 때마다 애정 어린 시선을 감추지 못했다. 희주는 희성의 멘토이며 우상이었다. 꿈이고 목표였다.

현정은 그로부터 5년이 지난 뒤 정말 우연히, 예기치 못한 장소에서 희주를 만나게 된다. 연호의 집에서 만난 외국어 전문

과외교사를 마주하며 자신도 모르게 이렇게 말한 것이다. 희성아, 하고.

희주는 얼떨결에 네, 하고 대답했다. 너무 오랜만에 들어 이름을 까먹은 사람처럼 그렇게 말했다.

나중에 술자리에서 희주가 말하길, 백희성이란 사람은 죽은 거나 마찬가지라고 했다. 가족의 응원에 힘입어 서울대를 졸업한 그는 어느 날 훌쩍 잠적했고 두 번 다시 집으로 돌아가지 않았다. 현정이 술을 따라주며, 그러면 그때 말한 희주는 누구냐고 물어보니 희주는 조용히 웃으며 말했다. 여기 있잖아, 백희주, 내가 그 희주야, 나 내년에 결혼해.

희주의 약혼녀는 박 교수님 연구팀에서 일하는 대학원생이었다. 꽃이나 식물을 합성해 새로운 품종을 만드는 일을 한다고 했다. 이를테면 가시박과 작약의 유전자를 합성하는 거야. 그러면 가시박만큼 번식이 잘되는 작약이 태어나는 거지. 계열이 달라 불가능할 것처럼 보여도 그게 된대. 되게 만드는 거래. 문득 화훼학원에 다녔던 게 떠올라 물어보니 희주는 대답 대신 지갑에서 화훼장식기능사 자격증을 꺼내 보여줬다. 2년 전 날짜가 찍혀 있었다. 이민이고 꽃집이고 뭐고 일단 돈이 부족해서 안 되겠더라고, 지금은 일단 통장부터 채워놓으려고. 너는 어때, 연호한테 대학 다닌다는 얘기만 들었는데.

화훼기능사 시험에서 번번이 떨어지다가 결국 다른 길을 선택했다는 말을 할 수 없어서 현정은 웃고 말았다. 희주는 미소의 뜻을 대강 알아채고는 현정의 양손을 꼭 잡았다. 술에 취해 웅얼거리는 목소리로 말했다.

"널 만나서 얼마나 기쁜지 몰라. 난 고등학교 때 친구랄 녀석이 정말 아무도 없었거든. 어떻게든 내 얘기를 털어놓을 상대가 없었는데… 넌 아니야. 이것 봐, 내가 지금 손을 잡고 있는데도, 얼굴을 찡그리거나 끔찍해 하지 않잖아. 내 고등학교 동창은 다들 남자라 그런지 엄청 질색하더라고. 너라도 있어서 정말 다행이야."

현정이 집으로 돌아가는 길에 희주가 SNS 메시지를 보내왔다. 오늘 정말 좋았어. 연호 때문이라도 얼굴 자주 보겠네. 앞으로 잘 부탁할게. 그리고 전자 청첩장이 한 장. 청첩장에는 죽음이 우리 두 사람을 가로막을 때까지, 라는 상투적인 문구와 함께 이름 두 개가 적혀 있었다. 신부 백희주, 신부 정제영.

자취방 대문 앞에서 그 메시지를 보고 또 봤다.

오랜만에 만난 너에게 옹졸맞은 질투심을 품었고, 표정 관리에 집중하느라 네가 트랜스젠더가 되었다는 사실에 놀라고 낯설어할 틈을 찾지 못했다고 현정은 답장할 수 없었다. 서울대에 들어갈 정도로 머리가 좋고, 과외만으로 생활과 저축이 가능할 정도로 돈을 잘 버는 데다, 분명 나보다 못났을 네가 나조차 포기한 꿈을 아직도 꾸고 있다는 사실에 열등감을 느꼈노라 현정은 답장할 수 없었다. 현정의 현실은 성적에 겨우 맞춘 대학 진학과 곰팡내 나는 반지하방이었다.

희주는 백희성이 죽었다고 말했다. 현정이 유일하게 거리낌 없이 동정했던 상대가 죽었노라고 웃는 얼굴로 말했다.

현정은 배에 손을 올렸다.

뭉툭한 송곳을 잔뜩 집어삼킨 것처럼 속이 거북하고 신물이 올라왔다. 지금 생각하면 그건 가시박이었다. 아무리 척박한 곳에서도 싹을 틔우는 가시박이었으니 열등감과 질투처럼 질척대는 감정에 뿌리를 내리는 건 어려운 일도 아니었을 것이다.

그리고 무슨 일이 일어났지?

현정은 희주와 자신의 상하관계를 되돌리고 싶었을는지도 모른다. 그래서 희주가 바라마지않았던 고등학생 시절처럼 희주를 대했다. 여전히 소심하고 여전히 말수가 적은 희주는 조금도 불편한 기색을 내비치지 않았다.

그리고 무슨 일이 일어났지?

큰집에서 사촌 동생을 방학 동안 잠깐 맡아줄 수 없느냐고 연락이 왔다. 대치동 학원에 특강을 보내려는데 마땅히 부탁할 사람이 없다면서. 정말 귀찮고 불편하기 짝이 없는 부탁이었다. 사촌 동생은 벌써 열다섯 살이었다. 현정보다 키도 컸고 말도 은근 험하게 하는 놈이었다. 처음에는 거절했지만 큰집에서 하도 말이 많아 결국 부탁을 들어주고 말았다. 사촌 동생이 오기 전날, 현정이 희주에게 이 얘기를 꺼냈을 때 희주는 피곤하겠네, 하며 현정을 위로했다. 희주의 아파트가 떠오른 건 바로 그때였다.

그리고 무슨 일이 일어났지?

우리 집 곰팡이 장난 아니잖아. 애 재울 곳도 없고. 전에 너희 집 가보니까 진짜 쓸데없이 넓더라. 그러니까 며칠만 재 좀 재워주면 안 될까, 한 달만. 내가 생활비 대줄게. 너 나보고 친구

친구 그러더니만 이 정도 부탁도 못 들어줘? 내가 이렇게 애원하는데도 안 되겠어?

귀찮고 무거운 짐을 떠맡기는 그런 느낌으로 가볍게, 아무 생각 없이.

그리고 무슨 일이 일어났지?

정제영이 그 녀석 뺨을 때렸다고 했다. 여자끼리 비비고 사는 거 그만 좀 할 수 없느냐고, 역겹다고, 이죽거리며 웃는 낯으로 말하기에 싸움이 붙었고 정제영은 아이의 뺨을 때렸다. 사촌 동생은 집으로 돌아와 부모님께 부은 뺨을 내보였고 큰집은 경찰에 정제영을 아동학대로 신고했다.

그리고 무슨 일이 일어났지?

검찰이 정제영을 아동학대로 기소했다. 짧은 법정싸움이 이어지고 수많은 보수 언론, 유튜브, 종교단체, 그 외 등등 편협한 시선과 공격이 예비부부에게 쏟아졌다. 정제영은 연구팀에서 내쫓겼고, 이어 진행된 공판에서 유죄 판결을 받았다. 벌금형이었지만 무죄보다 더했다.

그리고 무슨 일이 일어났지?

그리고 무슨 일이 일어났지?

9

그리고 무슨 일이 일어났지? 꽃샘추위가 창문 틈새로 스미던 어느 밤, 희주가 찾아왔지. 비에 척척하게 젖은 모습으로 날 내려다보며 말했지. 집에서 쫓겨났어.

세 들어 살던 아파트의 세대주를 정제영으로 해놓은 게 화근이었다. 정제영이 죽고 난 뒤 희주는 혼자 힘으로 어떻게든 버텼지만 정제영의 가족에겐 보증금이 급했다. 희주는 자신이 지불한 보증금의 반도 돌려받지 못하고 그대로 집에서 내쫓겼다. 다 지우지 못한 페인트 낙서가 창문마다 그려져 있는데, 매일 종교단체에서 엄청난 양의 전단지를 안기는 그런 곳이 뭐가 좋다고 욕심을 내는 건지 모르겠다고 했다.

갈 곳이 없는 건 아니었다. 하지만 희주는 모두 거절하고 현정의 집으로 왔다. 확인할 게 하나 있다고 했다. 그러고는 머리칼에 어린 물기도 닦지 않고 성큼 집 안으로 들어왔다. 차례대로 안방과 화장실 문을 열어젖히다가, 마지막으로 창고로 쓰는 쪽방 문을 열었다. 시간을 들여 내부를 세심히 살핀 뒤 몸을 돌려 말했다.

"이 정도면 사람 하나는 거뜬히 살겠네."

현정은 곰팡이가 너무 펴서 그건 힘들다고 말했다. 윗집 욕실과 벽이 이어져 있어 물을 많이 쓰는 날이면 물이 벽 틈새를 타고 흐른다고 했다.

"그래도 한두 달 정도는 버틸 만하지 않을까. 나 여기서 며칠 머무르고 싶은데 괜찮지? 우린 친구라며. 그 정도 부탁은 들어줄 수 있잖아."

현정은 새벽에 잠에서 깨어 화장실로 달려갔다. 변기를 부여잡고 계속해서 토했다. 쪽방에서 자고 있던 희주가 나와 밤새 등을 두드려줬다. 아침에 달걀죽을 끓여주기도 했다. 현정은 차마 한 술도 뜨지 못하고 죽이 식는 광경을 지켜보았다.

그 추웠던 봄에서 여름, 가을, 그리고 초겨울로 넘어가던 때까지 희주는 현정의 집에서 머물렀다. 집주인을 어떻게 구슬렸는지 몰라도 버려놓은 현관 앞 화단에 흙을 가져와 무언가를 심기 시작했다. 흔하게 심는 베고니아와 국화, 데이지, 사루비아 같은 관상화가 아닌 정체를 알 수 없는 덩굴식물이었다. 무슨 마법을 부렸는지 몰라도 가시가 돋친 덩굴은 잭과 콩나무처럼 무시무시한 속도로 성장하기 시작했다. 아침에 일어나 보면 줄기가 벽을 타고 반대편 담장으로 넘어가기 일쑤였다.

그즈음 희주는 현정에게 전지가위를 맡겼다. 웃자란 줄기와 잎사귀를 다듬어 달라는 것이었다. 아침에 일어나서 정리하기가 매번 힘들다면서 웃는 얼굴로 말하곤 했다. 우리 사이에 그 정도 부탁은 어려운 일도 아니잖아, 친구니까 그 정도는 해줄 수 있잖아. 현정은 마지못해 가위를 받아 들었다.

그리고 여름.

꽃이 피었다. 작약처럼 탐스러운 꽃망울이 가득 피어난 아주 아름다운 꽃이었다. 향도 짙어 골목길 초입에서도 달고 부드러운 향기를 맡을 수 있었다. 품종이 뭐냐고 묻는 동네 어르신들에게 희주는 '관혼상제'라고 말했다.

"이거 만든 사람이 어느 예식에서든 쓸 수 있으라고 그렇게 이름 지었대요. 결혼식이든 장례식이든 두루두루 쓸 수 있게요. 정말 탐스럽고 이쁘지 않아요?"

그러면 어르신들은 조금 껄끄러워하면서도 고개를 끄덕이며, 나중에 씨가 나면 받아 갈 테니 몇 개 챙겨달라고 부탁하곤 했다.

그리고 가을.

꽃잎이 떨어진 자리서 씨방이 부풀더니 럭비공 같은 모습이 되었다. 현정이 열심히 가지치기 한 보람이 있었는지, 제법 많은 수가 열렸다. 한눈에 봐도 박주가리의 씨방과 비슷해 물어보니 희주는 애매하게 고개를 끄덕이는 둥 마는 둥 했다.

"그거하고 이것저것 섞였다고 하더라."

희주는 씨방이 완전히 터지기 전에 수확할 생각이라며 현정의 의사는 묻지도 않고 날짜를 정해 알렸다. 어떻게든 시간을 내라는 뜻이었다. 아르바이트에 대타를 보내고 희주와 함께 씨방을 수확했다. 남은 넝쿨은 뿌리째 뽑아 마대 자루에 집어넣었다. 그러다 넝쿨 가시에 팔이 긁혔는데 울긋불긋 반점 따위가 생기더니 일순간 현기증이 일었다. 눈물 콧물이 줄줄 새어 나왔고 숨쉬기가 어려웠다. 희주는 무감한 얼굴로 현정을 응급실로 데려갔다. 의료진에게 현정이 벌에 쏘였다고 설명했다. 의사는 경미한 아나필락시스 쇼크로 보인다며 안정을 취하라는 말과 함께 약을 처방했다. 집으로 돌아오는 길에 현정은 희주에게 물었다. 그게 뭐냐고, 넌 대체 뭘 키우고 있는 거냐고, 무얼 할 생각이냐고. 희주는 현정은 보지도 않고 이렇게 대답했다.

"그냥. 좀 생각하는 게 있어서."

그리고 겨울.

집에 돌아와 보니 희주가 캐리어를 챙기고 있었다.

여기 올 때 입고 있던 베이지색 코트를 입고 있었는데, 제대로 말리지 않은 탓에 밑단에 얼룩이 져 있었다. 희주는 시간이 다 되었다고 말했다.

"너무 늦기 전에 가보려고."

희주는 커피 한 잔 마시고 갈 거라며 주전자를 불에 올렸다. 물이 끓는 동안 말끔하게 치워진 쪽방과 현정을 번갈아 보다가 이렇게 말했다.

"저 방 말이야. 곰팡내만 빼면 정말 살 만 하더라. 채광은 괜찮은데 왜 곰팡이가 계속 피는지 모르겠네."

주전자가 삐이, 소리를 내기 시작했지만 누구도 가스레인지에 손을 대지 않았다. 희주는 여전히 쪽방만 내다보았다.

"있잖아, 현정아. 오늘 여기를 나가면 두 번 다시 이 집에 오지 않을 거야. 널 만나러 올 일도 없을 테고. 그러니까 한번 들어나 보자. 네가 그 애를 내 집으로 보낸 건 정말 저 방이, 사람이 한 달도 머물기 힘든 곳이라서 그랬던 거야?"

현정은 그렇다고 대답했다. 손에 밴 땀을 바지에 문질러 닦으면서, 비굴하게 웃으며 그렇다고 말했다. 왜 사람 말을 못 믿는 얼굴을 하느냐고도 했다.

"그야 내가 네 말을 어떻게 믿어. 재판에도 오지 않은 너를 내가 어떻게 믿어. 오겠다고 했으면 왔어야지. 내 사촌 동생이 원래 천성이 찌질하고 생각이 없는 놈이라고, 검사든 판사든 누구에게든 말을 했어야지. 그런데 안 왔잖아. 너는."

희주의 목소리. 바닥에 처박힌 사람만이 낼 수 있는 그런 목소리에 현정은 심장이 내려앉는 기분이었고, 속이 쓰리면서 신물이 올라왔고, 닦아도 닦아도 식은땀이 계속해서 배었고, 정말 할 말이 없어 입을 다물었다. 희주가 형광등을 등지고 선 탓에 얼굴이 제대로 보이지 않았다. 하지만 앙다문 턱선과 일그러진 입꼬리는 제대로 보였다.

이 집에 들어오고 처음으로, 아니 현정이 희성을 알았을 적부터 얼굴 한번 찡그린 적 없는 친구가 화를 내고 있다. 순진해 빠졌다고 여겼던 애가 화를 내고 있어. 현정은 공포인지 뭔지 모를 기분에 압도되어 몸을 낮췄다. 무릎을 꿇고 그 위에 손을 올렸다. 성대를 쥐어짜 말했다. 미안하다고, 정말 미안하다고, 네 얼굴을 볼 면목이 없었다며 그 핑계로 고개를 숙였다.

"나 너에게 사과나 받자고 물어보는 거 아니야. 그냥 사실대로 얘기해주면 되잖아. 저 방이 정말 열다섯 살짜리 애가 머물기 힘든 방이니? 그래서 우리에게 보냈어?"

현정은 도돌이표처럼 미안하다는 말만 반복했다.

"네가 날 낮잡아보려는 거 뻔히 알아. 어떻게든 트집 잡고 깎아내리려 하고. 우리 고등학교 때처럼 말이야. 넌 그때도 툭하면 나한테 심부름이나 시키고 그랬잖아. 그렇게 사소하게 네 말

과 네 행동에서 드러나는 거 보고도 내가 왜 말 안 했는지 알
아? 난 너만은 남겨놓고 싶었어. 고등학교 친구는 평생 간다는
그 말이 정말 듣기 좋아서, 그래서 너하고도 그렇게 지낼 수 있
을 줄 알았어."

현정은 덜덜 떨며 바닥에 머리를 박았다. 턱 끝까지 흐른 땀
이 바닥으로 떨어졌다.

"네가 정 말을 못하겠다면 내가 대신 이야기할게. 넌 네 사촌
동생이 귀찮고 피곤했어. 조심성이라고는 조금도 찾아볼 수 없
고 말과 행동도 험하기 짝이 없는 남자애를 집에 들이고 싶지 않
았을 거야. 그래서 나한테 연락했지. 내 집은 쓸데없이 넓으니
괜찮다고 했잖아. 그러니 한 달만 데리고 있어달라고. 친구 사
이에 그것도 못 해주느냐고 그랬잖아. 이거 모두 네가 한 말이
야. 기억하지?"

현정은 고개를 끄덕였다. 모두 기억한다고, 내가 분명 그렇게
말을 했다고 말했다. 미안하다고 말했다.

"마냥 네 탓만은 아니었겠지. 걔네 가족이 우리 같은 사람을
혐오하는 치들인 줄도 몰랐고, 언론이며 유튜브며 우리 얘기를
그렇게 좋아할 줄도 몰랐고, 경찰이 설마 진짜로 수사를 할 줄
도 몰랐고, 검찰이 기소할 줄도 몰랐고, 그래서 판사가 그렇게
판결을 내릴 줄도 몰랐고, 정말 모든 게 나와 제영이 예상처럼
돌아가지를 않는데 너라고 달랐겠니? 너도 무서웠겠지. 다른 사
람도 아니고 네 가족이 벌인 일이니까. 그러니 나한테 연락하기
도 무서웠을 테고, 하물며 재판에 나서는 건 어떻겠어. 하지만

그렇다고 네가 깨끗하다는 건 아니야. 내가 이렇게라도 말하는 건 네가…."

쇠가 타는 냄새가 났다. 주전자에서 연기가 올라오고 있었다. 희주는 가스 불을 끄더니 커피는 글렀네, 하고 중얼거렸다.

"…그냥 진저리가 나. 이제야 비로소 내가 바랐던 삶에 가까워졌다고 생각했는데 그런 실수 하나로 일그러질 수 있다는 게 너무 무섭고 분하고 화가 나서, 사는 게 무슨 소용인가 싶어. 마음 같아서는 몽땅 놓아버리고 싶은데 그게 쉽지를 않네."

그리고 희주는 코트 주머니에 손을 넣었다. 무언가 인형 같은 걸 쥐었다 폈다 하는 것처럼 불룩 나온 주머니가 조금씩 움직였다. 끔찍할 정도로 무거운 침묵이 현정의 등을 짓눌렀다. 희주는 그런 현정을 한참 내려다보다가 몸을 돌렸다. 현관으로 향해 문을 열었다. 눈 냄새를 머금은 공기가 집 안으로 밀려와 거실과 쪽방에 달라붙었다. 희주는 문을 닫아버리기 전 이렇게 말했다.

"너 말고 나한테 더 미안해 할 사람이 있을지나 모르겠다."

언론에 의하면 백희주가 가시박 종자를 최초로 살포했다고 의심되는 곳은 부산의 한 아파트단지였다고 한다. 정제영을 아동학대로 고소한 큰집이 사는 곳이었다. 백희주는 이후 부산에서 서울로 북상하며 각 언론사, 방송사, 자신을 다룬 유튜버들을 찾아갔고 사과를 요구했다. 그 모습이 스트리밍 방송에 담기기도 했다. 그들은 백희주를 밀치고 경찰을 불렀다. 고소하겠다며 엄포를 놓았다. 백희주는 각각 해당 건물 근방 10미터 이내 지역에 가시박 종자를 살포했고, 김포공항을 통해 제주도로 향했다.

백희주의 마지막 목격지는 야외 예식장이었다. 희주와 정제영이 결혼식을 위해 알아본 곳으로, 예식장 측은 위약금을 핑계 삼아 희주에게 예약금을 돌려주지 않았었다. 예식장 대표는 본인이 유감의 뜻을 내비치자 백희주가 그저 멍한 얼굴로 예식장을 내다보다 자리를 떴다고 밝혔다. 제주도는 피해가 늦었다. 내륙보다 가시박이 한 해 늦게 폈지만 바람이 많이 부는 지형 특성상 홀씨가 잘 날려 지금은 내륙보다 더한 꼴이 되었다.

미안한 마음 하나로 해결될 문제가 아니었던 것이다.

현정은 상념에서 벗어나며 핸들에서 손을 뗐다.

사이드브레이크를 올리고 시동을 완전히 껐다. 뒷좌석에 놔두었던 희주의 잔해를 품에 안고 조용히 앉아 있었다. 온몸이 쑤시다 못해 망치로 못질이라도 당하는 것처럼 아팠다. 손만 해도 손바닥은 멍이 한가득이었고 손목은 피딱지가 져 보기 흉했다. 현정은 손을 한참 매만지며 고개를 들었다.

날이 맑았다. 화장하기 좋은 날이다.

날밤을 새웠는지 시들한 기색의 기자들이 장의차를 알아보고 몰려들기 시작했다.

현정은 희주를 품에 안고 차 밖으로 나갔다. 인파를 뚫고 화장터 건물을 향해 발을 옮겼다.

10

하늘공원과 공용으로 사용하는 현관 계단을 오르다가 현정은 그 자리에서 멈춰 섰다. 자꾸만 달려드는 기자와 방송국 카메라에 노코멘트, 얘기하지 않겠습니다, 비켜주세요, 자꾸 이러면 경찰을 부를 겁니다, 하고 말하던 참이었다. 야트막한 하늘공원 본관 건물 너머로 시선이 갔다. 수목장을 위해 마련된 자리로 알고 있는데 어김없이 초록색이었다. 그 초록색 사이로 언뜻언뜻 흰 점 따위가 섞여 있었다. 불안한 마음을 뒤로 한 채 현정은 남은 계단을 마저 올랐다. 화장터 직원이 나와서 기자들을 내치고 현정을 건물 안으로 들였다. 로비는 안내직원 하나 없이 텅 비어 있었다. 인력 감축으로 인해 당분간 단축 운영한다는 안내판이 여기저기 붙었다. 여기저기 장식된 조화와 고무나무 위로 먼지가 두껍게 가라앉아 있었다.

얼마 지나지 않아 접수처에 직원 한 명이 자리를 잡고 현정을 불렀다. 초로의 노인이었는데, 희끗희끗한 머리칼과 달리 목소리가 앳되었다. 현정이 화장터에 문의할 적에 들었던 바로 그 목소리였다. 직원은 현정의 품에 안긴 희주를 보며 고갯짓했다. "이게 그겁니까." 현정은 이름으로 부르라고 하려다가 지친 마음에 그냥 그렇다고 대답했다.

"관을 마련하는 걸 깜박했어요. 이대로면 화장이 힘들까요."

"보통 관째 태우는 게 정석이지만 없으면 어쩔 수 없죠."

직원은 병원에서 쓸 법한 스테인리스 쟁반에 카디건과 함께 희주를 담고는, 화장이 끝나려면 1시간 정도 걸릴 테니 대기실에서 기다리라며 방 열쇠를 건넸다. 대기실은 화장터 2층에 위치했다. 찾는 사람이 없어서인지 위로 올라가는 에스컬레이터는 작동되지 않았고 커피 자판기는 뜨거운 물만 나왔다. 매점은 열려 있었지만 파는 게 얼마 없었다. 캔 음료와 통조림 몇 종류, 팩소주가 전부였다. 현정은 팩소주 두 개를 사서 대기실로 들어갔다. 본래 일가친척이 모이는 곳이라 그런지 현정 혼자 앉아 있기에는 너무 넓었다. 천장에 화장장 대기인원을 알려주는 모니터가 달려 있었지만 전원이 나간 채였다. 먼지는 이곳에서도 어렵지 않게 만날 수 있었다. 공간이 낭비되는 느낌이었다. 죽을 사람은 진작 죽었고 죽지 못한 사람은 속속 한국을 떠나는 바람에 이제 죽는 사람을 찾아볼 수 없어 그런 것 같았다.

현정은 헛헛한 기분을 안고 테라스로 나갔다. 계단을 오를 때 얼핏 보았던 풍경이 눈앞에 가득 펼쳐져 있었다. 다른 것들은 전혀 섞이지 않은 초록 일색이었다. 테라스 한편에는 편히 앉아 쉴 수 있는 목제 흔들의자가 놓여 있었다. 의자에 앉아 가시박을 한참 내다보다가 뒷주머니에서 쪽지를 꺼냈다. 몇 번이나 읽고 접기를 반복해 모서리가 찢어질 것처럼 닳은 쪽지로, 희주가 제주도에서 돈과 함께 보낸 것이었다.

기실 그건 쪽지도 아니었다. 청첩장이며 동시에 유서였다. 신부 백희주, 신부 정제영. 죽음이 우리 두 사람을 가로막을 때까지.

현정은 쪽지에서 눈을 떼고 고개를 들었다.

저 가시박 넝쿨 사이 어딘가, 정제영의 무덤이 있다.

직원의 말에 따르면 정제영의 수종은 덩굴장미였다. 보통 소나무나 느티나무처럼 튼튼하고 오래가는 나무를 심는데 정제영은 고인의 뜻을 기려 덩굴장미로 심었다고 했다. 개량된 품종이라 작약처럼 희고 고운 꽃망울을 터뜨렸다던데, 가시박이 퍼지고 난 뒤가 문제였죠. 가시박 꽃과 그 꽃은 전혀 구분할 수 없을 정도로 닮았거든요.

현정은 희고 달콤하게 화사하던 가시박의 탐스러운 꽃을 떠올렸다. 가만 눈을 감고 냄새를 맡던 희주의 옆얼굴을 떠올렸다. 바로 그때, 동산 너머서 세찬 바람이 넘어왔다. 여기저기서 일제히 툭, 투둑, 툭, 하는 소리가 이어지기 시작했다. 바람에 눈이 시려 잠깐 눈을 감았다 뜨니 시야가 하얗게 번져 있었다.

가시박 홀씨가 한가득 날리기 시작했다.

그제야 파주가 예년보다 기온이 급격하게 떨어졌다는 사실이 떠올랐다. 가시박은 추위를 먹고 움텄다. 차갑지 않은 눈이 되어 여기저기 날리고 쌓였다. 바로 지금처럼. 현정의 왼편에서 내리쬐는 햇볕을 머금어 마치 빛의 조각처럼, 반짝반짝 눈부시게 정제영의 무덤 위로 날리는 홀씨들.

화장장 직원과 상복을 입은 가족 몇몇이 밖으로 나와 홀씨가 날리는 광경을 지켜보았다. 아직 다섯 살도 안 되어 보이는 남자애가 뭐가 그리 신기한지 홀씨를 잡으려고 돌바닥 위를 폴짝폴짝 뛰었다. 아이와 달리 어른들은 하나같이 황망한 얼굴이었다. 저 수많은 것들이 어딘가로 날려 자리를 잡고 싹을 틔우고 넝쿨을 사방으로 늘어뜨려 큰 잎사귀를 펼치고 그 아래 깔린 것들을 모조리 고사시키고 말려 죽이고 그래서 결국 가시박 말고는 아무것도 남지 않으리라는 것을 알고 있는 얼굴로, 그들은 홀씨가 날리는 광경을 지켜보았다. 현정 역시 넋이 나간 모습으로 바라보다 그만 손에 들고 있던 쪽지를 놓치고 말았다. 그대로 바닥에 떨어질 줄 알았는데 쪽지는 마법처럼 홀씨와 함께 바람에 날아가버렸다.

희주의 흔적은 모조리 압수당해 그게 마지막이었는데 그렇게 가버렸다. 현정은 테라스 난간 밖으로 몸을 기댔다가 그대로 바닥에 주저앉았다. 미안하다는 말이 턱 끝까지 차올랐으나 입 밖으로 꺼내지 않았다.

늦은 후회였다. 두 번 다시 돌이킬 수 없는 것들이 분명 있다. 눈앞의 이 풍경처럼.

스피커에서 '고인 백희주의 화장이 끝났다'는 안내가 들려왔다.

현정은 울음을 참으며 자리에서 일어섰다. 희주의 마지막을 위해 발을 옮겼다.

이멍

1991년 대구 출생으로 서울에서 살다가 현재는 고양시에 정착했다. 웹디자인을 전공했지만 지금은 창고단지에서 가업을 거들며 살고 있는 아주 소심한 사람이다. 미국 수사물 드라마와 탐정소설을 즐겨봤을 뿐인데 어쩌다보니 글을 쓰게 되었고 어쩌다보니 SF를 쓰게 되었다. 더욱 피냄새나고 아름다운 이야기를 자주, 그리고 오래도록 쓰는 것이 당장의 목표다.

녹색인간

———

정선오

조심. 조심. 오른손, 왼발, 왼손, 오른발, 오른손, 오른발. 아니지 왼발이지. 두 손을 떼고 길의 끝을 가늠해본다. 하지만 산의 정상은 아직 보이지 않는다. 나는 지금 등산 중이다. 그것도 네 발로. 지나가는 사람이 없기를 부디 바란다. 아마 지금 내 모습은 처음으로 계단을 올라가는 조그마한 개 같을 것이므로. 내가 이렇게 기묘한 모습으로 산을 오르는 이유는 산이 무섭기 때문이다. 산에 올라갈 때면 경사진 땅에 서 있는 내 몸뚱어리가 언제든지 금방이라도 뒤로 굴러떨어질 것 같은 그런 느낌이 든다. 어디선가 들었는데 나와 같은 이유로 산을 무서워하는 사람들은 대개 자신의 신체 능력을 못 믿는 경향이 있다고 했다.

"맞는 말인 것 같아."

등 뒤에 있는 배낭이 버거웠다. 눈앞에 수없이 널려 있는 커다란 돌 중 하나를 골라 그 위에 앉았다. 배낭을 바닥에 조심스 럽게 내려놓는 것만으로도 숨이 트이는 기분이었다. 배낭 안에 는 산 정상에서 사용할 온갖 것들이 들어 있다. 그중 가장 눈에 띄는 건 잡초 가위와 1.5리터 생수병 그리고 꽃다발이다. 잡초 가 위는 새것인데, 이왕 사는 거 튼튼한 걸로 사겠다고 크고 비싼 것 으로 골랐다. 굳이 그럴 필요 없었는데. 잡초보다 내가 먼저 잘려 나갈 것 같다. 물도 말이지. 이건 좀 변명을 해보자면, 지난번에 는 5백 밀리리터 생수병을 가져왔었다. 그랬더니 물이 금방 동 이 나버려서 산을 다 오르기도 전에 몸이 쪼그라드는 줄 알았다. 그래서 이번에 더 큰 걸 가져온 것이다. 뭐, 이제는 어깨가 쪼그 라들 것 같지만. 마지막으로 꽃다발은 매듭이 잘 지어지지 않아 금방이라도 흩어질 것만 같다. 다음엔 더 힘껏 조여야지. 언제나 무언가 하나씩 아니 둘, 셋씩 아쉬운 일들이 있다. 핸드폰 시계 를 보니 12시. 나는 돌에서 내려와 배낭을 다시 어깨에 메었다.

일주일에 한 번씩 산에 올라온 지도 1년이 넘었다. 하지만 잘 익숙해지지는 않는다. 사계절 내내 싸늘한 공기. 푸릇함이 그을 린 묘한 향기. 까슬까슬한 고동색의 흙. 기괴할 정도로 거대하 게 자란 초록 진초록 진진초록의 온갖 나무들. 그 주위를 맴돌며 울어대는 주먹만 한 참새들. 그리고 그 안에 있는 엄마까지도. 모두.

내가 지금 올라가고 있는 보름산은 강원도 양양군 외곽에 위 치한 산이다. 30년 전쯤 이곳에 산불이 났었다고 한다. 그때 군 수와 동네 주민들은 산의 복구와 방치 중 방치를 선택했다. 눈에 안 보이면 그만인 쓸모없는 산이라고 생각했기 때문이다. 하지만 용케도 보름산은 아득바득 몸을 피워냈고. 지금의 울창한 보름산이 되었다. 건강한 산의 모습을 되찾자 사람들은 다시 보름산을 찾기 시작했다고 한다. 산은 살아나자마자 무슨 생각을 했을까. 인간들도 불태워버리고 싶었던 걸까. 그래서 엄마를 그렇게 만든 걸까.

*

아침 8시가 되면 집 안에 알람 시계가 울린다.

"분아. 밥 먹어라."

밥 알람이. 엄마는 밥순이다. 밥이 최고야. 밥 없이 못 산다며 징글징글하게도 밥에 집착한다. 가장 징글징글한 건 그것이 나에게도 해당한다는 것이다. 게다가 엄마의 밥 알람은 성능이 너무 좋다. 알람에 응답하지 않으면 여러 가지 전법을 구사한다.

"엄마. 나 진짜 시간 없어요. 지금 당장 나가도 늦어요."

"그러면 딱 한 입만 먹고 가. 엄마가 이렇게 아픈데. 딸내미 먹이겠다고. 밥까지 차렸는데… 정말 그냥 갈 거야?"

오늘은 죄책감 자극 전법이구나. 사실 엄마가 며칠 전부터 잔기침을 하긴 했다. 아마 보름산 가을 축제에 다녀온 이후부터였을 것이다. 가뜩이나 전날에 비가 와서 걱정이 많았었다. 찬 공기는 몸에 안 좋다. 바닥도 질퍽하니 미끄러울 것이다. 말려보았지만, 기어코 간다고 하더니 결과가 콜록인 것이다. 원래 약은 안 먹을수록 좋다는 똑똑하신 어머니의 주장에 알아서 잘 낫겠지라며 대수롭지 않게 생각했었다. 그런데 개똥 소리였나. 잔기침을 계속하는 모습을 보아하니 이번 감기는 빨리 꺼질 생각이 없어 보인다.

"아프면 좀 쉬지. 왜 힘들게 밥을 차리고 그래요."

"하나뿐인 우리 딸을 위해서? 그리고 원래 밥을 먹어야 머리가 돌아간다니까. 오늘 시험이라며."

말은 잘하지. 할 수 없이 손에 들고 있던 전공 필기 노트와 어깨 한쪽에 걸친 배낭을 신발장 앞에 던졌다. 엄마가 한입 먹는 것을 보고 나서야 숟가락을 들었다. 빠른 시간 내에 이 밥을 해치울 수 있는 전략은 무엇일까. 그래. 최대한 많은 양을 숟가락에 담아, 최소한의 횟수로 끝내자. 여전히 김이 나는 밥의 절반을 숟가락에 담았다. 그리고 그 위에 계란 프라이의 절반을 잘라서 얹고, 겉절이로 마무리를 했다.

한 숟갈 두 숟갈 급하게 입에 집어넣고 있는데, 계속되는 기침 소리가 거슬렸다. 혼자 두면 병원에 안 가려고 하겠지. 9시에 시작이니까. 10시. 늦어도 11시 안에는 집에 돌아올 수 있을 것이다. 그러면 여유롭게 병원에 갈 수 있겠지.

"오늘은 미용실 가지 말고 집에 있어요. 아무래도 병원 가야 할 것 같아."

엄마는 괜찮다며 또다시 개똥 소리를 들이밀려고 했지만, 저번에 했던 말이라는 걸 기억했는지 곧바로 입을 닫았다. 밥을 재빨리 비우고 나서 신발장 앞에 던져두었던 노트와 배낭을 챙겼다. 그리고 병원에 가기 위해 꼼짝 말고 집에 있겠다는 다짐을 두 번 더 받고 나서야 현관문을 열었다.

수업이 끝났다. 곧바로 엄마를 데리고 가장 가까운 병원으로 향했다. 동네 주민들만 오가는 조그마한 병원이라 사람이 그리 많지는 않았다. 덕분에 접수하고 얼마 지나지 않아 진료를 볼 수 있었다. 의사는 증상을 묻더니. 간단한 진찰을 시작했다. 쇠막대로 입을 휘젓고, 청진기로 앞과 뒤를 짚었다. 키보드로 몇 번 투닥투닥하더니 간단한 감기몸살이라는 진단을 내렸다.

"약 먹고 푹 쉬세요."

"들었죠?"

사흘 치 약을 처방받고 집으로 돌아왔다. 엄마가 뜨거운 물로 온몸을 닦아 내리는 동안. 나는 쇠 냄비에 흰 쌀밥과 물을 넣고 걸쭉해지게 휘저었다. 샤워를 마친 엄마가 머리를 말리는 동안 식탁 위에 김이 나는 죽을 내려놓았다.

"이야. 김분. 밥 잘하네. 이제 엄마 없어도 되겠어."

"내가 다 큰지가 언젠데. 당분간 미용실 나가지 말고 집에서 쉬어요."

"그래. 이참에 좀 쉬어야겠다."

식사를 마친 엄마를 방 안에 밀어 넣었다. 냄비와 그릇들을 설거지하고 나니 밖은 어두워져 있었다. 뭐 할 게 있었나. 생각하다가 모자를 쓰고 밖으로 나섰다. 목적지는 5분 거리에 있는 '오여사 미용실'. 눈이 나쁜 사람도 한눈에 볼 수 있도록 흰색의 A4 용지를 검은색 글씨로 가득 채웠다. '건강상의 이유로 잠시 휴업합니다. 금방 돌아오겠습니다.'

＊

다음 날 아침. 발밑에서 울리는 조잡한 진동 소리에 잠이 깼다. 오늘이 무슨 요일이더라. 금요일. 오늘만 지나면 쉴 수 있겠지. 근데 엄마는 좀 나아졌을까. 아픈 엄마를 두고 학교에 가자니 영 마음이 불편했다. 발뒤꿈치를 세우고 소리 없이 안방으로 들어갔다. 얼굴을 살피고 있는데, 엄마가 눈을 번쩍 떴다.

"깜짝이야. 몸은 좀 괜찮아요?"

"괜찮아. 학교 안 가?"

"엄마가 신경 쓰여서. 오늘은 학교 가지 말까요?"

엄마는 됐다며 손을 휘젓더니 몸을 벽 쪽으로 돌렸다. 그리고 들려오는 잔잔한 숨소리. 잔기침이 드물어진 것 같긴 하네. 다행이다. 학교 가기 싫다고 생각하며 나갈 준비를 하고. 혹시나 나가는 문소리에 잠이 깰까 봐 소리 없이 집을 나섰다.

학교에서 나오니 하늘은 밝은 남색이 되어 있었다. 집으로 가는데 거리의 포장마차 냄새가 너무 좋아서 그냥 지나칠 수 없었다. 엄마가 좋아하는 떡볶이와 순대를 손에 들고 현관문을 열었다. 거실 소파에 엄마가 앉아 있었다. 엄마는 불안한 표정으로 일어섰다.

"분아. 큰 병원에 가야 할 것 같아. 같이 가줄래?"

당장 무슨 일이 났다고 누가 나한테 소리치는 것도 아닌데. 그냥 병원에 가면 되는 건데. 아무 일도 아닐 수 있는 건데. 차갑고 두려운 무언가가 목구멍을 찌르는 듯했다.

우리는 집에서 나와 곧장 택시를 탔다. 택시 안은 아주 조용하고 추웠다. 세원대학 병원에 도착했을 때, 시간이 늦어 일반 진료는 볼 수 없었다. 할 수 없이 응급실로 향했다. 간호사는 엄마에게 침대와 담요를 내주었다. 몇 가지 증세를 물어보더니 기다리라는 말만 남기고 떠났다.

당장 진료를 봐달라고 소리치고 싶었다. 하지만 주위에는 온몸이 빨개진 채 울고 있는 아기, 정신을 잃었는데 머리에 피가 나고 있는 아줌마. 쓰레기통을 붙잡고 노란 토를 하는 할아버지, 겉모습으로 따지자면 엄마보다 더 심각한 이들이 널려 있었다. 이곳에서 당장 엄마를 봐줄 수 있는 사람은 나밖에 없었다. 근처에서 종이와 펜을 찾아 가져왔다.

"엄마. 몸이 어때요. 정확히 어떻게 아파요?"

엄마는 숨을 천천히 내쉬더니 기억을 더듬었다. 손도 폈다 쥐어보고. 온몸에 가득 힘도 줘보았다. 그리고 천천히 아주 천천히 읊기 시작했다.

"몸에 힘이 잘 안 들어가. 걷기도 힘들고. 기분 탓일 수도 있는데 몸이 빠르게 마르는 느낌이야."

"일어나서 한번 걸어봐요."

엄마는 침대에서 내려와 주춤주춤 응급실 바닥을 걸었다. 나는 발의 보폭을 펜으로 가늠했다. 편의점에서 물을 사 와 건네주었다. 그리고 20분 간격으로 상태를 종이에 적기 시작했다. 6시 50분. 대기 중. 발의 보폭은 모나미 펜의 90퍼센트 정도. 머리를 손으로 빗기만 해도 동전 크기의 머리 뭉치가 빠짐. 목이 말라

5백 밀리리터의 물을 건네주었는데 빨리 비움. 물을 먹는 속도가 빠름. 평소보다 체력이 많이 부족해 보임. 얼굴이 많이 창백함. … 대기 중. 발의 보폭은 모나미펜의 85퍼센트 정도. 최소 2리터의 물을 마셨음에도 계속 목마르다고 함… 대기 중… 대기 중….

9시 10분을 적고 있을 때, 젊은 여자 의사가 다가왔다. 의사는 증세를 물어보았다. 나는 아까 간호사에게 말한 증세를 한 번 더 말하였고, 종이를 보여주었다. 의사는 대충 눈으로 훑고, 금방 돌려주었다. 그리고 뭐라 뭐라 말하였지만 알아들을 순 없었다. 알아들은 건 몇 가지 검사를 진행하자는 것뿐이었다. 엄마는 피로한 눈으로 나를 바라보았다.

"기다리고 있을 테니까. 조심히 갔다 와요."

나는 잡고 있던 손을 놓았다. 엄마는 침대째로 검사실로 옮겨졌다. 나는 침대가 있던 자리 옆 의자에 앉았다. 지금 일어나는 일들이 현실인가, 꿈인가. 주위를 둘러보고. 다시 의자 위에 앉아 있는 무릎을 보았다. 엄마가 다시 침대째로 돌아왔다. 엄마는 피곤하다며 눈을 감았다. 여기저기 쏘다니느라 늘 구릿빛이었던 엄마의 피부가 창백했다. 온몸에 멍이 든 것처럼. 푸르게 창백했다.

그 얼굴에 손을 갖다 대려는데, 의사가 다가왔다. 나는 손을 떼고 의사의 얼굴을 빤히 보았다. 의사는 뭐라 뭐라 말하였지만, 역시나 알아들을 순 없었다. 검사 결과는 주말이 섞여 있어서 다음 주 중에 나올 예정이라고 했다. 의사는 입원할 것을 권했다. 그때쯤 엄마는 눈을 떴다. 눈을 뜨자마자 집에서 푹 쉬면 나아질 것이라고. 입원할 정도로 아프진 않다며 입원을 하기 싫은 눈치였다. 나는 엄마의 희망을 외면하며 입원을 위한 서류를 작성하러 밖으로 나갔다.

갑작스러운 입원이었기에 2인실에 들어가게 되었다. 입원 수속을 받고. 링거 주삿바늘을 손에 꽂고. 잠이 든 엄마를 확인하고. 그제야 병원을 나섰다. 달도 잘 보이지 않는 어두운 밤. 택시를 타고 집으로 향했다. 현관문을 열자 신발장 앞에는 떡볶이와 순대가 든 비닐봉지가 놓여 있었다. 나는 그대로 주저앉아 비닐봉지를 손으로 잡아보았다. 집에 들고 갈 때는 오래 만지지도 못할 만큼 뜨거웠는데. 지금은 너무나도 차가웠다. 이제 조금, 아주 조금 내가 깨어 있다는 것이 실감이 났다.

분홍색의 등산용 배낭을 꺼내 입원 생활에 필요한 것들을 생각나는 대로 꾸역꾸역 집어넣었다. 학교에 들고 다니던 흰색 배낭에는 내가 쓸 것들을 넣었다. 전기장판이 꺼졌는지. 가스 밸브가 잠겼는지를 확인하고 온 집의 불을 껐다. 그리고 두 개의 배낭을 앞뒤로 메고 나서야 집 밖으로 나갔다. 복도를 지나 엘리베이터를 기다리다가, 다시 돌아가 불 하나를 켰다. 아파트에서 나와 걸어가다가 뒤를 돌아보았을 때, 우리 집은 아주 환하게 빛나고 있었다.

＊

우리 가족은 엄마와 나, 둘뿐이다. 나라는 인간에게 정자라는 씨앗을 뿌린 사람. 그러니까 보통 '아빠'라고 불리는 그 사람은 가족을 위해 떠난다는 말을 남기고 사라졌다. 사실은 분에 넘치는 사치로 만든 빚을 견디지 못하고 도망간 것이었지만. 내가 지금 스물이니, 그래 그건 9년 전의 일이었다. 그리고 엄마는 가장이 되었다.

엄마는 외국계 회사에서 경리로 일했던 경험이 있었지만, 오래전의 일이었다. 경력이 단절된 가정주부였던 엄마는 여기저기를 들쑤셨다. 박스에 스티커를 붙이는 일. 택배회사에서 전화를 받는 일. 밭에서 고추를 따는 일. 전전하다가 결국 머리를 자르고 볶는 일에 정착하게 되었다.

열한 살의 나는 뭘 알지도 못했고, 뭘 할 수도 없었다. 그저 낮에는 내 앞에서 억지로 웃고, 밤에는 베란다에 숨어 우는 엄마를 지켜보는 것. 그리고 그런 걸 모르는 척하는 것. 그게 내가 할 수 있는 전부였다. 그때 생각했다. 우리 가족에게 또다시 힘든 일이 닥치면 그땐 내가 가장이 되어야겠다고.

토요일. 어설픈 간병이 시작되었다. 링거의 선을 통해 피가 몇 번이고 역류하여 간호사를 허겁지겁 부르고. 머리를 감는 데 1시간 이상이 걸리고. 혹시나 다칠까. 어디가 불편할까. 안절부절못하느라 온종일 온몸이 땀범벅이었다. 일요일도 별반 다르지 않았다. 하지만 언제나 그렇듯 시간이 지나고 월요일이 되자 간병이 조금 익숙해지긴 했다. 피가 역류할 때는 줄을 꾹꾹 누르며 다시 들어가게 하였고. 머리를 감는 건 45분으로 줄었다. 그렇다고 해서 모든 것이 익숙해진 건 아니었다. 엄마의 몸은 더욱더 앙상해졌고. 초록빛으로 창백해졌다. 걷는 것도 어설퍼져서 고통스러울 지경이었다. 걷기 싫다는 엄마를 침대에서 끌어내 억지로 걷게 해야 했다. 엄마는 궁시렁거리며 내가 하자는 대로 한 걸음씩 내디디려고 노력했다.

화요일. 머리를 밀기로 했다. 머리가 빠른 속도로 많이 빠져서 감당되지 않았기 때문이다. 아침을 먹자마자 엄마를 휠체어에 앉혀 병원 앞에 있는 미용실로 향했다. 이발기로 단번에 쓸려가는 머리카락 앞에서 엄마는 처음으로 훌쩍였다. 미용실에서 돌아오자마자 엄마는 지쳐 잠자리에 들었다.

나는 꺼놓았던 핸드폰을 켰다. 각종 부재중 전화와 문자가 있었다. 한두 개의 문자만 읽고선 다시 핸드폰을 껐다. 어차피 진짜로 도와줄 수 있는 사람은 아무도 없을 테니까. 마음으로 도와주는 건 지금의 내게 아무 도움이 되지 않았다.

흰색 배낭에서 노트북을 꺼냈다. 엄마의 병에 관한 것들을 검색하기 시작했다. 하지만 내가 알고 있는 것들론 정확히 무슨 병이고, 어떻게 치료할 수 있는지 알 수 없었다. 나는 왜 의사를 꿈꾸지 않았지. 그냥 남들 다 대학 가니까 나도 가겠다는 그런 어설픈 생각밖에 하지 못한 거지. 지나간 선택을 후회하며 머리를 쥐어짜고 있는데, 어느 순간 오랫동안 잠을 제대로 자지 못했다는 걸 깨달았다. 병원에 온 이후부터 엄마가 깨어 있을 때 깨어 있고. 자고 있을 때도 깨어 있고. 그나마 잠깐 자는 것도 간이침대 위에서 꾸벅꾸벅하는 정도였다. 그 사실을 깨닫자마자 피로가 몰려왔다.

"분아. 분아. 분아. 물 좀 줄래?"

내 이름을 부르는 소리에 눈이 떠졌다. 침대 옆 서랍 위에는 조금 전에 채워놓은 1리터 크기의 물병이 있었다. 그리고 그것은 비어 있었다. 나는 물병을 들고 정수기로 향했다. 물병을 내려놓고 엄마의 몸을 확인하는데 이상하다는 느낌이 들었다. 민머리어야 할 머리에 흰색과 노란색의 두꺼운 털이 조금 자라 있었다. 이제 보니 피부도 매끈하면서도 빳빳해 보였다. 손과 발을 꺼내보니 내 손과 달리 뾰족하고 길었다. 그리고 그 위의 손톱과 발톱은 손가락 길이만큼 자라 있었다.

나는 뒷걸음질을 쳤다. 그러자 창밖의 나무와 엄마의 몸이 눈에 들어왔다. 나뭇잎 중 절반은 초록색이었고, 절반은 노란색과 빨간색이었다. 엄마의 몸은 창백을 넘어서 녹색처럼 보였다. 그 모습이 창밖에 있는 초록색의 나뭇잎과 비슷해 보였다. 나는 왼손으로 입을 막았다.

그때, 뒤에 있는 문이 열렸다. 나는 뒤를 돌아보았고. 의사는 나를 본 후 엄마를 보았다. 의사는 움찔하긴 했지만, 나만큼 놀라진 않았다. 의사는 침착하게 검사 결과가 나왔다며, 나를 자신의 방으로 데려갔다.

"모습 보셨죠. 아침에 머리를 분명히 아니, 그, 온몸이. 마치…."

"나뭇잎. 나뭇잎 같죠. 저희도 믿기진 않지만, 오난희 환자의 몸속에서 엽록체가 발견되었어요. 증세와 외양을 보건대 식물이 되어가는 과정 같습니다."

"그게 말이 되나요? 아니, 치료할 수 있는 건가요?"

"사마귀양 표피이형성증이라고. 쉽게 말해서 나무 인간 증후

군이라 불리는 비슷한 병이 존재하긴 합니다. 하지만 식물이 되어간다는 점에서만 비슷할 뿐. 그 모습과 증세가 전혀 달라요. 그나마 다행인 건 전염성이 없다는 거죠."

"결론이 뭔데요."

"원인과 치료 방법을 모두 알 수 없습니다. 사례가 없는 병이에요. 지금부터라도 연구를 시작해보겠지만. 치료법을 언제 찾을지는 장담할 수 없습니다."

그래서요. 병원이 아무것도 할 수 없다면. 어떻게 해야 하는데요. 엄마는 저렇게 계속… 이상해지고. 저는 그 기약도 없는 연구를 기다리기만 해야 하는 건가요.

"그래서 안타깝지만, 현재로선 할 수 있는 게 없을 것 같습니다."

의사는 덤덤히 말을 뱉었다. 나는 방을 나와 곧바로 병원 밖으로 향했다. 산책길이랍시고 만들어놓은 길을 지나 비어 있는 벤치 위에 앉았다. 두 손으로 얼굴을 틀어막았다. 머리가 아프고 숨이 가빠왔다. 밝은 하늘 아래 두 손으로 만든 어둠 속에서 숨을 들이마시고 내쉬기를 반복했다. 엄마의 얼굴과 의사의 말이 교차하여 머릿속을 채웠다. 왜 이게 꿈이 아닌 거지. 내가 뭘 잘못했지. 그러다가 문득 병실에 홀로 있을 엄마가 떠올랐다.

✳

엄마는 특별 입원실로 옮겨졌다. 간호사에게 얼핏 들어보니 식물이 되어가는 사람이 엄마 한 명은 아니었다. 이 병원에만 총

여덟 명이 있다고 했다. 그들에게 가볼까 하다가 그러면 이 믿을 수 없는 것들이 더욱 진짜같이 느껴질까 봐, 가지 않았다. 내가 마주해야 할 문제는 눈앞의 이 사람이면 충분하니까.

간병은 거의 익숙해졌다. 음료수 자판기처럼. 엄마가 신호를 보내면 그것에 맞게 행동하는 것들이 자연스러워졌다. 익숙해지지 않는 건 사람들의 시선이었다. 식물이 되는 병에 걸린, 그래서 '녹색 인간'이라는 별명이 붙은 사람들이 이곳에 있다는 것이 알려졌다. 물론 병원에서는 그 사실을 숨기려고 하였지만, 괴기하고 흥미로운 소문은 알음알음 퍼졌다. 알게 된 사람들은 그들을 새롭게 바라보기 시작했다. 신기하다, 징그럽다, 무섭다. 병원 측에서는 전염성이 없다고 했지만, 기이한 모습에 사람들은 환자와 그 보호자들을 경계했다.

왜 눈치를 봐야 하나 싶어 화가 나다가, 겨우 그런 거에 쓸 마음조차 없다는 걸 깨닫고 체념했다. 병실 안에만 있고, 나가야 할 상황이면 가급적 사람이 없는 시간에 사람이 없는 장소로 다니려고 노력했다.

엄마가 검사실에 가 있는 동안 나는 바람을 쐬기 위해 옥상으로 향했다. 날씨가 추워서인지 사람이 별로 없었다. 흔들의자에 앉으니 그 아래로 적막한 풍경이 보였다. 공기가 더욱더 차갑게 느껴져 두 다리를 끌어안았다.

"안녕."

옆을 바라보니 내 또래로 보이는 녹색 인간이 있었다. 그녀는 미소를 지으며 손을 흔들고 있었다. 아, 저 사람이 그 여덟 명 중한 명이구나. 별로 대답하고 싶은 기분은 아니었다. 하지만 저 사람도 나와 엄마처럼 사람들에게 그런 시선을 받으리라 생각하니. 무시할 수 없었다.

"난 이푸름이야. 네 이름은 뭐야?"

"김분이에요."

"난희 언니 딸이구나. 맞지?"

어떻게 아느냐는 내 눈치에 그녀는 이 병원에 녹색 인간은 여덟 명뿐이라고 답했다. 모두가 떠들어대는데 어떻게 모를 수가 있겠느냐며 그녀는 웃음을 지었다. 그러고나선 내 옆에 털썩 앉았다. 흔들의자가 격하게 흔들렸다. 나는 그녀가 성가셨다. 그러나 그녀는 모르는 건지 모르는 척하는 건지. 내 마음은 개의치 않고 물어보지도 않은 말을 뱉기 시작했다.

그녀는 스물다섯의 직장인이었다. 대학을 졸업하자마자 취업했고. 부모님은 돌아가셨고. 결혼도 하지 않아서 보호자 없이 혼자 병원 생활을 하고 있다고 했다. 보호자가 없다는 말에 나는 가슴이 답답해졌다. 엄마도 내가 없다면, 나도 엄마가 없다면 그랬겠지. 그녀는 다시 회사에 복귀할 수 있을지가 걱정이라며 장난스럽게 말했다. 치료법도 모르는 희귀병에 걸려 혼자 병원에 남았으면서. 뭐가 이렇게 해맑은 걸까.

"그런데 너 녹색 인간들에 대해 뭐 아는 게 있어?"

이 언니가 뭘 알고 있는 건가. 나는 고개를 저으며 똑같이 그녀에게 물었다. 그러자 그녀는 주위를 둘러보더니 내게 몸을 가까이했다. 나는 긴장을 하며 다가갔다. 하지만 그녀의 입에서 나오는 말들은 힘 빠지는 것들이었다. 식물화가 되는 거라면, 식물처럼 키우면 되지 않냐. 혼자 살 때 식물 키우는 취미가 있었다. 나는 전생에 식물 요정이었다. 마지막으로 키운 것이 아보카도였다.

겨우 그거였어. 그녀는 자기가 생각해도 헛소리 같았는지 머리를 뒤로 젖혀 반쯤 누웠다. 그리고 한탄을 하기 시작했다. 나도 내가 이렇게 될 줄 몰랐다. 돈도 벌어야 하는데. 병원비도 아득하고. 대출금은 더 아득하고. 이럴 줄 알았으면 휴가를 내지 말 걸 그랬다. 굳이 굳이 부장 눈치 봐가면서, 기어코 휴가를 내서 축제에 가다니. 내가 멍청이다. 나는 고개를 끄덕이며 그 소리들을 지나가는 바람에 흘려보냈다.

엄마가 보고 싶었다. 조용히 일어섰다. 그녀는 더 이야기하고 싶은 눈치였지만, 나를 붙잡진 못했다. 그녀는 엄마의 병실 위치와 번호를 물어보고선 돌아갔다. 병실로 돌아오니 엄마는 침대에 앉아 창밖을 바라보고 있었다. 엄마의 모습은 더욱 녹색 인간 같아졌다. 피부는 더욱더 매끈해지고 짙은 초록색을 띠었다. 하얀색 머리카락은 밤마다 두피까지 자르지만, 아침이 되면 한 뼘만큼 자라 있었다. 손톱과 발톱은 마찬가지로 매일 밤 자르지만, 아침이 되면 손가락 길이만큼 자라 있었다. 손금은 그 선을 따라 더욱더 깊어졌다. 놀라진 않았지만 그렇다고 익숙해지지도 않았다.

"뭐 해요."

"이 좁고 답답한 곳에 있으려니 좀 쑤셔야지."

빨리 나아서 너랑 같이 외식도 하고 여행도 가고 싶다. 지겨운 손님들도 막 보고 싶은 거 있지. 가위도 그리워. 사각사각. 그 촉감. 그래도 뭐 이렇게 아프니까 쉴 수 있으니까 좋은 것도 있네. 나는 표정 관리를 하기 위해 노력해야 했다. 그런 내게 엄마는 이것 좀 보라며 침대에서 일어나 한 걸음 한 걸음 힘겹게 내디뎠다. 그 모습은 마치 걸음마를 배우는 아기 같았다. 아마 내 기분을 달래려고 이러는 거겠지. 소용없는데. 엄마는 다섯 걸음쯤 걷자 숨을 가쁘게 쉬며 침대에 드러누웠다.

엄마는 자신이 검사받는 동안 뭐 했는지 물었다. 나는 옥상의 일들을 이야기했다. 엄마는 그 언니를 안다며 깔깔 웃어댔다. 검사실 앞에서 봤는데 같은 초록 피부의 인간이 있어서 놀랐다. 걔도 놀라더라. 신기하기도 하고 동질감도 느껴져서 대화했는데. 유머 코드가 맞더라. 분이 너랑 친하게 지냈으면 좋겠다. 듣고 보니 엄마랑 푸름 언니랑 성격이 비슷한 것 같다는 생각이 들었다.

"근데 푸름이랑 나랑 여기서 처음 만난 게 아니더라. 그… 보름산 가을 축제! 그때 약수터에서 한 번 만났었더라고. 내가 푸름이 사진도 찍어줬어."

"푸름 언니도 보름산에 갔어?"

＊

푸름 언니의 병실 앞. 문을 두드리자 안에서 희미한 소리가 들렸다. 문을 열자, 언니는 화장실 문을 힘겹게 닫고 있었다. 나는 언니가 침대에 앉는 걸 도와주었다. 그러고는 다짜고짜 왜 보름산 이야기를 하지 않았느냐고 따졌다.

"말해줘야 하는 거였어?"

언니는 그날의 기억을 더듬기 시작했다. 그녀는 전날까지도 야근했고. 그래서 보름산 가을 축제 아침에 늦잠을 잤다. 오후가 되어서야 보름산 입구에 도착했는데, 전날 비가 와서인지 사람은 별로 없었다. 바닥이 미끄러워 조금 위험하긴 했지만, 휴가를 낸 게 아까워서 오르기 시작했다. 힘들어서 약수터 앞에서 쉬던 중 우리 엄마를 만났다. 별 대수롭지 않은 수다를 떨고. 언니의 말로는 세상에서 제일 유쾌한 대화였지만. 엄마한테 사진을 찍어달라고 부탁했다. 그리고 약수터 물을 마시고 산에서 내려왔다.

"왜 정상까지 안 갔어요?"

"사실 산에서 이상한 소리가 들렸거든. 멧돼지인지 뭔지 모르겠지만. 소름 돋더라고. 난희 언니가 내려간다길래 나도 따라 내려갔지."

엄마와 언니는 같은 날 보름산에 갔다. 그렇다면 보름산에 무언가가 있었던 걸까. 나는 엄마가 있는 병실로 돌아와 노트북을 켰다. '보름산'을 검색하자, 폐쇄되었다는 아주 작은 기사를 볼 수 있었다. 등산객 사이에서 짐승 소리가 들린다는 소문이 퍼졌고. 사람들이 항의하자 임시로 출입을 금지했다는 내용이었다. 나는 다른 여섯 명을 찾아 나섰다.

그중 두 명은 피부의 일부가 갈색으로 변하고 있었다. 그들은 이제 자리에서 일어나지도 못했다. 다른 세 명은 우리 엄마와 비슷한 상태였다. 마지막 한 명은 아직 밝은 황색에 가까운 피부를 띠고 있었다. 환자와 보호자는 처음엔 나를 경계했지만, 비슷한 처지라는 것을 알고선 대화할 시간을 내어주었다. 예상대로 여덟 명은 모두 같은 날 보름산에 있었다.

나는 의사에게 달려갔다. 그리고 알고 있는 것을 전했다. 그러자 의사는 자신도 알고 있으며 조사하는 중이라고 말했다. 의사의 목에는 '박연주'라는 사람의 이름이 적힌 명찰이 걸려 있었지만, 표정과 말투는 너무나도 기계적이었다. 그 순간 이 사람에게 우리 엄마는 수많은 문제 중 하나일 뿐이라는 걸 깨달았다. 언제 '오난희'라는 문제의 차례가 돌아올지는 확신할 수 없다는 생각도 들었다. 여덟 명 중 두 명은 이미 죽음을 코앞에 두고 있었다. 나는 뭘 할 수 있을까. 어떻게 해야 살 수 있을까.

"식물화가 되는 거라면, 식물처럼 키우면 되지 않겠어?"

옥상에서의 푸름 언니 말이 떠올랐다. 병원에서는 녹색 인간들을 환자들처럼 대하고 있다. 그러니까 인간처럼 대하고 있다. 만약 녹색 인간들이 정말 식물 그 자체가 되고 있는 거라면, 식물로 대해야 하는 것 아닐까. 정말 비정상적인 생각이었지만, 어차피 지금의 나한테 정상적인 것은 없었다. 이를 알리려 다시 의사에게 가려다가, 또다시 자신들도 생각하고 있으며 알아보는 중이라고 말하는 그림이 그려졌다. 그래서 자칭 식물 요정이라는 푸름 언니를 찾아갔다.

"그 치료법 좀 자세히 말해봐요."

그녀는 눈을 감고 생각하더니, 침대가 아니라 화분이 필요하다고 말했다. 흙이 가득 담긴 화분에 넣고, 물을 주고, 햇볕을 쬐고, 정말 식물을 키우듯 하면 되지 않겠느냐고, 말도 안 되는 소리였지만, 여태 들었던 말 중에는 가장 믿고 싶은 말이었다. 그녀는 내게 필요한 것들을 읊었다. 나는 핸드폰 메모장에 하나하나 적었다.

다음 날 아침, 보름산에 가보기로 했다. 혹시 무언가라도 얻을 수 있지 않을까 싶어서였다. 택시를 타고 가는 길, 나도 보름산에 가게 되면 엄마와 같이 녹색 인간이 될 수도 있겠다는 생각이 들었다. 그럼 어떻게 될까. 그것도 나쁘지 않을 것 같아. 마음을 먹고 보름산에 도착했을 때는 애초에 들어갈 수 없다는 것을 깨달았다. 입구 자체가 철문으로 둘러싸인 채 자물쇠로 묶여 있었기 때문이다.

할 수 없이 발길을 돌려 꽃집으로 향했다. 그리고 식물에 필요한 것들과 좋다는 것들을 두 개씩 구매했다. 꽃집 사장님은 화분과 비료는 너무 무겁다며 직접 병원 엘리베이터 앞까지 배달해주었다. 나는 박스와 비료를 끌고 엄마의 병실로 들어갔다. 엄마는 나를 보고 놀라더니 안쓰럽다는 표정을 지었다.

"분아, 뭐…해?"

뭐긴, 엄마 한번 키워보려는 거지. 조금만 기다려봐요. 엄마를 위한 화분을 만들어줄게. 화분을 화장실에서 헹구고 나서, 창문 앞에서 말렸다. 생각보다 화분의 물은 천천히 말랐다. 기다릴 수 없어서 서둘러 수건으로 닦아냈다. 그 안을 흙으로 가득 채우고, 사람이 들어갈 수 있도록 삽으로 공간을 마련했다. 엄마는 뭔가를 눈치챘는지 이불을 손에 꽉 쥐고 일어서지 않겠다는 의지를 보였다.

나는 반항하는 엄마를 손으로 번쩍 들어 화분에 꽂았다. 그리고 분무기로 흙과 엄마의 몸을 적셨다. 식물에 좋다는 비료는 꽃집 사장님이 말한 만큼 적당량으로 넣었다. 커튼을 치니 햇빛이 쨍하고 들어왔다. 창문도 열려고 했지만 그러면 감기까지 걸릴까 봐 그건 하지 않았다. 엄마는 이게 무슨 일인가 싶었는지 나를 바라보기만 했다. 아무도 말하지 않았는데 미쳤느냐는 소리가 귓구멍에 왱왱 들리는 것만 같았다.

"잠깐 나갔다 올게요. 누가 뭐라고 해도 꼼짝 말고 있어요."

엄마에게 쓰고 남은 나머지 절반을 챙겨 푸름 언니의 병실로 향했다. 그리고 엄마와 같이 화분을 만들어 언니를 그 위에 꽂았다. 처음에 의사들과 간호사들은 나의 행동에 기겁하며 말렸다. 나는 이런다고 병이 악화하는 것도 아니니 내 식대로 노력하겠다고 고집을 부렸다. 이로 인한 책임은 묻지 않겠다는 다짐을 받고 나서야 그들은 나를 내버려두었다.

어느덧 병원 앞 나무들은 이제 모두 노란색과 빨간색으로 물들었다. 나는 간병과 식물 키우기 모두 익숙해졌다. 그리고 엄마와 푸름 언니는 조금씩 나아지기 시작했다. 다시 황색의 피부로 돌아온 것은 아니었지만. 적어도 생기를 띠고, 색깔이 변하지 않게 되었다. 하루에 15시간이 넘었던 엄마의 수면 시간이 8시간 정도로 줄었다. 시들시들했던 피부도 건강해지기 시작했다. 푸름 언니도 마찬가지였다.

"언니, 그 비료 좀 적당히 넣지."

"식물에 좋다잖아."

진짜 자기가 식물인지 아나봐. 그동안 우리는 더욱더 친해져서 한 병실로 모여 자주 수다를 떨기도 했다. 푸름 언니가 담긴 화분을 카트로 옮기는 것이 힘들긴 했지만. 엄마가 잠들 때면 불안하긴 했지만. 이 소소한 일상들은 아주 조금 정말 조금 즐거웠다.

＊

하지만 그것들은 오래가지 못했다. 밤새 바람이 아주 많이 불었다. 생기를 자아내던 단풍들은 모두 바닥으로 처박혔다. 나무들에게는 앙상한 몸만이 남았다. 그리고 푸름 언니는 바닥의 단풍들과 비슷하게 변해갔다. 손톱과 발톱부터 시작한 썩은 갈색은 온몸을 뒤덮기 시작했다. 의사는 이제 나의 그 기괴한 행동을 멈춰야 한다고 말했다. 푸름 언니는 이제 하루에 20시간씩 자기 시작했다. 당연히 엄마의 병실에 와서 수다를 떨 수도 없게 되었다. 썩은 갈색이 팔과 다리를 모두 뒤덮었을 때쯤 병실 출입조차 금지되었다.

엄마와 나는 푸름 언니 이야기를 꺼내지 않았다. 엄마는 나를 위로할 수 없었기 때문이고, 나는 엄마를 위로할 수 없었기 때문이다. 엄마도 그렇게 될까. 정말 아무것도 할 수 없는 걸까. 병실에 있는 화분과 비료는 꽃집 사장님에게 돌려주었다. 돈은 받지 않을 테니 버리든 쓰든 마음대로 하라고 했다. 다시 처음으로 돌아온 기분이었다.

간호사가 밖에서 나를 불렀다. 그리고 나를 푸름 언니의 병실로 데려갔다. 푸름 언니의 몸은 이제 녹색 인간이 아닌 갈색 인간이 되어 있었다. 조금만 건드려도 바스락거리며 먼지가 될 것 같은 모습이었다. 언니는 내가 왔다는 말에 아주 천천히 눈을 떴다. 그리고 아주 천천히 손을 들었다. 그리고 아주 천천히 입꼬리를 올렸다. 언니는 눈을 감았고. 몸은 한순간에 먼짓가루가 되었다.

여덟 명 중 네 명이 남았다. 엄마는 다행히도 살아 있는 네 명 중 하나였다. 하지만 엄마의 손끝도 푸름 언니의 그것처럼 조금씩 갈색으로 변하기 시작했다. 의사는 이제 정말 얼마 남지 않은 것 같다고 내게 말했다. 생명력이라는 게 보이는 거라면 엄마의 주위에는 얼마 보이지 않을 것 같았다.

의사가 마음의 준비를 하라고 권한 날, 엄마는 내게 마지막 소원이라는 걸 말했다. 오랫동안 바깥에 나가지 못한 것 같다. 마지막으로 나와 함께 밖으로 나가고 싶다. 그런 말은 하지 말라고, 이게 왜 마지막이냐고 말하고 싶었다. 하지만 그렇게 말하는 것조차도 마지막을 이야기하는 것 같아서 이야기할 수 없었다. 나는 인정해야만 했다. 이제 정말 마침표가 다가오고 있다는 걸.

나는 어디를 가고 싶으냐고 물었다. 엄마는 보름산에 가고 싶다고 했다. 왜 하필 거기일까. 주말이 되면 엄마는 근처에 있는 보름산을 가자고 조르곤 했다. 하지만 나는 산이 무섭다, 피곤

하다는 말로 거절했었다. 정말 그렇기도 했으니까. 그래서 그날
도 엄마가 혼자 갔었다.

　의사는 내게 가지 않는 걸 권유했다. 거기에 가면 돌아오지
못할 수도 있다. 보름산은 안전하지 않다. 당신도 어떻게 될지
모른다. 알아요. 엄마는 보름산이 위험한지 모를 거예요. 그러
니까 그 말만은 하지 말아주세요. 나머지는 제가 다 책임지겠습
니다. 의사는 입구까지 자신이 함께 가겠다는 조건으로 외출을
허락했다.

　다음 날 새벽, 가방에 미리 사둔 절단기를 넣었다. 청바지에
흰색 카라티를 입은 의사가 병실로 들어왔다. 그리고 나와 함
께 엄마를 담요로 꽁꽁 싸맨 후에 휠체어에 태웠다. 병원 앞에
는 미리 불러둔 택시가 서 있었다. 기사와 의사의 도움을 받아
택시에 겨우 탔다. 출발한 지 30분쯤 되었을 때 보름산 입구에
도착했다.

　"근데 여기 폐쇄돼서 못 들어갈 텐데요."

　"괜찮아요. 수고하세요."

　나는 자물쇠 앞에 서서 가방에 넣어둔 절단기를 꺼냈다. 자
물쇠는 생각보다 쉽게 부서졌다. 새벽이라 그런지 안개가 껴 있
어 햇빛이 잘 보이지 않았다. 사람과 짐승도 보이지 않았다. 단
지 엄마와 나무들만 보였다. 하지만 공기는 참 맑았다. 왜 나는
그동안 이곳에 오지 않았을까. 부질없는 후회와 소용없는 죄책
감이 들었다. 엄마의 얼굴은 근래 본 얼굴 중에 가장 편안한 표
정이었다.

"여기부터는 둘이 갈게요."

의사는 할 말이 많은 얼굴이었다. 그러나 나와 엄마를 번갈아 보더니 말없이 입구 앞 버려진 의자 앞에 앉았다. 나는 의사에게 가벼운 인사를 하고선 휠체어 손잡이를 잡았다.

"그렇게 바라던 보름산에 오니까 좋아요?"

"그럼 좋지. 너랑 오니까 더 좋다."

"여기 뭐, 아무것도 없구만."

"아직 진짜 봄이 안 와서 그래. 봄에는 정말 더 예뻐."

나는 두 발로, 엄마는 휠체어의 네 바퀴로 산책로를 따라 걷기 시작했다. 길이 가파르지 않아 어렵지 않게 움직일 수 있었다. 길을 따라 올라가면서 우리는 마치 별일 없던 예전으로 돌아간 듯, 아무 일도 없다는 듯 이야기를 나눴다.

"너 엄마가 10년 동안 삼신할머니한테 수수팥떡 만들어다가 바친 거 기억나?"

"그럼요. 근데 그건 왜 한 거예요."

"그렇게 하면 내 딸 지켜준다고 해서 그래서 그랬지."

오물조물 동그란 수수팥떡이었다. 어린 입맛에 팥은 별로라, 수수팥떡을 잘 먹진 않았다. 엄마는 떡집이 열지 않는다고 불평하면서 그래도 해야 한다며 나는 잘 기억나지도 않는 10년 내내 수수팥떡을 만들었었다.

"엄마는 아침마다 되게 무서웠던 거 알아요?"

"왜. 밥 먹으라고 해서 무서웠나."

"아침이면 머리가 사방으로 뻗쳐서 아인슈타인 같았어요. 그 모습이 어우."

무서웠다고는 했지만, 정확히는 웃겼다. 어떻게 머리가 그렇게까지 되냐고 낄낄대며 사진을 찍기도 했다. 그러면서 엄마를 놀리곤 했다. 우리의 아침은 밥 말고도 그런 일들로 가득 차 있었다.

휠체어의 바퀴가 고장이 났다. 돌이 끼었는가 싶어 살펴보았지만, 원인을 알 수 없었다. 엄마는 걸어서 올라가고 싶다며 일어섰다. 휠체어는 그 자리에 버려두고선. 아주 느린 걸음이었지만 우리는 한 걸음씩 천천히 정상으로 나아갔다.

처음이었다. 산에 정상까지 온 것은. 여러 봉우리 중에 가장 낮다고 하지만, 내가 가본 곳 중엔 가장 높은 봉우리였다. 정상에는 아주 큰 나무 한 그루와 여러 개의 돌덩어리가 있었다. 우리는 그중 가장 평평한 돌 위에 앉았다. 그리고 보이지 않는 끝을 바라봤다.

어느 순간, 옆에 있던 엄마가 고개를 숙이고 숨을 헐떡이기 시작했다. 의식을 잃어가는 듯 몸에 힘이 빠지는 것이 눈에 보였다. 나는 엄마의 어깨를 붙잡고 작게 흔들었다. 손이 벌벌 떨렸다. 엄마의 몸을 바닥에 눕혔다. 손을 쥐고, 조심스럽게 가슴을 압박하고. 그다음에. 그다음에는. 고개를 뒤로 젖히고, 코를 막고. 입에 공기를 불어 넣고. 하지만 이 몸은 더는 움직이지 않았다.

그리고 적막. 이곳에는 나의 숨소리만 들렸다. 해가 높이 뜨고 다시 질 때까지도 나는 그 자리에 앉아 있었다. 금방이라도 일어나서 나를 봐줄 것 같은데. 내게 말을 걸고 손을 잡아줄 것 같은데. 아무것도 없었다. 고개를 드니 아주 동그란 보름달이 떠 있었다. 지금이라도 저 달에 손을 빌면 소원을 들어줄까. 돌려주세요. 우리 엄마를. 제발. 돌려주세요. 아무도 대답하지 않았다.

아. 현실이었구나. 이 모든 것들이. 소름 끼치는 바람이 온몸을 휘감았다. 덩굴 같은 감각들이 손끝부터 폐까지 감아 오르는 기분이었다. 감지도 않은 눈에서 물이 흐르기 시작했다. 이내 고개를 숙이고 손으로 흙을 파기 시작했다. 손톱이 찢어지고 손가락에는 피가 났다. 아팠다. 너무 아팠다. 하지만 멈출 수 없었다. 한 사람이 들어갈 수 있는 크기의 깊은 구덩이가 만들어졌다. 나는 그 구덩이 속으로 엄마의 몸을 눕히고, 그 구덩이를 흙으로 덮었다. 그리고 그 옆에 누웠다.

눈을 뜨니 해가 높이 떠 있었다. 손에 흐르던 피는 멈췄다. 머리가 아프고 몸이 떨리고 목이 너무 말랐다. 내가 덮은 흙을 한 번 보고선 고개를 돌렸다. 그 이후의 기억은 희미했다. 산에서 내려왔고. 입구 앞에서 걱정스러운 얼굴로 나를 보는 의사를 지나쳤고. 집으로 돌아왔고. 물을 마셨고. 전기장판 위에서 땀을 흘리고. 자다가 허기짐에 일어나서 냉장고에 있는 반찬을 집어 먹고. 그러다 정말 죽겠다는 생각에 구급차를 불렀다. 처음으로 한 번도 없었던 아빠와 형제의 존재가 그립기도 했던 것 같다.

∗

다시 정신을 차리기 시작한 건 보름산에 갔다 온 지 한 달이 지났을 때였다. 오래 앓았던 감기가 낫고 퇴원을 했다. 의사는 병원비든 엄마든 할 수 있는 데까진 자신이 도와줄 테니 어떤 것도 걱정하지 말라고 했다. 그냥 살아 있기만 하라고. 의사는 내가 어떻게 될 것만 같다는 표정을 지었다. 왜 그렇게까지 하는지 이해가 되진 않았지만.

핸드폰을 켜니 여전히 많은 부재중 전화와 문자가 있었다. 나는 하나하나 답장을 보내기 시작했다. 미안하다. 아팠다. 사람들은 녹색 인간들의 소식을 들었는지 무언가를 물어보지도 말하지도 않았다. 하지만 어렵지 않게 모든 녹색 인간이 멸종했다는 소식을 접할 수 있었다. '멸종'이라. 입이 까끌거렸지만, 그냥 그럴 뿐이었다. 나는 휴학 신청을 하고, 꽃집에서 아르바이트를 시작했다. 사장님은 최저 시급보다 5천 원이나 높은 시급으로 나를 채용해주었다.

"저번에 받은 비룻값이야."

동정과 연민이라는 걸 알았지만, 기분이 나쁘진 않았다. 아니 정확히는 별로 신경 쓰이지 않았다. 그저 낯설기만 한 혼자의 삶에 익숙해지는 것만이 중요했다. 시간이 지나고 점차 사장님의 농담에도 웃을 수 있게 되었다. 그러다가 문득 보름산이 떠올랐다. 엄마는 여전히 그곳에 있을까. 며칠 고민하다가 사장님께 하루 쉬고 싶다고 이야기했다. 사장님은 드디어 내가 알바를 빠진다며 기뻐했다.

알람 소리가 울렸다. 핸드폰 알람 소리가. 눈을 뜨니 창문을 통해 찬기가 스며들어 왔다. 따뜻해진 줄 알았는데 아직은 아니었나 보네. 어영부영 일어나 어영부영 씻었다. 머리를 말리는데 뭔가를 챙겨 가야 하는 건 아닌가 하는 생각이 들었다. 술. 꽃. 그런 걸 챙겨 가야 하나. 해봤어야 알지. 핸드폰에 검색해보니 온갖 것이 나왔다. 지금 당장 준비하긴 힘들 것 같아서 엄마가 좋아하던 꽃다발 하나만 들고 가기로 했다.

아침이라 잠겨 있는 꽃집 문을 열었다. 그리고 그중에서 가장 싱싱한 꽃을 골라서 다발을 만들기 시작했다. 가위를 잘못 만지다가 손가락이 베였다. 약을 바를까 하다가 귀찮아서 밴드만 붙였다. 어설프지만 어떻게든 묶인 꽃다발을 들고 꽃집을 나섰다.

"맞다. 나 산 무서워하지."

보름산 입구에 와서야 떠올랐다. 돌아갈까 하다가 여기까지 온 택시비와 손에 든 꽃다발이 아까웠다. 저번보다 더 녹슨 듯한 철문을 지났다. 산책로를 아주 천천히 걸었다. 가다 보니 버려진 휠체어가 있었다. 그쯤부터 정돈되지 않은 흙길이 시작됐다. 동시에 경사도 가팔라졌고, 나는 두 손을 쓰기 시작했다.

오른손. 왼발. 왼손. 오른발. 오른손. 왼발. 식은땀을 흘리며 올라가고 있으니. 어느덧 정상에 도착했다. 정상에 올라오니 그때와 마찬가지로 아주 큰 나무 두 그루와 여러 개의 돌덩어리가 있었다.

그중 가장 크고 평평한 돌덩어리 위에 앉았다. 주위에 내가 서 있는 것보다 더 높은 봉우리들이 보였다. 하지만 여긴 여전히 내게 참 높은 곳이었다. 산에 올라가면 도대체 뭐 해요. 엄마에게 물은 적이 있었다. 그때 엄마는 맑은 공기를 온몸에 가득 채운 다음, 야호를 외치며 크게 내뱉으라 했다. 진부해요. 나는 들고 있던 꽃다발을 옆에 내려놓았다. 그리고 후들거리는 다리로 돌 위에 올라섰다. 양손을 펴고 숨을 크게 들이마시는데….

어디선가 소리가 들렸다. 돌에 다시 주저앉았다. 누가 나를 부르는 것 같았는데. 근데 여긴 폐쇄된 산이잖아. 생각해보니 푸름 언니는 산에서 무슨 소리를 들었다고 했다. 기사도 났었지. '보름산' '폐쇄' '등산객' '짐승 소리' '위험'이라는 단어가 내 눈앞에 떠올랐다. 그리고 천천히 뒷걸음질을 치다가 넘어졌다.

"분아!"

또 들렸다. 일어서려고 했지만, 다리에 힘이 들어가지 않았다. 나는 두 다리를 끌어모으고 두 손으로 귀를 막았다. 안 들린다. 안 들린다. 안 들린다. 아무것도 아니다. 아무것도 아니다. 스스로 세뇌했다. 그때 무언가가 나를 건드렸다. 눈을 떠야 할지 고민하다가, 선택할 수 있는 고민이 아니라는 걸 깨닫고 눈을 천천히 떴다. 그러자 내 눈앞에는 나뭇가지가 있었다. 그 나뭇가지는 눈앞 나무의 것이었다. 나무는 아까와는 다른 모습으로 휘어져 있었다. 나를 향해서.

"다쳤어? 괜찮아?"

미쳤나 봐. 내가 미치고 말았나 봐. 다시 눈을 감고 온몸을 둥글게 말았다. 그러다가 문득 짐승이 사람 말을 하나 하는 생각이 들었다. 방금 나무는 뭐지. 나무가 말을 할 리가 없잖아. 그런데 원래 이곳에 나무가 두 그루였나. 고개를 천천히 들어 뒤를 돌아보았다. 눈앞에는 저번에 봤던 그 나무가 있었다. 그러면 내 눈앞에 있는 나무는.

눈앞의 나무는 여전히 나를 향해 휘어진 채로 멈춰 있었다. 바람에도 흔들리지 않고. 마치 내가 놀라지 않게 기다리고 있는 것처럼. 조심스럽게 나뭇가지에 손가락을 갖다 대보았다. 가지는 움찔하더니 그대로 멈췄다.

고개를 꺾어 나무의 맨 위부터 아래까지 훑었다. 몸통은 두꺼운 것이 10년은 넘게 자란 나무 같았다. 그리고 맑은 초록빛의 나뭇잎들이 가득 붙어 있었다. 이 날씨에 그래도 되나 싶을 정도로. 뿌리와 그 주위를 살피는데 뭔지 모를 이상한 느낌이 들었다. 그리고 얼마 되지 않아 이 나무가 엄마를 묻었던 그 자리로부터 시작되었다는 걸 깨달았다.

"엄마?"

나뭇가지가 또다시 흔들렸다. 나는 다시 한 번 물었다. 엄마 맞아요? 응. 맞아. 분아. 엄마의 따뜻한 목소리가 불어와 나의 머리카락을 스르륵 넘겼다. 나는 입을 크게 벌렸다. 그리고 일어서서 엄마에게 달려갔다. 껍질이 따갑고 몸통이 두꺼워서 두 팔에 다 담기지도 않았지만, 나는 있는 힘껏 안았다. 등 뒤로 나뭇가지가 닿았다. 가지는 나를 가볍게 두들겼다. 꿈만 같았다.

"밥은 먹었어?"

엄마다. 엄마야. 긴장이 풀렸는지 눈에서 물이 조금 흘러나왔다. 나는 그 물이 말라 사라질 때까지 오랫동안 엄마를 껴안았다. 팔과 다리가 저릴 때쯤에서야 엄마에 기대어 앉았다. 그리고 궁금한 것들을 내뱉기 시작했다. 어떻게 된 거예요? 언제부터 그랬어요? 잘 지냈어요? 외롭진 않았어요? 엄마는 천천히 목소리를 흘려보냈다.

엄마가 정신을 차렸을 땐 이미 지금의 몸처럼 훌쩍 자라 있었다고 했다. 처음엔 갑자기 높아진 시야와 제대로 움직일 수 없는 몸 때문에 혼란스러웠다. 하지만 어느 순간 느끼는 것들이 익숙해졌다. 그다음에 한 것은 주위를 둘러보는 것이었다. 엄마는 이 산에 있는 많은 것들과 이야기를 나눴다고 했다.

"저 나무와 가장 많은 이야기를 했어."

바람이 불지 않았는데 앞에 있는 나무가 격렬히 흔들렸다. 너무 늦었어요. 미안해요. 엄마. 아니야. 아니야. 엄마가 미안해. 그리고 엄마는 나의 하루들을 물었다. 나는 열심히 그 질문들에 답을 뱉었다. 엄마는 내가 휴학을 했다는 것에 한 번, 꽃집에서 일을 시작했다는 것에 한 번 놀랐다. 그리고 정말 잘살고 있다고 칭찬해주었다.

나는 누워서 나뭇잎 사이로 새어 나오는 햇빛을 멍하니 보았다. 예쁘네. 지금 느껴지는 것들을 하나도 잊고 싶지 않았다. 그래서 내가 가지고 있는 모든 감각으로 주위에 있는 것들을 어루만지기 시작했다. 공기가 차갑네. 다음엔 목도리를 가져와야겠어. 안 그랬다간 코피가 나겠지. 묘하게 탄내가 나. 처음 맡아보는 것 같아. 좋은지 나쁜지 모르겠어. 흙은 까실까실해. 따가워서 오래 누워 있진 못하겠다. 조용하지만 조용하지 않아. 바람 소리. 참새 소리. 숨소리. 온갖 소리가 섞여 있네.

나는 옆으로 누워 손바닥으로 엄마의 피부를 쓸어내렸다. 따가운데 부드러웠다. 엄마가 아프기 시작한 것도. 병원에 간 것도. 녹색 인간이 되어버린 것도. 그리고 내가 엄마를 묻은 것도. 모두 없었던 일 같았다. 그냥. 지금 내 옆에서 엄마 냄새가 난다는 사실만 남아 있었다.

정선오

1998년, 경기도 안산에서 태어났다. 대학에서 문예 창작을 공부 중이다. SF, 판타지, 스릴러, 동화 등 장르에 상관없이 다양한 글을 쓴다. 오랫동안 어디까지가 다름이고 어디까지가 틀림일지를 고민해 왔지만, 여전히 답을 내진 못했다. 다만 최대한 많은 수의 너와 내가 존중받을 수 있는 이야기를 쓰기 위해 노력하고 있다.

나는 바나나다

초판 1쇄 인쇄 2020년 9월 5일
초판 1쇄 발행 2020년 9월 9일

지은이 강현, 김다민, 송은우, 이멍, 이수진, 정선오, 지은담
멘토 김보영, 김창규, 윤홍기
펴낸이 박은주
기획 김아린
디자인 김선예
마케팅 박동준

발행처 (주)아작
등록 2015년 9월 9일(제2020-000038호)
주소 04389 서울특별시 용산구 한강대로 26
 한강트럼프월드3차 102동 1801호
대표전화 02.324.3945 **팩스** 02.324.3947
이메일 decomma@gmail.com
홈페이지 www.arzak.co.kr

ISBN 979-11-6550-838-8 03810